김현영 新무협 판타지 소설

각성 걸인

乞人覺醒
거지의 깨달음

2부
7

걸인각성 7
김현영 新무협 판타지 소설

초판 1쇄 찍은 날 § 2002년 7월 13일
초판 1쇄 펴낸 날 § 2002년 7월 20일

지은이 § 김현영
펴낸이 § 서경석

편집장 § 문혜영
편집책임 § 권민정
편집 § 장상수 · 박영주 · 김희정 · 이종민
마케팅 § 정필 · 강양원 · 김규진 · 안진원

펴낸곳 § 도서출판 청어람
등록번호 § 제1081-1-89호
등록일자 § 1999. 5. 31
어람번호 § 제2-0114호

주소 § 경기도 부천시 원미구 심곡1동 350-1 남성B/D 3F (우) 420-011
전화 § 032-656-4452 팩스 § 032-656-4453
E-mail § eoram99@chollian.net

ⓒ 김현영, 2001

값 7,500원

ISBN 89-5505-164-6 (SET)
ISBN 89-5505-413-0 04810

※ 파본은 본사나 구입하신 서점에서 교환하여 드립니다.
※ 저자와 협의하여 인지를 붙이지 않습니다

김현영 新무협 판타지 소설

각성 걸인

乞人覺醒
거지의 깨달음

2부
7
천보갑의 비밀

도서출판
청어람

목차

서문 / 7
1장 세 개의 호리병, 그리고 구주신개 / 11
2장 거지가 될 수는 없다 / 59
3장 위선자의 말로(末路) / 73
4장 잠재력을 끌어내는 법 / 93
5장 실감나는 거지 생활 / 109
6장 천강대의 등장 / 121
7장 천강실혼진과의 대결 / 145
8장 몰매에 장사 없다 / 161
9장 과거로의 순례 / 171
10장 견왕지로 / 185
11장 수라혼마강시 / 203
12장 천계의 분노. / 217
13장 징조들 / 223
14장 재앙의 날 / 239
15장 오비원이 남긴 것 / 257

마천우스토리 5(어느 처절하고도 오래된 죽음에 대해) / 267

서문

끝없는 우주.

빛이 1초에 지구를 일곱 바퀴 반을 도는 그 속도를 가리켜 빛의 빠름, 광속(光速)이라 한다. 우주의 길이를 표현할 때는 그 광대함으로 인해 광년(光年)이라는 단위를 사용하는데, 즉 1광년이라 하면 빛의 속도로 1년 동안 나아간 거리를 가리키는 것이다.

놀랍지 않은가? 빛의 속도로 1년 동안을 가다니…….

1년이라면 1초가 대체 얼마가 모여야 1년이 되는 것인가?

대략 따져 보더라도 〈60초 1,440분 365일=31,536,000초〉이다.

삼천백오십만 초가 넘는 똑딱똑딱 초가 지나야 하는 것이다. 즉, 똑딱 하는 그 순간에 지구를 일곱 바퀴 반을 도는 그 수고로움을 삼천백오십만 번을 넘게 해야만 도달하는 거리가 바로 1광년이라는 것이다. 그런데 우리가 살고 있는 은하계의 지름은 자그마치 10만 광년이라

하니 그 아득함이 상상이 가질 않는다.

　10만 광년은 단어로 쉽게 써놓고 보니 단지―10만 광년―이라는 네 글자로 표현할 수 있을는지 몰라도 실제로 표현할 수 없는 단어라고 하는 편이 맞지 않을까 싶다.

　한 세기(100년)가 지났다고 2000년을 맞는 지구가 얼마나 광분했던가. 천 년의 세월을 지나~ 라는 말을 들으며 그 천 년의 까마득함에 아득히 공상하는 우리에게 빛의 속도로 10만 년을 간다는 것은 억겁을 표현하는 것과 같을 것이다.

　그치만 그 어마어마한 은하계조차 전체 우주를 통해 바라보자면 마을 한 귀퉁이 정도, 혹은 지구상에 떠 있는―하지만 세계 지도에서는 너무 작아 찾아볼 수도 없는―조그마한 섬보다 더 작은 것에 불과하다. 아니, 마을이나 섬으로 비유한 것은 대우주 안에 포함된 은하계를 과대평가한 것일지도 모른다. 그저 티끌 하나, 날아오르는 먼지 한 톨 정도가 적당하지 않을까.

　광대한 대우주!

　그러니까 빛을 타고 머리카락이 휘날리게 10만 년을 가도 다시 거기에서 적어도 그 짓을 천억 번 정도를 계속 이어가야 우주 전체를 가로지를 수 있을 만큼 광대한 곳.

　300억 광년의 우주 길이, 대우주 안에 포함된 은하계의 수가 천억 개. 생각을 하려 해도 생각조차 닿을 수 없을 것 같은 곳이 바로 우주인 셈이다.

　그럼 왜 작가는 『걸인각성 2부』를 시작함에 있어서 이렇듯 우주에 대해 장황하게 늘어놓고 있는 것인가?

　그것은 단지 우주의 경이로움에 대한 막연한 찬사를 늘어놓고 우주

탐험을 하는 것이 소원이었다 따위의 말을 하고자 함은 결코 아니다.

근본은 그 광대하여 끝을 알 수 없는 우주를 통해 전 우주를 통틀어 가장 가치있는 것이 무엇인지 찾아보려 함이다. 이것은 걸인각성과 너무나 큰 차이가 있어 보이지만 실은 걸인각성의 주제와 가장 적절히 어울리는 것이기도—물론 이 부분에 대해 동의하지 않을지라도 적어도 본 작가에게만큼은—하다.

우주를 한자로 찾아보았다.

〈우주=집 우(宇) 집 주(宙)〉 묘하게도 두 단어가 다 집이라는 뜻을 지니고 있다. 다르게 표현해 보자면 가정, 가족 등이라 말할 수 있을 것이다.

영자로 보자면,

〈우주(=COSMOS):우주, 천체, 혹은 질서있는 체계, 완전 체계, 질서, 조화〉라고 표현되어 있다. 언뜻 한자와 다른 의미를 지닌 것으로 보이나 가정이나 가족의 단위가 세상과 나라를 이루는 가장 기초적인 체계의 시작인 점을 미루어볼 때 어느 정도 맥을 같이한다 볼 수 있으리라.

특히 우주를 한자로 표현할 때 집으로 나타내고 있는 것은—어떤 곳에서는 宇는 공간이며 宙는 시간을 의미한다고 말하기도 한다. 하지만 그것은 현대에 와서 그런 과거의 문서를 해석했을 뿐이며 그때에 과연 공간과 시간의 의미를 말했을지는 의문이다. 이 자리에서 나는 쓰이고 있는 그대로를 적용하기로 했다—유심히 살펴볼 만한 가치가 있다고 생각한다.

한의학에서는 우리 인간의 몸을 우주로 이해하고 의학을 적용키도 하는 것을 바라볼 때 사람, 그리고 최소 구성원 단위인 가족이야말로 우주를 이해함에 있어 가장 확실한 것이 아닐까.

우리는 우주의 그 크고 넓은 이치를 알고 싶어하지만 그 실체를 멀리서 찾으려 한 것은 아닐까. 어쩌면 너무 가까운 곳, 즉 가정과 가족 속에 엄청난 진리를 두고 있는데도 워낙 근저에 자리하다 보니 오히려 깨닫지 못하고 있는지도 모른다는… 뭐, 그런 생각. 마치 손바닥을 눈에 너무 가까이 대면 손금조차 볼 수 없게 되고 오히려 새까만 물체로밖에 눈에 들어오지 않듯이 우주의 그 원대한 이치가 너무 가까이에 숨 쉬고 있어 느끼거나 보지 못하는 것은 아닐까 하는 생각이다.

부족하나마 걸인각성 외전에서는 바로 이런 우주 전체의 이치를 통해 가장 소중한 것을 가족 속에서 찾아보고자 한다.

1장

세 개의 호리병,
그리고 구주신개

세 개의 호리병, 그리고 구주신개

그 맛은 평생 잊지 못할 것이다. 내가 바보가 돼버리거나 늙어 기억이 가물가물해질 때쯤이라면 잊을 수 있을까? 그러기 전에는 어찌 잊을 수 있겠는가. 그렇지! 방법이 없는 것은 아니지. 호리병에 든 술을 얻어 마시면 되는 거니까. 오직 그것만이 나의 입맛을 정상으로 돌아오게 하는 비결이라 했지 않던가. 젠장, 그런데 과연 그게 가능하겠냐는 말이다.

―하북칠살 대형 부백경.

감숙성 중부에 위치한 풍중산은 그 여느 때와 다름없이 푸르름을 자랑했고 그 위로는 한 덩어리 구름이 지나며 운치를 더해주었다.

거기에 더한 감흥을 부르려 함일까!

풍중산의 소하봉 중턱 길을 따라 네 마리의 말이 이끄는 백옥빛의 마차가 유유히 이동하는데 그 앞과 뒤로 다섯 명씩 두 무리로 무사들이 말을 타고 호위하고 있었다.

혹여 그 광경을 멀리서 바라보는 자가 있다면 그의 입에선 절로 '오호! 한 폭의 그림을 보는 듯하구나'라고 감탄사를 터뜨렸을지도 모른다. 하지만 마차 행렬은 단지 풍취만 느끼게 하는 것만은 결코 아니었다.

가까이에서 바라본 호위 무사들의 눈빛은 번개빛처럼 예리했고 몸에서 뿜어 나오는 기운은 부드러웠지만 주변의 어떤 돌발 사태에서도 곧바로 대응할 수 있을 것 같은 고무공 같은 탄력을 감추고 있었다.

또한 풍겨나는 기상은 어느 누구 할 것 없이 예사로운 인물들이 아님을 여실히 드러내고 있었다. 심지어 말을 끄는 늙은 마부의 몸에서조차 무언가 범상치 않은 기도가 엿보일 정도였으니 그것만으로도 마차 안의 인물이 얼마나 대단할지를 가늠할 수 있을 것 같았다.

그럼 과연 이들은 누구이며 마차 안에는 누가 타고 있는 것인가?

호위와 마차가 산의 굽잇길을 돌 때였다. 마차가 틀어지며 방향을 바꿀 때 햇살이 마차 정면을 비추자 마차 앞에 금으로 조각해 놓은 글자가 번쩍 하고 빛을 반사했다. 거기에 호위 무사들과 마부의 기상이 왜 그리 대단한지 그 해답이 적혀져 있었다.

서문세가.

무림칠대세가(武林七代世家) 중 한곳이며 과거 삼백 년 전 일검탈혼(一劍奪魂)이라는 별호로 강호를 진동시킨 서문우의 가문이었다. 비록 작금에 이르는 뛰어난 무인이 등장하질 않아 남궁세가나 제갈세가

등에 비해 그 명성이 초라한 건 사실이었지만 아직까지 그 자존심만큼은 대단할 터였다.

지금 호위들이 모시고 가고 있는 이는 서문세가의 안주인인 주지청이었다. 그녀는 과기 친하제일미로 칭송을 받았는데 지금 30대 중반의 나이였으나 아직도 그 미모의 빼어남은 보는 이들의 눈을 황홀히 게 하고도 남음이 있었다.

서문세가의 가주 서문황이 주지청을 아내로 맞아들이게 되었을 때 그는 천하의 모든 사내들의 연적이 되었으며 부러움의 대상이 되었다.

주지청은 지금 봉황사라는 사찰에 들러 불공을 드린 후 세가로 돌아가는 길이었다. 하늘은 그녀에게 말할 수 없는 아름다움을 주셨지만 그 외의 모든 것마저 외모처럼 완벽한 것만은 아니었다. 장미에도 가시가 있고 햇살이 비추는 찬란함 뒷면엔 그림자가 드리우는 법이다.

혼인한 지 10년이 넘어선 지금까지 자녀를 낳지 못하고 있었다. 한 여인에서 아내가 되었을 때 가장 얻고 싶은 것은 자식이기에 그녀는 불공을 드리길 게을리 하지 않았던 것이다.

그녀가 아름다울수록, 또한 그녀가 낳을 아이가 서문세가에 꼭 필요한 존재일수록 호위들의 무공은 강해질 수밖에 없었고, 그래서 지금 호위하는 이들은 서문세가에서 내로라하는 이들로 구성되어 있었다.

마차가 길을 돌면서 서문세가의 금장식이 빛을 뿌리고 호위 무사들과 마부의 눈에 햇살이 정면으로 비춰졌다.

'이럴 때 누군가가 기습해 온다면 매우 그럴싸하겠는걸. 나라면 분명 이런 곳에 매복했을 것이다.'

제일 앞쪽에서 진행하던 호위 무사들의 우두머리인 철엽(鐵葉)은 속으로 중얼거렸다. 오른쪽은 바위들로 높은 돌벽을 이루고 있었고 왼쪽으로는 수풀이 우거진 상태였다. 그늘에 있다가 귀퉁이를 돌면서 햇살을 정면으로 받게 되는 지점인 걸 감안할 때 수풀에 몸을 숨기고 기습을 한다면 이보다 더 기습하기에 좋은 장소는 없을 것 같았다. 게다가 방향이 전환되어 앞쪽의 기습에 뒤쪽의 호위들과의 협공이 이루어지기 어려운 형상인지라 더욱 그렇게 느껴졌다.

철엽은 거기까지 생각이 들자 어느덧 매우 그럴싸하다는 느낌에 막 입을 열어 부하들에게 경고를 보내려 했다.

"조… 헉……!"

조심하라는 말의 첫 마디만을 뱉어낸 후 철엽은 호흡을 삼켜야만 했다. 왼쪽 우거진 수풀에서 7, 8개의 검은 그림자가 솟구쳐 올랐기 때문이다.

슈슈슉—!

얼굴부터 발목까지 복면에 흑의로 두른 습격자들은 맹렬한 기세로 살기를 드러냈다.

서문세가의 호위 무사들은 철엽을 제외하고는 미처 짐작조차 못한 상황인지라 모두들 경악성을 토해냈고 놀란 말을 정지시키며 매서운 기세로 뻗어오는 검세를 피하느라 정신이 나갈 지경이었다.

시쉭~

차창!

휘이이잉—

검기가 쏟아지고 검들이 부딪쳤고 놀란 말들이 앞발을 들며 어디로 이동해야 할지 몰라 하며 일대 혼란이 일었다.

크힝…….

제일 앞쪽에 철엽이 타고 있던 백마의 목이 기습자 중 한 명의 검에 의해 날아갔다. 목이 날아간 백마는 미처 울부짖음도 다 끝내지 못했고 쑤아아~ 하는 소리와 함께 피분수를 뿜어냈다. 그 주위에 있던 다른 말들은 혼란 중에 있다가 피가 튀는 모습에 더욱 놀라 미친 듯이 날뛰었다.

철엽은 말안장을 발판 삼아 위로 도약해 자신에게까지 번져 오는 검세를 피하고 땅으로 착지했다. 하지만 여전히 상황을 분석할 만한 여유는 없었다. 그러기엔 현실로 다가오는 검은 너무도 빨랐다.

―누구냐?
―무슨 일 때문에 우릴 공격하는 것이냐?
―미안하지만 죽어줘야겠어.

등등의 말 따위는 단 한 마디도 오고 가지 않았다. 이들은 모두 눈이라도 한 번 깜빡인다면 목이 날아갈 것이라 생각하는지 그저 눈을 크게 뜨고 대적할 뿐이었다.

차창! 창창―!

검과 검이 부딪치며 검세가 사방을 회오리쳤다. 마차 뒤쪽에 있던 네 명의 호위들도 어느새 합류했지만 우두머리인 철엽은 이미 흑의인들의 실력이 월등하다는 것을 인정하지 않을 수 없었다. 그는 이제 결단을 내려야 했다.

'정말 이 방법은 사용하지 않으려 했건만 정녕 이렇게까지 해야 한단 말인가. 으음… 어쩔 수 없구나. 이 방법밖엔…….'

철엽은 검으로 복면인들의 공격을 간신히 막으면서 비장한 각오를 되새겼다. 여기서 조금이라도 머뭇거린다면 부하들은 모두 심장에 구멍이 뚫리거나 말머리가 날아간 것처럼 부하들의 목이 날아갈 것은 분명해 보였다. 더 이상 선택의 여지는 없었다. 오직 최후의 비책만이 있을 뿐.

철엽은 거칠게 검을 휘둘러 상대를 약간 떨어뜨려 놓은 후 한소리 기합성을 터뜨렸다.

"이얍~ 진천~!"

그와 동시에 그의 왼손은 품으로 들어갔다 나왔다. 그리고 어느샌가 손엔 둥그런 붉은 구슬 같은 것이 쥐어져 있었다. 그는 여지없이 구슬을 복면인들 사이로 던졌다.

흑의복면인들 중 누군가의 입에서 경악에 찬 함성이 터져 나왔다.

"피해라! 진천뢰다!"

그 말은 엄청난 효력을 발휘했다. 진천뢰는 애들이 구슬치기할 때 사용하거나 노리개로 사용할 만한 것이 결코 아니었다. 붉은 구슬처럼 생긴 최대의 살상 무기로 외부로부터 충격을 받으면 폭발하게 되는데, 거의 방원 5장(17미터) 정도까지는 폐허를 만들어 버릴 만큼 위력적인 대량 살상 무기인 것이다.

실제 흑의복면인들 중에 어느 누구도 진천뢰를 본 사람은 없었다. 하지만 강호인들이 대개 그러하듯 그 형상과 위력은 낱낱이 들어 알고 있었다. 그것은 그들 사부나 그들 전대 고수들의 입에서 전해 내려온 것이었다. 그때마다 사부와 전대 고수들은 심각한 눈빛과 진지한 어조로, 혹은 공포를 애써 감추려고 했던 것도 그들은 모두 기억하고 있었다.

"기인 화전자 설총은 기이한 인물이었지. 암……. 그를 끝으로 진천뢰를 제조하는 법을 아는 사람은 없게 되었다. 안타까운 년도 있지만 강호를 위해선 잘된 일이라 할 수 있지, 하지만 실전되었다고 안심할 순 없다. 언제나 붉은 구슬을 꺼내는 자가 있다면 일단 피하고 보는 것이 상책이다. 알겠느냐?"

이렇게 들어왔던 진천뢰! 바로 그 진천뢰가 눈앞에 나타났으니 뛰어난 무공 실력을 갖춘 흑의복면인들이라도 달리 침착해야 한다든지 깊이 생각해서 피한다든지 하는 따윈 찾아볼 수 없었다. 그들은 자신들의 능력 이상으로 신법을 발휘해 분분히 사방으로 흩어졌다. 물론 서문세가의 호위들도 몸을 뺀 것은 당연지사였다.

잠시 후……

콰광—!

놀랍게도 지축을 흔드는 굉음, 폭발로 인해 불어닥치는 거센 바람… 따윈 어디에도, 그 어디에도 찾아볼 수 없었다.

그저 무슨 일이 있었냐는 듯 고~요한 침묵만이 주변을 맴돌 뿐이었다.

천지가 뒤집히는 듯한 폭발을 기대했던 흑의복면인들은 기다리고 기다려도 아무런 소리도 들리지 않고 정적만이 감돌자 의아함에 가득 찼다. 하지만 아직 확인하기엔 두려움이 앞섰다.

'불발인가?'

'불발일 때가 더 무서운 법이지.'

'이거 너무 늦게 터지는 거 아냐?'

궁금함이 두려움을 끝내 이겨내자 그들은 머리를 빼꼼이 내밀고 살피기 시작했다 그들의 눈에 중앙에 덩그러니 놓여 있는 진천뢰라고 착각했던 노리개 붉은 구슬이 화사한 미소를(?) 짓고 반짝거리는 것이 보였다. 그와 함께 그들은 멀리 뽀얀 먼지를 일으키는 광경이 언뜻 시선에 잡히는 것을 느끼고 그쪽으로 황급히 고개를 돌렸다. 거기엔—서문세가라고 거창하게 금장으로 새겨진 백옥빛 마차를—훌훌 팽개치고 멀리 신바람을 내며 줄행랑을 치는 열 명의 호위들의 뒷모습이 아스라이 보였다.

다다다닥…….

어찌나 열과 성의를 다해 지극정성으로 도망치는지 일곱 명의 복면 습격자들은 이 어처구니없는 광경에 입조차 벌리지 못하고 게슴츠레하게 가만히 그쪽만 바라보았다.

이젠 어느새 그들의 모습은 점으로 보였다가 아예 시야에서 사라졌고, 그들이 일으킨 먼지조차 서서히 가라앉고 있었다.

그때서야 흑의복면인들은 대충 상황을 파악했고 지금 이 상황이 도무지 이해할 수 없다는 듯 마차를 한번 쳐다보다가 호위들이 사라진 곳을 바라보다가 또다시 진천뢰라고 속았던 붉은 노리개 구슬을 바라보았다. 잠시간의 침묵 속에 그들 각자는 '호위'의 사전적 의미를 되새겨 보았다.

호위란 무엇인가?

〈따라다니며 곁에서 보호하고 지켜야 하는 자들.〉

〈죽기를 각오하고 자신이 모시는 이를 위해 한 몸 아까워하지 않아야 할 자들.〉

이것이 강호상의 도의적인 호위의 뜻이며 사전적 의미의 호위이기도 하다.

일곱 습격자들은 하나같이 분노에 사로잡혀 치를 떨었다. 비록 호위들이 도망가지 않았다면 당연히 자신들이 목숨을 앗았을 테지만 지금 현재 드러난 상황을 대하고 있자니 사돈 남 말 하듯 괜히 화가 치밀어 올랐다.

장난감 같은 붉은 구슬(아까는 위급한 상황인지라 위협적으로 느꼈으나 지금은 애교스럽게 햇살에 반짝되는 것이 영락없이 장난감 그 이상도 그 이하도 아니었다), 검이 곧 나라는 말을 비웃기라도 하듯이 호위 무사들이 던지고 간 주변에 흐트러진 검들, 그리고 맥없이 호위를 잃고 정지해 버린 백옥빛 마차…….

휘이잉~

흑의복면인들에게로 한줄기 시원한 바람이 옷자락을 휘감아 돌았다. 원래대로 하자면 기습을 성공적으로 마쳐 기쁨에 들뜨고 마차 안의 미녀를 얻을 생각에 침을 흘려야 하겠지만 왠지 모를 허탈감에 어찌해야 할지 몰랐다.

그들은 한동안 그렇게 서로 아무 말도 못하고 호위들이 사라져 간 곳만을 바라보며 깊은 회한에 잠겼다. 불가의 제자들이 수없는 나날 불경을 외우고 공을 쌓아 느낄 법한 인생무상의 이치가 가슴으로 느껴지는 순간이었다. 그 시간은 매우 짧았지만 느낌상 세상이 멈춰 버린 듯, 혹은 시간이 정지해 버린 것만 같았다.

휘이잉~

'정말… 너무도… 열심히 도망가 버렸구나.'

어이없기도 했고…

'뭐, 저런 것들이 다 있냐.'

한숨이 새어 나왔으며…

'서문 가주와 마차 안에 있을 주 부인이 불쌍하구나.'

연민마저 피어났고…

'너희가 진정… 호위냐? 죽을힘을 다해 맞서 싸워 그 한 몸 희생해야 하는 놈들이……!'

분노마저 느껴졌다.

끝내 서문세가의 호위들이 사라져 간 곳에는 먼지마저 없어졌고 그 여운마저 잦아들었다. 그때서야 비로소 습격자들은 어느 정도 제정신으로 돌아왔다.

그럼 과연 이들은 무엇인가?

이들은 사실상 원래 '복면을 한 일곱 흑의인들'이라는 말보다 더 어울리는 별호를 가지고 있었다. 그것은 바로 '하북칠살'이었다.

하북칠살은 하북에서 이름을 얻기 시작해 악명이 퍼져 나가게 되었는데 같은 핏줄을 타고나지는 않았지만 서로 한 핏줄보다 더한 열정을 지니자며 의기투합해 뭉쳐 다녔다.

그들 중 우두머리는 40대 후반의 강인한 인상을 지닌 부백경이었다. 그는 상당히 괴이쩍은 인물이었는데, 그의 별호가 적반하장(賊反荷杖)이라는 것으로 그의 과거를 어느 정도 설명할 수 있을 것이다.

지금 이 순간 적반하장 부백경은 침묵을 깨고 참았던 분노를 뜨거운 심장으로 외쳤다.

"야이, 새끼들아~ 거기 서지 못해~ 야, 새끼들아~!"

그는 너무 어이가 없어 화도 못 내고 있던 상황을 곱씹어보다가 그래도 못 참겠는지 이미 속절없이 떠나 버린 호위들이 사라진 곳을 향해 사방으로 침을 튀기며 외쳐댔다.

"이 나쁜 놈들아! 네놈들이 그리고도 남은 생을 두 발 뻗고 잘 수 있을 것 같으냐~ 하늘이 가만두지 않을 것이다, 이놈들아~ 이 무심한 놈들……!"

솔직히 나쁜 것으로 치자면 어찌 도망간 서문세가의 호위들이 부백경과 비교될 수 있겠는가. 물론 호위들도 무책임한 행동을 보인 것이 사실이었지만 천벌 운운하며 저주를 퍼붓기엔 부백경의 그동안의 행적은 너무도 악랄해 어처구니없는 일이 아닐 수 없었다. 오늘과 같은 습격만 하더라도 서문세가의 안주인 주지청을 사로잡아 못된 짓을 하려고 한 것이 아니던가 말이다. 하지만 그는 역시 적반하장이라는 별호에 걸맞게 욕설을 멈추지 않았다.

"서문 가주가 네놈들에게 꼬박꼬박 밥을 먹여주었단 말이지~ 불쌍하다, 불쌍해~ 아주 배운 놈들 하고 많이 가진 놈들이 더하다니까. 에이, 퉤~"

부백경은 악을 버럭버럭 질러대자 어느 정도 화가 가라앉아 그제야 주위를 돌아볼 여력이 생겼다. 하지만 열받는 일은 안타깝게도 그것으로 끝난 것이 아니었다.

부스럭부스럭.

흙더미가 쓸리는 소리에 하북칠살은 소리난 쪽으로 고개를 돌렸다. 거기엔 마차를 몰던 늙은 마부가 하북칠살의 눈길을 피해 몰래 높은 언덕을 넘어가려다 발이 미끄러져 주르르 밀려났다가 다시 허둥대며 올라가고 다시 주르르 밀려나는 일을 반복하고 있었다.

마부는 백발이 성성했으며 60대 후반 정도로 보였다. 그는 뒤쪽에서 뭔지 모를 심상치 않은 시선이 닿는 것을 느껴 오르던 몸짓을 멈추고 고개를 돌려 하북칠살 쪽을 바라보았다. 아직 복면을 쓴 상태였지만 그들의 눈빛은 살을 떨리게 하기에 충분했다.

일순 마부는 몸을 돌리고 오른손으로 머리를 긁으며 멋쩍은 미소를 보냈다.

배시시~

천고의 명언이 있잖은가. 웃는 낯에 침 뱉지 못한다.

이길 만한 능력도 재주도 없는 마부가 지금 믿을 수 있는 것은 오로지 천고의 명언뿐이었다. 간신히 서문세가에 대한 실망을 삭이고 있던 부백경과 그 아우들은 기가 막혔다.

"허허… 거참……."

"말세구먼, 말세여."

"이건 좀 너무한 거 아니야?"

"서문세가의 앞날이 훤하군."

"저것들을 믿고… 쯧쯧쯧."

"역겹다, 역겨워."

어떻게는 마차를 몰고 조금이라도 도망쳐야 할 마부의 사명은 잊은 채 오로지 한 몸 살아보겠다고 언덕을 넘으려는 모습은 구역질나는 모습이 아닐 수 없었다. 하지만 그런 중얼거림 중에도 늙은 마부는 연신 멋쩍은 웃음을 날리며 언덕을 기어오르려 안간힘을 썼다.

'음마, 저거 보게… 계속 저러네.'

부백경이 기가 막혀 속으로 중얼거리다가 짧게 말했다.

"늙은이를 데려와라."

그 말이 떨어짐과 동시에 두 사람이 신법을 펼쳐 마부 쪽으로 다가가 붙들었다.

"살려주세요. 살려주십시오~ 저는 도망치려고 했던 것이 아닙니다~"
 곧바로 마부는 양팔이 잡힌 채 숨이 넘어갈 듯 변명했다.
 "진 그저 다리가 근질거려 언덕에 비벼보려고 했던 것뿐이라구요. 무릎 쪽이 가려울 때는 이렇게 올라가다가 주르르 미끌리고 또 올라가다 미끌리면 아주 시원해지거든요. 진짜라니까요."
 역시 마부는 하북칠살을 실망시키지 않았다.
 '도무지 이런 말도 안 되는 변명을 지어내다니…….'
 세상천지에 널리고 널린 수많은 변명 중에서 마부가 생각해 낸 변명은 정말 너무나 유치했다. 하북칠살은 다시 한 번 불가의 해탈에 버금가는 무상함을 느끼며 아무런 생각도 떠오르지 않았다. 정말이지 아까 멋쩍은 미소를 지을 때부터 알아봤어야 했었다.
 늙은 마부는 짐짝처럼 질질 끌려와 부백경 앞에 이르렀고, 잔뜩 간덩어리가 움츠러든 표정으로 눈알을 두리번거렸다. 그의 눈빛에는 어떻게든 이 험난한 역경 속에서 살아남아야 한다는 가슴 절절한 의지가 가득 담겨 있었다. 그 처절한 눈빛에 두목 부백경이 혀를 찼다.
 "끌끌끌… 서문세가를 보잘것없이 생각한 것은 사실이지만 설마 이 정도일 줄은 몰랐구나. 호위들은 제 한 목숨 부지하겠노라고 힘 한 번 쓰지 않고 줄행랑치고 마부라고 하는 놈도 호시탐탐 도망갈 생각만 하니 서문세가가 강호에 존재하는 의미가 무엇이란 말인가."
 부백경의 목소리에는 영웅호걸의 기운마저 펄펄 풍겨날 지경이었다. 뭔가 바뀌어도 상당히 바뀐 것이 아닐 수 없었다. 그는 더욱 목소리를 높였는데, 짐짓 혼자 비통에 젖어 외치는 듯 보였으나 실제 속뜻은 다른 곳에 있었다.
 부백경이 실제 정의의 사도와 같이 외침은 마차 안에서 부들부들 떨고 있을 서문세가의 안주인이 들어주길 바라는 뜻이 강력히 숨겨져 있었다.

"그렇다. 역시 나의 생각은 옳았다. 이리도 썩어빠진 곳에 어찌 미녀를 머물게 할 수 있겠는가. 오직 영웅만이 미녀를 차지할 자격이 있는 법이다."

그리고 노골적으로 백옥빛 마차 쪽을 바라보며 말을 이었다.

"세상 어느 누가 있어 그대를 맞이할 수 있겠는가. 나는 이제부터 그대를 아내로 맞아들이고 영원히 지켜주겠노라."

이 말인즉, 부백경이 수하이자 아우인 이들을 데리고 서문세가의 마차를 습격한 까닭이었다.

주지청의 미모는 아까도 언급되었던 바와 같이 아직도 10년 전과 그리 큰 차이가 없을 만큼 빼어났다.

하북칠살은 약 두 달 전부터 치밀하게 계획을 세웠고 그들의 목표는 완전 범죄였다. 근자에 들어 사파의 세력이 약화되어 감에 따라 크게 활동을 하지 않던 부백경 일당은 개 버릇 남 주냐? 라는 말이 세인들에게 잊혀질까 두려워서인지 결국 이렇게 나서게 된 것이다.

하북칠살은 주지청이 봉황사라는 사찰에 매달 한 차례씩 불공을 드리러 왕래한다는 것을 알아내고 돌아가는 길 중 가장 인적이 드문 곳을 파악해 오늘 드디어 행동을 보인 것이었다.

실제 마차를 호위하는 무사들 정도야 하북칠살의 상대가 되지 않을 것은 뻔했고 그들을 깨끗이 죽여야 했으나 뜻밖에도 호위 무사들이 자신들만 살겠다고 도망쳐 버리는 예상 밖의 일에 지금은 어느 정도 맥이 빠져 버린 상태였다. 하지만 그런 상태로 도망간 녀석들은 차마 이런 사실조차도 말하지 못할 것이 분명했고 쫓아가 죽일 가치조차 느끼지 않는 그들이었다. 심지어 하북칠실은 마차 안에서 떨고 있을 주 부인이 불쌍하게 여겨질 지경이었다.

하지만 서문세가인들이 내지르는 염장은 한도 없었고 끝도 없었다. 부백경이 마차 안에 있는 주 부인을 가리켜 '내가 그대를 아내로 맞아들이겠다'라고 했을 때 부백경과 마차 사이에는 묘하게도 잡혀온 늙은 마부가 자리하고 있는 상태였다.

쿠궁!

'날… 아내로 맞아들이겠다니… 이럴 수가……!'

마부는 그 말을 자신에게 하는 소리인 줄 알고 눈을 휘둥그레 뜨며 떨리는 음성으로 말을 내뱉었다.

"네에? 어, 어찌 이 늙은이를 아내로 들이신단 말입니까? 저는 남자입니다. 게다가 늙어서 힘을 제대로 쓰지도 못하고 잠자리도 부실합니다요……."

늙은 마부는 곧 울어버리기라도 할 듯 심각하기만 했다. 그 말에 부백경과 여섯 명의 아우들은 황당함의 호수에 빠져 허우적거렸다. 수영도 어지간히 자신있는데도 이 황당함의 호수에서는 몸이 잘 움직여지질 않았다.

세상에서 가장 답답한 인간을 뽑는 경연 대회를 한다면 단연 발군의 실력으로 늙은 마부는 1위를 차지할 것이 당연해 보였다. 늙은 마부는 지금 죽을지 살지도 모른 채 전혀 상황을 파악하지 못하고 헛소리를 내뱉고 있는 것이다.

부백경은 너무 어이가 없는지라 길고 긴 한숨과 함께 하늘을 바라보았다. 하늘은 유난히 높고 맑았다.

'이걸 여기서 그냥 죽여 말어……. 하늘이 참 파랗군.'

자신의 목숨이 왔다 갔다 하는 줄도 모르고 마부는 여전히 자신을 미녀라고 칭하고, 또한 아내로 맞아들이겠다고 한 줄 아는지 계속 말을 이어갔다.

"마, 만일 제가 그리 필요하시고 정녕… 대인께서 원하신다면… 이 가냘픈 한 몸 바쳐… 읍!"

늙은 마부는 더 이상 말을 하지 못했다.

인내심을 갖고 듣고 있던 부백경이 검지손가락을 쭉 뻗어 마부의 입술을 막은 까닭이다. 늙은 마부의 얼굴에 부끄러움인지 송구스러움인지 옅으나마 홍조가 떠올랐다.

부백경은 이어 다른 쪽 손을 번쩍 들었다. 이제 가볍게 내려치기만 하면 일장에 마부의 머리통은 여름날의 수박처럼 깨져 버릴 것이 분명했다. 하지만 부백경은 천천히 손을 내렸다.

"휴우~ 그냥 가라 가, 미친놈아. 내 마음 변하기 전에 썩 꺼져라."

부백경으로서는 하도 어이가 없어서 죽일 만한 의욕도 생기지 않았다. 살인을 하더라도 적절한 동기가 부여되어야 하는 법이다. 이렇게 묵있나기는 모디시 죽인 후에 찜찜함에 시로잡혀 한동안 밥맛을 잃을지도 모른다고 생각했다.

늙은 마부는 자신의 귀를 후벼 파며 혹시 잘못 들은 것은 아닌지 물었다.

"네? 그냥 가라구요? 정말입니까요? 네? 이것이 꿈인지 생시인지 믿어지지가 않습니다. 이렇게 기쁠 수가……!"

마부의 물음은 계속됐다.

"괜찮겠습니까요? 제 한 몸 바칠… 캑!"

짝—

소리가 마부의 뺨에서 터져 나왔다. 가라고 해도 가지 않고 내들듯이 묻고 있는 마부를 보며 부백경은 더 이상 참을 수 없었는지 뺨을 한 대 갈겨 버린 것이다.

"제발 그만 하고 좀 가란 말이다~!"

뺨을 얻어맞고 철퍼덕 소리와 함께 땅을 뒹군 늙은 마부는 그제야 정신이 들었는지 번개같이 일어나 일일이 하북칠살 모두에게 머리를 조아렸다.

"그럼 전 이만 가보겠습니다요. 감사합니다요. 복받으실 겁니다요……."

그러다 마부는 마차 옆으로 가더니 작은 소리로 안을 향해 중얼거렸다. 나름대로 마부 딴에는 소곤거린다고 하는 것이었지만 하북칠살 같은 고수들이 듣지 못할 리 만무했다.

"마님, 수고하십시오. 전 재수가 좋아서 이만 갑니다요."

도대체 뭘 수고하라는 것인지, 뭐 잘한 것이 있다고 저러는지 하북칠살은 오히려 자신들의 속이 뒤집히는 것만 같았다. 이제 뜻밖의 습격자들의 공격을 받고 외간 남자에게 능욕을 당하게 될 처지에 놓이게 되었건만 대체 뭘 수고하란 말인가!

하북칠살은 각기 마음에서 뜨거운 것이 솟아나려 했다. 그건 그들이 한 번도 가져 보지 못한 정의감 같은 분노였다.

자신들도 나름대로 악행을 저지르는 데 최선을 다했지만 서문세가의 인간들은 인간 같지도 않았다. 이건 해도 해도 너무한다 싶었다. 아무리 자신들이 악당이고 포악한 무리들이라고 하지만 이건 정말 아니었다. 적어도 수하요 가복이라고 한다면 이 정도는 해주어야 하지 않겠는가.

―차라리 저를 죽이시고 주인 마님은 그냥 보내주십시오. 이 늙은이는 서문세가로부터 큰 은혜를 받고 이날까지 살아왔습니다. 저는 죽어도 여한이 없으나 마님이 욕되게 된다면 어찌 살아 있은들 의미가 있겠습니까.

물론 이렇게 말했다고 해서 부백경을 비롯한 하북칠살이 박수 갈채를 보내며 마부의 머리를 쓰다듬을 리는 만무하겠지만 상식 이하의 행동에 마음 한구석이 시려왔다.
'정말이지 이 세상은 의리와 정이 사라지고 오로지 자신의 안위만을 위해 살아가고 있구나. 최소한 자신에게 주어진 일만큼은 온 힘을 다해야 하지 않겠는가.'
부백경은 적반하장이라는 별호답게 마음 깊이 분노하며 굳은 결의를 다졌다.
어느새 늙은 마부는 아까 오르려다 미끄러졌던 언덕 쪽으로 힘차게 달려가 혼신의 힘을 다해 기어오르려 했다. 하지만 그게 쉬운 일이 아니었다. 다 올랐나 싶으면 마지막 순간에 꼭 힘이 다해 주르르 미끄러졌고, 몇 번을 그렇게 하다가 힘이 드는지 밑에서 숨을 헐떡거렸다. 그러다 자신을 바라보는 눈빛을 의식함인지 마부는 부백경과 그 일당에게 손을 한번 들어 반가운 표시를 하고서 다시금 언덕을 기어올랐다.
그 광경은 애써 마음을 추슬렀던 부백경의 심경을 갈기갈기 찢어놓았다. 그럴 수밖에 없는 것이, 뒤쪽에 난 길로 그냥 도망치면 사실 편안히 도망갈 수 있는데도 불구하고 집요하게 언덕을 넘으려 하는 것이 기가 막혔던 것이다. 심지어 도대체 왜 저러는지 이해할 수가 없을 지경이었다.

마부는 두 번 정도 더 실패를 맛본 후에 비로소 뒤쪽으로 달아날 생각을 한 건지 냅다 뛰기 시작했다. 그는 뛰면서 혹시 뒤쫓아올 것이 염려되었는지 연신 뒤돌아보았다.

"헉헉헉헉!"

앞을 보고 뛰어도 시원찮을 판에 뒤를 연신 돌아보다 보니 제대로 달릴 수 있을 리 만무했다.

결국 마부는 튀어나온 돌부리를 보지 못하고 걸려 넘어지고 말았다.

쿵!

소리만 들어도 어지간히 충격이 있을 법했다. 하북칠살은 저것이 언제까지 지랄을 할 것인지 신기한 듯, 혹은 미치겠다는 듯 바라보았다.

한동안 죽은 듯 움직이지 않던 마부는 어깨를 꿈틀대더니 꾸역꾸역 일어섰다. 마부는 다시금 돌아보며 씨익 웃으며 뭐가 좋은지는 모르겠지만 손을 흔들고는 황급히 달리기 시작했다. 하지만 어찌나 위태롭게 달리는지 하북칠살 모두의 마음속에 '제발 넘어지지나 말아라'라는 응원을 불러일으킬 지경이었다.

한심하다는 듯 바라보던 부백경은 마부의 모습이 끝내 시야에서 사라진 후에 괴성을 질러대기 시작했다.

"으아악! 으악~ 아아악~!"

잠시 동안 방방 뛰며, 발로 땅을 거세게 짓밟으며 울부짖었다. 온몸이 근질거려 미칠 것만 같았다. 한참이나 뛰며 발악하던 부백경은 문득 마차 안에서 기다리고(?) 있을 여인에게 생각이 미쳤다. 그는 스스로에게 주문을 걸듯 중얼거리며 마음을 가라앉히려 애썼다.

'그녀가 다 보고 있지 않은가. 체통을 지켜야 한다. 암, 그렇고말고. 본연의 임무다, 본연의 임무. 본연의 임무를 잊어선 안 된다. 저놈들은 모두 본연의 의무를 잃었다. 난 절대 잊어선 안 된다. 나는 조금도 마음이 흐트러져서는 안 된다. 아무렴, 그렇고말고. 본연의 임무!!'

주문은 효과가 있는 듯했다. 부백경은 자세를 바로잡고 숨을 몰아쉰 후 허망해진 마음을 떨쳐 버리고 본래의 취지를 북돋았다.

"크하하하하… 본연의 임무다~"

그는 웃음소리와 함께 우울한 심정을 날려 버리고 본연의 임무를 떠올렸다.

본연의 임무, 그것은 바로 서문세가의 안주인 주지청을 자신의 아내로 맞아들이는 일이었다. 별호인 적반하장이라는 말에서부터 알 수 있듯이 그는 잽싸게 기분을 전환시켰다. 굳이 답답한 서문세가의 호위들과 마부의 일을 가지고 한숨 짓고 있을 순 없었다.

"자, 모두 복면을 벗도록 해라."

만에 하나 신분이 노출될 것에 염려해 복면을 쓴 것이었으나 이제 아무도 방해하는 자가 없었다. 아름다운 여인 앞에서 거부감과 두려움을 안겨줄 복면을 보일 필요는 없는 것이다. 부백경과 여섯 아우들이 일제히 복면을 벗었다. 얼굴들이 세상에 모습을 나타냈다.

'복면은 역시 혐오스럽지.'

부백경은 그렇게 중얼거리지만 드러난 얼굴들은 부백경의 걱정이 하나마나 한 짓이란 것을 보여주고 있었다.

그 험악함이란…

안타깝게도 차라리 영원토록 복면을 쓰고 있는 것이 더 멋지고 사내답게 보일 터였다. 그중 특히 부백경의 용모는 압권이었다. 그의 얼굴엔 불쑥 튀어나온 곳이 한두 군데가 아니었는데, 어지간히 튀어나올 가능성이 있는 곳들은 다 튀어나온 것만 같았다. 눈과 관자놀이, 그리고 광대뼈, 입술, 심지어 이마와 뒤통수까지 튀어나온 상태였다.

아마도 황제가 부백경을 보았다면 이렇게 말하지 않았을까.

―그대는 강호의 안녕과 중원의 번영을 위해 죽는 그날까지 복면을 하도록 하라. 내 특별히 그댈 위해 눈 주위에 황금 테두리가 되어 있는 복면을 선물하겠다. 참으로 다시 봐도 그대의 얼굴은 살아 있는 재앙이로고······.

"으하하하······!"

부백경은 활기 찬 웃음을 토하고 두 손을 깍지 끼어 앞으로 두 번 밀고 위로 쭉 밀어 올려 몸을 풀어 활기 찬 동작을 선보인 후 음흉한 눈빛으로 마차를 바라보았다. 어느덧 백옥빛 마차를 바라보는 그의 눈은 투시안으로 변해 있었다.

버언쩍.

투명 창이 열리면서 너풀거리는 선녀의 옷을 입고 수줍은 미소를 짓고 있는 여인의 모습이 한눈에 들어왔다.

'흔히 심장이 터질 것만 같다고 말하는 것은 바로 이런 기분인가 보구나.'

그는 심호흡을 하며 아름다운 여인의 모습을 상상했다. 사람이 사랑에 빠지면 시인이 된다고 했던가. 부백경은 헛기침을 한 후 곧바로

시를 지어 읊기 시작했다.

수줍은 듯 웅크리고 앉은 그대의 모습은
선녀와 같구려.
그 어느 누가 있어 당신에 비하겠으며
세상의 어떤 빛이 있어 그대의 눈빛과 견줄 수 있겠소.

하늘거리는 옷자락은
나의 몸을 감싸고
나와 그대를 하나 되게 하니,
이렇게 영원히 그대와 함께하고 싶구려.

저 하늘을 보오.
오늘 우리의 만남을 환영하듯
맑고 화창하지 않소이까?
흥구려.

우리 이제 영원히
함께하여 사랑하고 사랑받으며
그렇게 살아갑시다.
영원히 말이외다.

이제껏 시(詩)라고는 단 한 번도 읊어본 적이 없는 부백경으로서 이 정도 읊은 것만으로도 사실 기적 같은 일이 아닐 수 없었다. 일제히 하북칠살 아우들의 박수가 터졌다.

짝짝짝짝짝…….

"대단하십니다, 형님!"

"이러다 앞으로 시인으로 전향하시는 거 아닙니까? 감동 먹었습니다요."

"가슴이 뭉클해집니다."

"두보와 이태백이 울고 가겠습니다요."

"형수님도 안에서 감동의 눈물을 흘리고 계실 겁니다."

어느덧 마차 안의 주 부인은 부백경의 아내로 정식 등록된 듯 형수로 불려져 버렸다.

"우후~ 우후후~"

찬사 일색에 부백경은 가슴이 뿌듯해지며 손을 들어 답례했다. 그는 다시금 환상 투시안으로 마차 안을 들여다보았다. 물론 그의 머리가 조작해 낸 얼토당토않은 영상이었지만 아름다운 시(?)에 감동했는지 부인의 얼굴은 거의 맛이 간 듯했다.

'이토록 멋진 말을 생각해 내다니, 나란 놈은 너무 멋지지 않은가.'

스스로도 만족하며 고개를 끄덕였다. 흐뭇한 미소가 저절로 지어지며 마냥 군침이 돌았다.

그때 일곱째 보만웅이 헤헤거리며 말했다.

"형님! 벌써부터 입 가장자리로 침이 흐르고 있습니다요. 장난 아닌데요? 헤헤."

부백경이 흠칫하며 웃음을 멈추었다. 살기가 온몸에 짜르르 번졌다.

찌릿. 찌지짓.

보만응의 말은 너무 정확하게 표현되고 말아 부백경의 심기를 불편하게 만든 것이다. 이럴 경우엔 사실 너무 정확하게 표현하게 되면 기분을 깰 확률이 높은 것이다. 특히 연장자에게 하기엔 조금 무리가 있는 말이기도 했다.

'저 새낄 그냥 콱~'

하지만 부백경은 간신히 참으며 살기를 거두었다.

"만응! 넌 저쪽에 찌그러져 있어라."

그의 행동 성향상 다른 때 같았으면 여지없이 날아차기 정도로 면상을 갈겨 버렸겠지만, 오늘 보아온 일들이 계속 찜찜했던지라 또 잡칠 우려가 있기에 간단히 주의만 주었다.

이제 대망의 순간이 다가온 것이 아니던가 말이다. 작은 일에 마음 쓸 때가 아니었다.

그는 가만히 마차로 접근했다. 적과 대치하며 생사가 오가는 순간에도 눈 하나 꿈쩍하지 않을 용기를 지닌 부백경이었지만 지금은 심장이 두근거렸다.

'과연 얼마나 아름다울까. 벌써부터 온몸에 흥분이 이는구나.'

그는 오른 소매로 질질거리는 침을 닦고서 마차의 문 앞에 이르러 손잡이를 잡았다.

코로 이제까지 맡아보지 못했던 기묘한 향기가 밀려들었다. 어찌 보면 퀴퀴한 것 같기도 하고, 혹은 신비스럽게 느껴지기도 하는 향취였다.

'향기도 죽이는구나.'

역시 천하제일미로 추앙받던 여인은 뭔가 달라도 달랐다.

"자, 이제 내가 그대의 보호자가 되어주겠다."

부백경이 '~되어주겠다' 라는 말의 다 자와 함께 마차의 문을 잡아 당겼다. 그는 그런 짧은 순간에도 보호자라는 말을 매우 잘 선택한 것이라 확신했다. 그녀를 첫 대면함에 있어서 이보다 더 믿음을 줄 수 있는 말이 있을까. 이미 서문세가의 내로라하는 호위들은 줄행랑을 쳤고 마부도 온갖 지랄(?)을 떨다가 도망가 버렸다. 그는 서문세가의 가주라 해도 크게 두렵지 않았으며 그녀에게 강한 인상을 심어주고 싶었다.

벌컥—

문이 열렸다. 문이 열리는 것은 아주 찰나였지만 그 시간은 부백경에게 있어 달팽이가 높은 산을 넘는 것만큼이나 길게 느껴졌다.

'살짝 치켜뜬 눈은 두려움과 모종의 기대가 뒤섞여 있을 것이며 몸은 미세하게 떨리고 있겠지. 내 따뜻하게 안아주겠소. 자, 아무런 염려…….'

부백경의 생각은 계속 이어지지 않았다. 아니, 결코 이어질 수가 없었다. 현실이 그것을 용납지 않은 것이다.

"으게게— 커허헉!"

그는 감탄사 대신 괴이한 경악성과 신음을 뱉어내고 주춤거리며 서너 걸음 물러섰다.

그는 의혹으로 가득 찬 눈을 하면서 자꾸만 지금 보고 있는 것을 부정하려 했다. 하지만 이건 현실이었다.

부백경의 반응에 하북칠살의 아우들은 혹시나 암기나 단도에 기습을 당한 것은 아닌가 싶어 일제히 부백경 곁으로 다가왔다. 그들은 일순 마차 안을 바라보았고 그들 또한 부백경이 그러했던 것처럼 마치 암기라도 맞은 듯 비틀거리며 물러섰다.

"형님! 무슨 일이십… 허걱……!"

"괜찮으십니… 까악~"

"무슨 일이기에… 허거거걱!"

"이건 대체 뭐냐… 마술이냐?"

그들의 반응은 말 그대로 경악이었다. 그건 바로 마차 안에 있어야 할 주지청의 모습은 온데간데없고 웬 떨거지 하나가 앉은 채로 씨익 웃고 있었기 때문이다.

그뿐이 아니었다. 거지는 한쪽 눈마저 찡끗거리는 것이 가히 엽기 그 자체였다. 마차에 다가갔을 때 풍긴 퀴퀴한 냄새는 바로 거지의 몸에서 비롯된 것이었음을 그제야 알 수 있었다. 마차 안의 원래 향긋한 내음과 거지의 몸에서 나는 냄새가 기묘하게 결합해 그런 냄새가 풍겨난 것이 분명했다.

"아하하… 오호호호호… 자기야~ 많이 기다렸었어?"

그 추접스러움에 도무지 어울리지 않는 대사가 아닐 수 없었다. 더욱 부백경의 창자를 긁어놓은 것은 '자기야~ 많이 기다렸었어?' 라는 말을 여성스럽게 꾸미지도 않은 채로 거지가 말했다는 점이었다. 너무도 천연덕스럽게 남자 목소리 그대로 말했는데 꿈에서조차 듣기 싫은 소리라 할 만했다. 그 목소리에 담긴 뜻은 마치 부백경이 아름다운 여인을 기다리며 마음 졸였던 것이 아니라 거지 같은 한 남자를 만나기 위해 고군분투한 것 같은 느낌을 갖게 만들었다.

부글부글…….

부백경의 분노는 말로 표현하기 힘들 지경으로 끓어올랐다. 이제까지 화가 머리끝까지 차고 올라오는 것을 간신히 참아왔던 그가 아니었던가. 하지만 이젠 그 누구도 어떤 상황도 말릴 수 없을 정도로 그는 분노가 치밀었다.

"으아악~!"

광분하며 절규하는 가운데 부백경 주위는 일순간 피바다로 일렁였다. 그 피바다 위에는 유유히 마차 한 대가 배라도 된 듯이 유유히 떠 있었고 그 맞은편에 바다 위를 둥실 뜬 채로 부백경이 자리했다. 오직 부백경의 마음엔 마차 안에 있는 거지를 피바다에 빠뜨려 죽이고야 말겠다는 생각만이 가득 차 올랐다.

그는 이 순간 이성을 상실한 한 마리 짐승이 되었다.

사실 부백경의 마음도 납득하기 어려운 것만은 아니었다. 그는 이번 습격을 끝으로 강호에서 은퇴할 요량이었다.

요즘 들어선 사파의 기운이 쇠락해지는 듯해 도무지 강호에 머물러 있기가 껄끄러운 상태였다. 하지만 이대로 맥없이 물러나기엔 아쉬움이 남는지라 그는 은거하면서 좋은 부인을 얻고자 이런 계획을 세우게 된 것이었다. 부백경의 입장에서 보자면 이렇게 고명하고도 훌륭한 뜻을 품은 자신을 못 알아주는 하늘과 세상이 밉기만 했다.

'왜! 왜! 왜 하늘은 착하게 살고자 하는 나를 방해하려 함인가!'

하지만 어쩌겠는가. 자신의 의사와는 관계없이 끌려가 죽을 때까지 곤욕스러움에 처할 주 부인과 마음 아파할 서문 가주를 생각한다면 이런 부백경의 울부짖음 정도는 별것 아닌 것이니 말이다.

부백경의 뒤쪽에 있던 여섯 아우들은 부백경처럼 피바다 속에 빠진 것은 아니었지만 머리가 갸우뚱거려질 수밖에 없었다. 분명 봉황사에서 불공을 드리고 마차에 오르는 주지청을 본 후 지름길로 발길을 재촉해 이곳에서 기다렸었으니 더욱 의문에 찰 수밖에 없었던 것이다.

'주지청이 역용술을 펼쳤단 말인가?'

'아니면 주지청은 원래 거지였었나?'

'주지청을 누가 가로챈 거야? 혹시 저 거지가?'

'오, 이런 말도 안 돼.'

그들은 수많은 망상들을 떠올려 보았지만 명확한 답을 얻을 수 없었다. 그때 드디어 부백경의 발악이 시작되었다.

"아아악! 다 죽여 버릴 거야~"

부백경은 그 자리에서 폴짝폴짝 뛰며 피바다의 핏물을 사방으로 튀기며 자신의 머리를 쥐어뜯으며 광기에 사로잡혔고, 급기야 마차를 부숴 버리기라도 하듯 손과 발을 어지럽게 날렸다.

"아아아악! 세상이 싫다, 싫어~! 이 거지 새끼, 널 죽여 핏물에 푹 고아 삶아 먹어주마~"

대형인 부백경의 분노가 너무 커서일까? 하북칠살의 아우들은 차마 함께 손을 쓸 엄두를 내지 못했다. 누구든지 혼자 너무 설치면 끼어들기 곤란하고 어찌할지 난감해지는 것이다. 기대가 크면 실망도 크고 그에 따른 분노는 더욱 커지는 법이다. 그 분노가 밖으로 표출되면 초인적인 힘까지 발휘할 수도 있었다. 그런 분노에 끼어들 만한 공간은 어디에도 없었다. 부백경은 거센 장력을 날려 마차를 부숨과 동시에 거지를 향해 장력을 날렸다.

"다 죽여 버릴 테다! 으아아악!"

마차와 거지를 가리지 않고 장력이 난무했지만 마차 안에 있는 거지는 연신 웃음을 짓고서 흔들거리고 산산이 부서지는 마차 안에서 나비가 날듯 지극히 평화롭게 너풀거렸다.

"오호호호… 자기야~ 왜 그렇게 화났어? 으응?"

여전히 거지는 단어의 의미와는 다르게 투박한 남자 목소리로 목젖을 일렁이며 말했다. 그것이 부백경의 온몸의 신경을 박박 긁어놓은 것은 당연한 일이었다. 마차 여기저기가 파손되고 형체가 사라질 즈음에도 여전히 마차 안의 젊은 거지는 유유자적이었다. 오히려 더욱 더 자유로워지고 있다고 봐야 옳았고 친근감(?) 넘치는 말 또한 더욱 유창해졌다.

"너무 기다리게 해서 우리 자기가 화났나 봐~ 미안미안~"

"으아악! 죽어라! 쌰~"

푸푹— 퍼펑—!

"화내는 모습도 너무 멋있어~ 너무 멋지단 말야. 이렇게 멋있어도 되는 거야?"

"으가가각! 크르르릉……."

크르르릉은 부백경의 입가에 거품이 생성되어 끓어오르는 소리였다. 그의 분노는 이미 도를 넘어서고 있었다.

파광! 파파곽—!

"호호호, 힘도 무척 세네. 밤엔 끝내주겠다. 그치? 그치, 자기야?"

"씩씩… 씩씩… 죽이고 말 테다. 죽이고… 씩씩……."

부백경은 한낮의 태양보다 더 뜨겁게 입에서 김을 토해내며 씩씩거렸다. 동네 아낙이 보았다면 어디서 밥을 짓고 있는 것인가라고 생각할지도 모를 정도로 실감나는 소리가 아닐 수 없었다.

어느덧 마차는 산산조각이 나버렸다. 하지만 부백경의 손길은 아직도 멈출 줄을 몰랐다. 보통 때 같으면 자신의 이 무차별적인 공격에 나비처럼 유유자적 피하는 상대에 대해 경계했을 법도 한 상태였겠지만 그는 연거푸 다가온 일들—도무지 말도 안 되는, 얼이 나갈 것만 같은 일련의 상황들—때문에 지금 제정신이 아니었다.

그러나 그 뒤에서 이제까지의 광경을 바라보고 있던 뒤쪽의 여섯 아우들은 거지의 움직임을 보다가 일순 허리춤에서 시선을 떼지 못했다.

쩌저적……!

얼음이 얼었다.

이미 그들의 표정은 얼음 그 자체로 변해 있었다. 만일 시원한 물을 원하는 이가 있다면 지금 당장 달려와 그들의 얼굴을 조각내 물에 넣는다면 무척이나 시원한 물을 마실 수 있으리라. 얼음 조각은 차츰 참혹스럽게 일그러졌다.

그들의 입가엔 모래라도 씹은 듯했는데 뱉어낼 수도 없고 삼킬 수도 없는 그런 난처한 지경에 처한 것만 같았다. 그들이 보고 있는 것은 정확히 말해 거지의 허리춤에 매달린 세 개의 호리병과 하나의 검은 막대기였다.

강호고수들 중 호리병을 가지고 다니는 자는 수도 없이 널려 있어 그리 대수로울 것은 없었다. 두 개의 호리병을 지니고 다니는 사람까지도 그럭저럭 많이 있으리라 생각되었다. 하지만 호리병을 세 개씩이나 주렁주렁 매달고 다니는 이는 그리 많지 않다는 점이었다. 게다가 그 작자가 거지라는 점과 호리병 반대쪽에 검은 막대기를 지니고 다니는 자라면 단 한 사람밖에 없었다.

그들이 알고 있는 것은 그뿐만은 아니었다. 그 사람을 만나면 되도록 신속하게—여기에서 신속함이란 잽싸게, 열나게, 온 힘을 다하여 젖 먹던 힘까지 다해, 인정사정없이… 등등의 말들을 다 보탠 만큼보다 더한 신속함을 의미했다—도망가야 한다는 것이었다.

그의 이름인즉,

개방 방주 구주신개 표영!

얼굴을 본 적은 없지만 하북칠살은 소문으로 익히 들어왔고 은퇴를 심각하게 고려하게 만든 장본인이기도 했으니 그 당황스러움은 말로 하기 힘들었다. 그들은 두 시진 전에 먹었던 음식이 가슴에 걸려 버린 것만 같은 충격에 사로잡혔다.

'씨파, 이거 뭐냐……'
'아, 제길… 인생 진짜 꼬이는구만.'
'왜 이러는 거냐.'
'아까 그놈들이 대책없이 도망갈 때부터 알아봤어야 했는데…….'
'진짜 그걸 마시라고 하면 어떻게 하나.'
'아이, 씨발… 큰형님은 어쩌겠다고 아직까지 주먹을 날리고 있는 거야. 아주 매를 버는구만, 매를 벌어.'

이들은 모두 낯빛이 시커멓게 변해 절망에 사로잡혔다. 만에 하나 구주신개가 아니라면 괜찮겠지만 지금 펼치고 있는 신법을 보더라도 아닐 가능성은 희박해 보였다. 정말 잘못 걸려도 너무 잘못 걸린 것이다.

이들은 이제야 아까 호위들이 도망가고 마부가 우스꽝스럽게 온갖 지랄을 떨었던 이유를 알 것만 같았다. 한마디로 연출된 각본에 의해 철저히 조롱당한 것이다. 입 안이 텁텁해지고 가슴속으로 꾸역꾸역 옷감이 밀려드는 듯 답답하기만 했다.

그들의 눈은 안타깝게도 정확한 것이었다. 유유히 부백경의 공격을 피하면서 온갖 애교스런(?) 말을 늘어놓고 있는 이는 진정 현 개방 방주인 표영이었던 것이다.

그럼 표영이 난데없이 서문세가의 안주인 주지청의 마차 안에 있게 된 건 어떤 연유에서일까?

그건 이미 하북칠살이 이런 짓을 할 것에 대한 정보를 개방이 알고 있었기 때문이다. 하북칠살의 넷째 동소는 술과 여자를 좋아했는데 계획이 세워진 후에 기녀들과 어울리면서 술김에 말을 늘어놓게 된 것이다. 개방의 정보는 과거 노위군 때와 비교할 수 없을 만큼 섬세해져 있었기에 그 말은 고스란히 개방의 정보망으로 빨려들게 된 것이어서 표영이 오늘과 같은 일을 계획하게 된 것이었다.

여기에서 잠깐!

진모산 백일봉의 개방의 앞날을 결정짓게 된 결전 이후의 상황을 살펴보도록 하자.

익히 알려졌다시피 표영은 반구옥에 감금된 사형 장산후를 비롯한 개방의 영웅들을 구하고 진모산 백일봉에서 뭇 중원고수들 앞에서 노위군과의 일전을 치렀었다. 당시 노위군은 우사신공을 연마하여 상상하기 힘든 능력을 발휘했고 표영은 죽음에 위기에 처하게 되었다. 하지만 표영이 뱉어낸 한마디 말로 인해 노위군은 사부 엽지혼을 떠올리게 되었고 그만 연민에 사로잡히게 되어 우사신공의 유일한 약점인, 즉 두 마음을 품게 되면 주화입마를 당하게 되는 상태에 빠지게 되어 광기에 사로잡혀 스스로 목숨을 끊고 말았다.

이 일 후에 전 강호인들은 전대 방주 천상신개 엽지혼의 실종에 대한 의문을 풀 수 있었고 개방이 왜 변하게 되었는지에 대해 이해하게 되었다. 하지만 노위군이 깊은 자책감에 사로잡혀 너무 일찍 목숨을 끊는 바람에 혈곡이 어떤 식으로 개입되어 엽지혼을 죽게 만들었는지에 대해서는 밝혀지지 않고 말았다. 그 후 표영은 정식으로 개방의 방주로 오르게 되었는데, 그동안 노위군 아래 모여 지위와 권력을 얻고자 했던 이들은 개방을 떠났으나 그 외 대부분은 오히려 더 강화된 개방의 힘에 놀라며 뜻을 함께했다.

방주에 등극한 표영은 개방을 재정비하였을 뿐만 아니라 마음속에 염두에 두었던 살수 조직들을 접수하는 일들을 수행해 결국 강호에 드러내 놓고 청부 조직을 꾸려 나가는 이들은 모두 개방 내로 흡수되어 버렸다.

그 와중에 특기할 만한 것은 표영이 개방 방주가 되기까지 함께했던 교청인은 원(?)대로 표영과 혼인을 하게 되었다는 점이다. 표영과 교청인 사이에는 생후 7개월이 돼가는 아들 은(恩)이 무럭무럭 자라고 있다.

제갈호의 경우는 이젠 세가로 돌아가 집안을 더욱 견고히 하라고 표영이 명했지만 아직은 때가 되지 않았다면서 조금 더 머무르며 함께하길 원해 아직은 개방에서 중책을 맡고 있는 입장이다. 또한 마교의 후예로 표영을 지존으로 모신 능파와 능혼은 비록 무공이 폐쇄되긴 했지만 대법에 의한 주화입마가 완전히 깨져 평온한 나날을 보내게 되었다. 불귀도의 안내자로 평생을 산 손패도 능파와 능혼의 뜻을 받아들이고 개방 내에서 걸인 수련을 총괄하는 담당자로 명성을 날리게 되었다.

이런 가운데 표영은 방주로 등극한 지 거의 2년여가 되어가면서 강호에 새로운 별호를 얻게 되었는데, 그것은 이름하여 구주신개(求酒神丐)였다.

뜻인즉, 술을 얻어먹고 싶어지게 하는 신통한 거지란 것이었다. 그와 같은 별호를 얻게 됨은 표영이 온전한 각성을 이루어 비천신공을 완성한 이후에 세 개의 호리병을 지니고 다닌 데서 비롯되었다.

세 개의 호리병에는 각기 다른 것들이 들어 있어 각 호리병마다 쓰임새가 달랐다. 예를 들어 극악무도한 인간들을 대함에 있어서는 세 번째 호리병을 사용했다. 거기엔 지독한 악취가 나는 구정물이 담겨 있어 그런 종류의 인간들에게는 꼭 한 잔씩 따라주곤 했다. 그렇기에 자신이 조금이나마 극악무도하다고 생각되는 강호 인물들은 표영을 마주치는 것을 제일 싫어했다.

지금 하북칠살의 여섯 아우들의 얼굴이 하얗게 질린 것도 사실은 세 번째 호리병 때문이랄 수 있었다.

두 번째 호리병 같은 경우는 그나마 세 번째보다는 낫다고 할 수 있지만 사실 낫다고 하기엔 민망한 것이었다. 거기엔 개들이 먹고 남긴 국물을 담아두어 마시게 하였는데, 주로 파렴치한이나 딱 봐서 개만도 못한 놈들이다 싶으면 정성스레 따라주곤 했다. 물론 구정물보다야 낫다고 혹자는 생각할지 모르지만 가끔 날씨가 덥거나 기간이 오래되면 국물이 쉬어버리는 경우가 발생하기에 그럴 때 재수없이 걸린 사람은 세 번째 호리병보다 더한 곤욕을 치러야만 했다.

마지막으로 첫 번째 호리병은 무엇인고 하면, 영웅호걸들이 마실 수 있는 것이 담겨져 있었다. 거기엔 청향주가 담겨 있는데 이 청향주는 중원에서 술 조제의 달인이라 불리는 종무가 특별히 표영을 위해 정성스럽게 만든 것이었다. 종무는 개방의 장로가 된 묵백의 절친한 친구로 개방의 이야기를 듣고 감동하여 매달 일정량의 청향주를 보내왔다. 그렇기에 첫 번째 호리병에 든 청향주는 종무가 특별히 주조했다는 의미와 함께 표영이 따르는 술이란 의미가 결합되어 강호에서는 그 술을 받는자야말로 진정 영웅의 대열에 들 수 있다고 생각하기에 이르렀다.

퍼퍼펑… 퍼펑!

부백경은 뒤쪽의 아우들과는 달리 아직까지도 이성을 찾지 못했다. 그는 그저 거센 장력을 미친 듯이 날려대느라 정신이 없을 지경이었다. 이러한 맹렬한 공격에도 불구하고 뒤쪽에서 퀭한 눈동자로 바라보는 아우들은 걱정과 염려만이 가득했다. 함정도 이런 함정이 없는 것이다.

이때쯤 표영은 마무리를 지어야겠다고 생각했다.

"호호… 하도 손 운동을 많이 해서 어깨가 아프시겠네요. 안마라도 해드려겠는걸요."

표영이 다시 아양과 애교를 떨었다. 그것은 세상천지에 비위가 세다는 사람들을 다 모아놓더라도 어느 누구도 견디기 힘든 느글거림이랄 수 있었다. 부백경은 특히나 얼굴은 그래도 별호가 적반하장인지라 스스로는 늘 섬세한 남자라고 생각해 온 터라 속이 울렁거리며 아침에 먹었던 국거리가 솟구치려 했다.

"우욱~ 욱!"

퍼펑! 퍼펑!

장력이 공기를 째는 소리와 구역질하는 소리가 절묘하게 어울려 박자를 이루었다. 거기에 표영은 한 박자를 더해 우욱~ 하는 소리가 끝 날쯤엔 후렴식으로 '호호호' 하고 웃어주었다.

쉬식—

신법을 펼치며 장력 사이를 누비던 표영의 오른손에 어느덧 타구봉이 들렸다. 이제 안마를 해주겠다는 약속을 지키려 함이었다. 타구봉이 나옴과 동시에 부백경은 개가 되고 말았다. 뒤쪽에 여섯 아우의 몸이 흠칫하고 떨었다.

'이젠 진짜 큰일 났군.'

'어떻게 한담……'

'이대로 지켜만 봐야 하는 건가……'

모두가 망설이는 가운데 시선은 하북칠살 중 서열이 위인 둘째 염독고에게 쏠렸다. 염독고로서는 아우들의 질문이 담긴 시선을 받으며 이를 악물었다.

'그래, 까짓것 개방 방주가 별거냐. 제아무리 구주신개라고 해도 우리 일곱이 온 힘을 다해 싸우면 승산이 없는 것도 아니다.'

염독고가 이렇게 마음을 다지고 있을 때 어느덧 부백경은 여러 군데를 얻어터지고 있었다.

파곽! 곽곽!

"호호호, 어깨를 두드리고 다음엔 목, 이번엔 겨드랑이……."

묘영의 공격은 어깨를 가리킬 때는 정확히 어깨를 강타했고 목을 말하고선 바로 목을 가격했지만 너무 현묘하게 움직이는지라 부백경은 피해내지 못하고 연신 순서대로 얻어맞았다. 얻어맞은 곳의 통증도 통증이었지만 연신 호호호거림에 부백경은 끝내 참지 못하고 구토를 하고 말았다.

"우에엑~"

힘찬 분수였다. 부백경이 뿜어낸 줄기(?)는 너무도 힘차고 굵어 마치 그것으로 공격을 해보겠다는 뜻인 줄 착각할 지경이었다. 그 광경을 지켜보는 염독고를 비롯한 아우들은 황당함에 빠져 허우적거렸다.

세상에 살면서 이렇게 추접한 경우는 처음이있다. 아무리 존경하는 형님이라도 이건 너무한 것이었다. 구주신개를 보며 비록 자신들의 비위도 뒤틀리긴 했지만 대형은 구주신개보다 더 더러웠다. 그래도 대형이라면 참았어야만 했다.

방금 전까지 전의를 불태우며,

'이제껏 하북칠살은 약하다는 소리는 들어보지 못했다. 과거 오독문의 네 명의 장로들과 싸울 때도 압도했던 우리가 아니던가.'

라고 속으로 중얼거리던 둘째 염독고는 앙다물었던 이를 풀고 강렬한 시선도 내리깔았다.

스르르르…….

뛰어들고 싶은 마음이 온데간데없이 사라져 버린 것이다. 그것은 염독고뿐만이 아니었다. 모두들 마음 같아서는 터벅터벅 혼자서 어디론가 정처없이 걸어가고 싶었지만 차마 그렇게 하지는 못했다.

"휴우~ 세상 더럽네."

"살맛 안 나는군."

"인생이란 게 다 그런 거 아니겠어."

"삶이란 대체 무엇이냐?"

"누가 세상을 아름답다고 했는가."

"모든 것이 다 헛된 거지."

이들은 작은 소리로 제각기 한마디씩 내뱉는 것이 한 삼십 년씩은 도를 닦은 사람들만 같았다. 아직도 간헐적으로 우에엑거리는 소리에 호기심을 억누르지 못하고 바라보고 더욱 마음만 처연해졌다. 그런 와중에 염독고가 위로의 말을 던졌다.

"자, 모두 자리에 앉아 마음을 비우고 가만히 기다리도록 하자꾸나."

도망가 볼까도 생각했지만 아까 서문세가의 호위들이 다다닥거리며 도망가던 뒷모습이 잊혀지지 않아 도망갈 마음도 없었다.

모두는 긴장 속에 서 있다가 염독고의 말에 따라 자리를 잡고 앉았다. 어느덧 전면의 상황은 끝을 향하고 있었다. 부백경의 몸은 끝내 연타를 당하고 바닥으로 허물어졌다. 하북칠살의 명성이 땅바닥에 곤두박질치는 순간이었다. 부백경이 바닥에 모로 누워 할딱거리는 숨을 내쉬고 있는 것이 여간 불쌍한 것이 아니었다. 그것을 바라보는 하북칠살의 아우들의 마음에 연민의 감정이 피어났다.

하지만 그것도 잠시.

주르르륵…….

공교롭게도 부백경은 하북칠살의 아우들이 앉아 있는 방향으로 누워 있게 된 것인데 그의 입에서 진득한 침이 입가로 흘러내렸다.

'뭐, 뭐냐……!'

'너무하잖아!'

'아이 씨…….'

방금까지 불쌍하게 바라보던 아우들은 참담함에 사로잡혀 온 인상을 찌푸리며 서로 얼굴에 주름 많이 잡기 경쟁에 돌입했다. 적나라한 광경은 비참하면서도 추잡하기 이를 데 없었다.

표영의 공격이 그것으로 끝났다면 대충 이 정도에서 불쌍함이 마감되었겠지만 아쉽게도 표영의 타구봉은 쉬지 않았다.

파곽파곽!

"어때? 시원해~ 좋지요? 호호호…….."

부백경은 할딱대다가 몽둥이에 한 대씩 얻어맞을 때마다 몸을 꿈틀거렸고 간헐적으로 붕어처럼 눈을 천천히 끔뻑거렸다. 아마 눈만 따

로 집중적으로 보고 있기면 영락없이 '애인 병이나!'라고 소리서도
이상할 것이 없어 보일 지경이었다.

파파파팍……

부백경의 몸이 꿈틀거렸고 입에서는 거품과 함께 위에 남아 있던 최종적인 음식물들이 삐질삐질 새어 나와 뺨을 타고 바닥으로 떨어졌다.

"오호~ 이거 배가 부르신가 보군. 음식을 버리면 곤란하지."

파파파팍!

표영이 끝을 맺듯 부백경의 머리를 세 번 타구봉으로 가볍게 두들긴 후 큰 소리로 웃었다.

"하하하!"

하지만 표영의 웃음과는 반대로 하북칠살의 여섯 아우들은 고개를 떨구었고 그중 몇 명은 손가락으로 땅바닥을 무의미하게 긁고 있었다. 이젠 그 악랄한 처분만을 기다리는 신세가 된 것이다.

"자, 네놈들에게 선물을 주도록 하마. 네놈들 표정을 보아하니 굳이 설명하지 않아도 될 것 같군. 크큭."

'드디어…….'

'올 것이 오는구나.'

'난 과연 살아갈 수 있을까?'

이들은 모두 눈동자를 불안하게 움직이며 장래에 대해 염려했다. 세 번째 호리병의 내용물을 먹은 후에 죽었다는 경우는 단 한 번도 들어보지 못했다. 하지만 그보다 더한 소문이 강호를 휩쓸고 있지 않은가. 어떤 사람은 식사를 할 생각도 하지 않고 1년 내내 물만 마셨다는 사람도 있었고, 또 어떤 사람은 스스로에게 환멸을 느껴 자살을 했다

는 소리도 있었다. 심지어 아예 그 후로는 입을 열지 않고 손짓으로만 의사 소통을 하는 이들까지 있었다고 하니 하북칠살이 암담해질 수밖에.

표영은 세 개의 호리병 중 하나의 마개를 열고 그 옆에 달린 작은 잔에 하나 가득 따랐다. 제일 오른쪽에 있는 염독고에게 쭉 내밀며 턱을 치켜 올렸다.

시원하게 쭉 들이키라는 뜻이었다.

꿀꺽.

염독고가 마른침을 삼켰다. 유난히 크게 들린 꿀꺽 소리에 염독고는 처음으로 깨달았다. 군침이 돌 때만 이런 반응을 보이는 것은 아니라는 것을 말이다.

"한 모금씩만 해. 많이 먹는다고 좋은 거 아닌 건 알지?"

염독고는 덜덜 떨며 양손으로 잔을 받아 들었다. 지독한 악취가 코를 자극했다. 신경을 쓰지 않는다면 냄새만으로도 코피가 터질 것이 분명해 보였다.

'이것을 마시지 않으면 더 무서운 것이 기다리고 있다고 했지?'

그는 오늘 이것을 마시지 않는다고 해서 결코 편안한 미래가 보장되는 것이 아니라는 것을 잘 알고 있었다. 예를 들어 도망을 친다든지, 혹은 '마시지 않고 그냥 몸으로 때우겠습니다' 라고 하면 더 무서운 것이 기다리고 있는 것이다.

'그래… 때까지 먹을 순 없지.'

거부할 시엔 맞고 때를 먹고 그 후에 다시금 세 번째 호리병까지 책임져야 하는 것이다.

새까만 액체가 시야 가득 들어왔다. 옆에서 지켜보는 다섯 아우들의 눈은 경악과 안타까움, 그리고 서러움으로 물들고 있었다. 염독고는 이를 악물었다. 그는 한쪽 손으로 코를 쥐고 가까스로 입 안에 털어 넣었다. 싸한 악취가 입 안 가득 퍼졌다. 코를 막았다 해도 아무 소용이 없었다. 입 안에 가득한 악취에 정신이 아득해졌다. 그는 쓰라린 속을 위해 손으로 가슴을 두어 번 문지른 후 하늘을 올려다보았다. 어떤 종류인지는 정신이 없어서 모르겠지만 세 마리의 새가 유유히 푸른 창공을 비행하고 있었다.

'너희는… 행복하니?'

염독고의 눈에는 어느새 눈물이 가득 고였고 뺨을 타고 흘러내렸다. 그는 터벅터벅 걸음을 옮겼다. 일곱째 보만응이 눈이 충혈된 채 물었다.

"형님! 어디로 가시려는 겁니까?"

염독고는 듣지 못한 듯 뚜벅뚜벅 걷더니만 약 3장여(약 10미터) 정도 떨어진 곳에 드러누웠다. 그는 대자로 누웠는데 고개는 옆으로 돌린 채 끊임없이 눈물만 흘렸다.

"자자, 그 다음."

표영은 염독고 같은 모습을 한두 번 본 것이 아니기 때문에 그러려니 하고 다음 차례를 재촉했다. 그 광경에 보만응이 참을 수 없다는 듯 분노를 터뜨렸다.

"씨파, 도저히 참을 수 없다. 이야앗!"

보만응이 갑작스럽게 간덩이가 급성 팽창했는지 표영을 향해 달려들었다. 표영은 훗, 하고 웃음을 짓더니 몸을 공중으로 띄워 회전하면서 회선각으로 보만응의 턱을 날려 버렸다.

퍼억—!

"끄악~"

표영의 추레한 옷자락이 파다닥거리고 회전하는 선을 따라 펼쳐졌다가 제자리로 돌아왔다. 추레한 옷이었지만 지금 이 순간만은 그 어떤 비단옷과 보석이 달린 옷보다 더 아름다워 보였다.

보만응은 철퍼덕 소리와 함께 바닥에 나자빠진 이후에 번개같이 몸을 튕기고 일어났다.

두 번째 공격 대응? …을 추측할 수 있었으나 그건 단지 추측일 뿐이었다. 보만응은 몸을 튕기고 일어나더니 턱을 어루만질 새도 없이 아까 있던 자리로 잽싸게 튀어가 줄을 맞췄다.

"형… 줄이 좀 안 맞잖아……."

그 옆에는 조강이 있었다.

"어? 어… 그, 그래……."

그러면 그렇지 하며 옆으로 늘어선 다섯은 그렇게 차례로 표영이 따라준 잔을 받아 들었다. 셋째 파유각, 넷째 악전, 다섯째 초일, 여섯째 조강 순서로 잔을 받아 든 그들은 모두 제정신이 아니었다. 그들은 아까 염독고가 왜 터벅터벅 걸어가 드러누운 채 눈물을 흘리고 있는지 몰랐지만 지금은 마음과 마음이 연결된 것처럼 이해할 수 있을 것 같았다.

표영은 일곱째 보만응 차례가 된 것을 보고 씨익 웃었다. 아까 전에 반항했던 놈인 것을 다시 한 번 상기하는 웃음이었다. 보만응은 암담한 심정이었지만 그 웃음을 받고 무표정하게 있기가 어색해 대충 어설프게 웃어 보였다.

보만응은 따라준 잔을 받으며 한 번에 들이켰다. 앞서 형님들이 다 마신 터라 부담은 더 적었다. 하지만 그가 자신의 잔에 특별한 선물이 들어 있다는 것을 발견하기엔 그리 오랜 시간이 걸리지 않았다.

안에서 물컹거리는 건더기를 느낀 보만웅이 일순 뱉어내려 하자 표영이 손을 가로저었다.

"그냥 먹어둬. 아참, 그건 씹어야 해. 알겠지?"

보만웅은 그제야 그 건더기의 정체를 파악할 수 있었다. 그의 눈은 표영의 팔뚝을 향했고 팔뚝에 약간 희끗한 부분이 보였다. 그것은 바로…….

그의 눈에서 하염없이 눈물이 흘러내렸다. 반항의 열정은 뜨거웠지만 그 대가는 쓰디쓰고 추접하기 이를 데 없었다.

그렇게 차례대로 모두들 걸음을 옮겨 바닥에 드러눕게 되었을 때 이제 남은 건 타구봉에 얻어터져 바닥에 누워 있던 부백경뿐이었다. 이때쯤 부백경은 어느 정도 정신을 차리게 되었던 터라 아우들이 한 잔씩 들이키고 허망함에 빠져 있는 것을 다 본 상태였다. 부백경은 혹시나 자신은 맞았으니 피해갈 수 있지 않을까 싶어 더 불쌍한 얼굴을 짓고 있었다.

하지만,

"자, 너도 한잔해야지."

역시나였다.

부백경의 눈에서 다시금 눈물이 주르르 흘렀다.

부백경은 꾸역꾸역 아픈 몸을 일으켜 앉은 후 한 잔 가득 마시고 아우들이 드러누운 곳으로 가 자리를 함께했다. 무언가 어설프지만 의리 같은 것이 연하게 보이는 것만 같았다.

이들의 모습은 아주 특이해 마치 죽음의 끝에 선 연인들이 죽어가면서 간신히 손을 잡으려고 애쓰는 듯한 모습을 떠올리게 했다.

'사는 게 뭔지… 흘흘흘.'
표영이 그들 곁으로 걸어가 조용히 말했다.
"니네들, 거지 할래?"
부백경이 누운 채로 고개를 살짝 돌려 표영을 바라보며 말했다.
"할 만한가요?"
표영이 고개를 끄덕였다.
"뭐, 그럭저럭… 솔직히 말하면 할 만해."
"생각해 보죠."
"좋아."
거기까지 말한 표영은 하북칠살에서 고개를 돌려 허공을 향해 느닷없는 소리를 질렀다.
"자, 이제 모두 나오도록!"
표영의 이 뜻밖의 외침에 부백경을 비롯한 모두의 눈이 일순간 깜박임도 잊은 채 고정되었다.
'누가?'
'설마……'
'그럴 리가!'
살면서 어떤 모습은 꼭 보이고 싶지 않은 경우가 있는 법이다. 숨기고 싶은 비밀이 있다는 건 삶을 윤택하게 하고 가치있게 빛내는 법이지 않는가. 그런 점에서 지금 오늘의 일만큼은 하북칠살에게는 영원한 비밀로 간직하고 싶었다.
하지만 그것은 그저 희망 사항일 뿐이라는 것을 받아들이는 데는 그리 많은 시간이 소요되지 않았다.
다다다닥.

어니선가 들어본 익숙한 달리기 소리였다.

'어디서 들었더라… 그렇군. 서문세가의 바보 같은 호위들이 도망가던 소리가 아닌가.'

그랬다. 믿고 싶지 않았지만 제일 먼저 모습을 보인 것은 서문세가의 열 명의 호위들이었다. 그들의 모습을 보며 하북칠살의 얼굴은 처참하게 일그러졌다. 오징어를 불에 구워 순식간에 구겨지듯 그렇게 구겨진 것이다. 그 뒤를 이어 늙은 마부가 다른 늙은이 한 명과 함께 등장했는데 마부와 또 다른 노인이 표영에게 다가와 머리를 숙였다.

"지존이시여, 수고가 많으셨습니다."

"너도 애썼다, 능파."

능파! 사실 마부는 능파였고 그 옆의 노인은 바로 능혼이었다. 처음에 이 일을 계획할 때 능파와 능혼은 서로가 마부 역을 하겠다고 소란을 피웠는데 끝내 능파가 우겨 마부 노릇을 하기로 한 것이었다. 개방에서는 서문세가의 호위들마저 개방에서 변장하는 부분도 고려했었는데, 그러면 의심을 사게 될 것을 염려해 그것은 접어두었다.

"다음번에는 반드시 제게 기회를 주셔야 합니다."

능혼이 아깝다는 목소리로 말하자 표영과 능파가 껄껄거리며 웃었다. 하북칠살은 마부가 능파라고 하는 말에 황당함에 빠져 질식할 것만 같았다. 능파와 능혼은 강호상에서 개방 방주의 오른팔과 왼팔이며—비록 무공은 과거의 그들이 아니지만 강호인들은 모르고 있다— 태상장로로 이름나 있었기 때문이다.

그 뒤로 사람들은 계속해서 나타났다. 제갈호를 비롯해 손패와 개방의 8대장로들, 그리고 새롭게 신설된 무영칠단의 단주들인 과거의 살수단의 우두머리들이 차례로 모습을 드러낸 것이다.

어느 한 명 소홀하게 대할 수 없는 개방의 실세들이 모두 나타나자 하북칠살의 얼굴은 백지장처럼 하얗게 변해 버리고 말았다. 거기에서 끝난 것은 아니었다. 그 뒤로 마차 안에 원래 타고 있어야 할 서문세가의 안주인 주지청과 표영의 아내가 된 교청인이 모습을 드러냈다. 그중 교청인은 품에 7개월 된 아들 표은을 안고 있었다.

사실 이번 하북칠살의 기습에 대한 것을 듣고 표영은 기분 전환도 할 겸 겸사겸사 모두들 오게 한 것이었다. 이미 야외에서 식사를 할 수 있도록 준비가 된 상태였다. 표영은 교청인에게 다가가 아들을 받아 들고 까꿍까꿍을 연발했다. 은은 까르륵 웃으면서 좋아했다.

한쪽에 있는 하북칠살은 철저히 무시된 상태가 아닐 수 없었다.

"자, 그럼 일단 좋은 자리를 마련하도록 하겠습니다."

표영이 은을 안고서 하북칠살에게로 다가가 아기에게 말했다.

"자, 은아, 이 아저씨들도 앞으로 아빠의 수하가 되겠다고 하는구나. 자, 아저씨들한테 인사해야지."

은은 까르르 웃으면서 마냥 좋아 손짓했고 하북칠살의 얼굴은 이젠 아예 새까맣게 변해 버렸다.

2장

거지가 될 수는 없다

거지가 될 수는 없다

모두가 단체로 미치기라도 했다는 말인가?
미쳐도 다른 사람에게 피해를 주지는 말아야지.
왜 나를 거지로 만드려 하느냐구~
내가 어딜 봐서 어울린다구!
할아버지! 아버지! 정신 좀 차려보세요!
어서 깨어나시라구요. 이건 마왕의 농간이에요.
부디 이겨내셔야 한다니까요.
　　　　　　　—미치고 환장할 것 같은 심정의 혁성.

어느 날 천선부주 오비원에게 그의 둘째 아들 오백이 불쑥 말했다.
"긴히 드릴 말씀이 있습니다."
"말해 보거라."

"혁아를 천선부가 아닌 다른 곳으로 보내고 싶습니다."

"진심인 게냐?"

"부용과 함께 오래 생각했습니다. 그 아이를 위하는 유일한 길이라 생각합니다."

"으음……."

"외부 문파 중에서 혁아를 온전히 변화시킬 수 있는 분으로 아버지께서 추천해 주십시오."

"결정이 난 후에 너희는 꽤나 힘들 텐데……."

"아프겠지만 참아보겠습니다."

"좋아, 사실 나도 걱정하던 바였다. 너희들이 어려운 결심을 하였구나."

"혁아에게는 아버지께서 말씀해 주십시오. 저희는 도리어 모르는 척하겠습니다."

"으음… 그렇게 하마."

"감사합니다."

"현 강호에서 혁아의 사부가 되기에 적격인 사람은 오직 그뿐이다."

"어떤 분이십니까?"

"아마 네가 들으면 보내지 않으려 할지도 모르는 사람이다."

"그럼 혹시……."

"짐작한 대로다."

"…아버지 뜻에 맡기겠습니다."

"좋다. 내 직접 그에게 부탁해 보도록 하마. 하지만 그에게 강제로 떠맡길 수는 없으니 그가 원치 않는다면 보낼 수 없다는 것은 알아두

거라."

 이렇게 해서 표영이 하북칠살에 대한 정보를 입수하고 그에 대해 대응 전략을 즐거이 마련하고 있었을 즈음 오비원으로부터 한 장의 서신이 날아들었다.
 '건곤진인의 손자 오혁성이라… 후훗, 재밌겠는걸.'
 표영이 긍정적으로 받아들인 순간 이제 15세인 오혁성의 미래의 색깔은 바로 흐릿하게 탈색되어 갔고 추레하게 변색되었다.

 쿵쿵쿵!
 "할아버지, 전 절대 갈 수 없어요! 아니, 가지 않을 거라구요! 왜 이 손자를 생거지로 만드시렵니까? 할아버지, 정신 차리세요! 정신 차리시라구요!"
 혁성은 제정신이 아니었다. 뭐, 원래 평상시에도 그다지 정상이라고 보는 사람은 드물었지만 지금은 그 정도가 지나쳤다.
 쿵쿵쿵! 쿵쿵쿵!
 혁성의 손이 굳게 닫힌 오비원의 처소 문을 강타했고 이어 난리법석이 이어졌다.
 "제발 문 좀 열어보시라구요. 비겁하게 이러실 겁니까? 할아버지~"
 혁성의 근처에는 나이 지긋한 호법들이 있었지만 이 소란스러움에 그들은 안절부절못하고 바라볼 뿐 달리 말리거나 그만 하라는 말조차 꺼내지 못했다.
 천선부 내에서 어느 누가 있어 이런 횡포를 부리고도 멀쩡할 수 있겠는가. 오로지 혁성만이 가능한 일이었다. 물론 그 때문에 결과적으로 표영에게로 보내기로 결정되어지기도 했지만 말이다.

혁성에게는 갓난아기 적부터 사람을 끄는 묘한 매력이 흘러 누구나 한 번 보면 좋아하게 되었다. 그건 오비원도 예외가 아니어서 끔찍이 혁성을 아끼고 사랑했다. 무공에 대한 자질도 매우 뛰어났으며 학문에 대한 이해도 대단했다.

하지만 혁성은 점점 나이가 들면서 행실이 제멋대로 변해갔고, 사람을 괴롭히는 것을 취미로 정한 듯이 천선부인들을 못살게 굴었다. 그래도 아무도 크게 대항조차 못했다. 그러기엔 오비원의 사랑이 너무 컸고 내총관으로 있는 아버지 오백과 소부용의 애정이 너무 지극했던 것이다. 하지만 이제 오백과 소부용이 점점 횡포가 늘어나는 아들을 보며 자식을 사랑한다면 모질게 가르쳐야 한다는 점에 마음을 모으고 끝내 표영에게로 보내기로 마음먹게 된 것이었다.

쿵쿵쿵······!

"정말 이러실 겁니까?"

거의 말투만으로 봐서는 할아버지와 한판 붙어보겠다는 손자로 보였다. 혁성은 코에서 뜨거운 김을 뿜어내면서 '으아악~!' 이라는 괴성과 함께 발을 구르다가 근처에 있는 호법들에게 달려들어 마구 손을 날려 머리통을 때려 버린 후 어디론가 사라져 버렸다.

두 호법이 혁성의 손짓에 머리를 맞을 리는 없지만 만일 피하기라도 한다면 더 끈질기게 달려든다는 것을 익히 알기에 대충 맞아준 것이었다.

오비원은 안에서 쿵쾅거리는 소음을 양손으로 귀를 틀어막고 마구 흔들어대면서 아무 소리도 들리지 않게 하였던 터라 혁성이 떠난지도 모르고 여전히 '아아아~' 라는 말과 함께 귀에 댄 손을 흔들어대고 있었다.

 강호인들 중 누가 있어 오비원이 이런 모습을 하고 있으리라 생각하겠는가. 그만큼 혁성의 위력은 대단한 것이라 할 만했다.

 뛰쳐나간 혁성은 천선부 내를 가로지르며 아버지 어머니를 찾아갔다.

 "이건 말도 안 돼~ 개방에서 무슨 배울 것이 있다고 가라고 하시는 건가! 이건 꿈이야, 꿈! 악몽이란 말이다!"

 혁성의 이 외침으로 인해 천선부에는 삽시간에 소문이 퍼졌다. 혁성이 지나면서 연신 나팔을 부는 소리에 사람들은 처음엔 이건 무슨 잡소리냐라는 식의 의아한 반응을 보였다. 하지만 혁성의 표정이 평상시 미친 것의 세 배 정도의 얼굴로 뛰어가는 것을 확인한 뒤에는 감동이 모두의 얼굴에 떠올랐다.

 원래 이별이란 진한 아쉬움과 격정을 남기기 마련이다. 하지만 천선부인들이 보인 그 감동은 아쉬움이 아닌 순수한 기쁨, 바로 그것이었다. 마음속에서 아침 해가 솟아 차례로 온몸에 찬란한 햇살을 비추었다.

 '그래, 삶이란 이런 것이지.'

 '그동안 당한 걸 생각하면… 흐흑.'

 모두의 얼굴이 햇살에 어둠이 물러가듯 그렇게 화사하게 변해갔다. 심지어 어떤 이들은 자신의 소원을 하늘이 끝내 들어주셨다며 감격의 눈물을 흘리는 이도 있었고, 또 어떤 이들은 이 소식이 단지 소문으로 끝나지 않고 반드시 실현되기를 정화수를 떠놓고 기원을 올리기까지 했다. 심지어 어떤 이는 이때로부터 너무 기쁜 나머지 난데없는 불면증에 시달리기도 했다. 우울함도 불면증의 원인이 되겠으나 사람이 너무 기뻐도 잠을 이루지 못하는 것이다. 그렇지 않은가. 그건 배고파 죽겠다와 배불러 죽겠다와 같은 맥락으로 설명될 수 있는 것이기도 하다.

천선부인들은 드러내 놓고 환호하진 못했지만 삼삼오오 모이게 되면 서로 손바닥을 마주치며 기쁨을 나누었고, 이제 살맛나는 세상이 도래할 것이라고 위로했다.

"허허, 살다 보니 이런 날도 맞이하게 되는군."

"그러게 말이네. 하늘은 결코 무심하지 않으셨던 거야."

"난 사람들이 기적을 봤다고 하면 콧방귀를 뀌었는데 내게 이런 기적이 일어날 줄이야 생각이나 했겠나."

"암, 천선부에 서광이 비춤이지."

"게다가 개방 방주 구주신개에게 가게 된다니… 볼 만하지 않겠나?"

"그렇지. 구주신개와 혁성 공자와의 만남이라… 기대되는걸. 강호 최고의 괴짜와 개망나니의 만남이니 말일세."

"과연 누가 더 셀까?"

"쉽게 말하기 어렵군. 한 사람은 중원을 휩쓰는 괴짜요 또 한 사람은 천하제일 천선부를 휩쓴 괴짜이니 말이야. 게다가 혁성 공자의 뒤엔 부주님이 계시지 않은가. 아무리 구주신개라 해도 부주님의 얼굴을 생각하지 않을 수 없겠지."

"허허. 자네, 그건 틀린 말인 것 같네. 구주신개가 눈치를 보다니… 어림 반 푼 어치 없는 소리 말게나. 건곤진인께서 왜 구주신개를 좋아하는지 몰라서 그러나? 성품이나 마음가짐이 전대 방주인 천상신개 엽 대협을 많이 닮아서가 아닌가. 과거 엽 대협이 어디 부주님 눈치를 봤던가. 오고 싶으면 오고 가고 싶으면 가는 그런 분이셨지. 아마 구주신개는 더하면 더했지 결코 덜하지 않을 걸세. 게다가 지금 개방의 세력은 천선부와 어깨를 나란히 할 정도로 고수들이 구름같이 모이고 구주신개의 무공 또한 어디까지가 한계인지 모른다고 하지 않던가. 제아무리 혁성 공자도 꽤나 고생 좀 할 걸세."

"그렇긴 하지만 혁성 공자가 정상이 아니라는 걸 자네도 알잖아. 구주신개도 그런 종류의 인간은 많이 경험해 보지 못했을 걸세. 그래서 하는 소리지."

"자자, 우린 마음 편히 구경이나 함세. 되도록 구주신개 쪽을 응원해야겠지만 말야."

천선부인들은 이렇게 이야기꽃을 피우며 앞으로의 미래를 생각했다. 하지만 거의 모두는 부디 구주신개 표영이 오혁성을 데리고 떠나주길 간절히 바랬다. 그건 오혁성에 당한 지난 시간들이 너무도 괴로웠기 때문이다.

혁성은 흔히 '혁성 공자'라 불려졌지만 양지에서의 애칭은 괴짜 공자라는 뜻의 '괴공'이라 불려졌고 음지에서는 '개망나니' 또는 '미친개'라 불려졌다. 물론 혁성은 괴공이라는 말을 좋아했고 자신이 '광견'으로 불려지고 있다는 것은 전혀 생각질 못했다. 누구나 그렇듯 자신의 허물은 사실 잘 보이지 않는 것이다.

혁성에게는 누가 뭐라고 해도 이건 날벼락이었다.

"아버지, 어머니, 제가 왜 개방 방주의 제자가 되어야 하죠? 다른 사람들은 천선부에 들어오지 못해 안달인데 천하제일고수의 손자가 왜 거지 소굴로 가야 하냐구요~"

아버지 오백은 의자에 앉아 벌써 일 식경(30분)이나 똑같은 하소연을 듣고 있음이었다. 혁성이 노망이라도 난 사람처럼 한 말 또 하고 또 하고 했기 때문이다. 그는 더 이상 듣다가는 속이 터질 것 같아 자리에서 일어났다.

"그건 네 할아버지께서 결정하신 것이라 나로서도 어쩔 수가 없으니 넌 그리 알아라."

"아버지, 어디 가시는 거예요? 할아버지께 말씀드려 주세요. 아니면 제가 직접 만날 수 있도록 해주시라구요."

오백이 아무 말 없이 나가 버리자 혁성은 이번엔 그의 어머니 소부용에게 매달렸다.

"어머니, 어떻게 방법을 강구해 주시라니까요. 이 아들이 거지 꼴 하는 것을 이대로 보고만 계실 건가요? 정말 제 친어머니 맞으세요? 왜들 갑자기 그러시는 거예요. 내일 모레면 개방 방주가 온다면서요."

소부용은 아들의 말에 한숨을 내쉬며 입을 열었다.

"이 어미가 어찌 할아버지의 뜻을 꺾을 수 있겠느냐? 할아버지는 너를 눈에 넣어도 아프지 않을 만큼 사랑해 주셨으니 개방에 보내심도 반드시 큰 뜻이 있을 것이다."

"큰 뜻은 무슨 뜻이겠어요. 어머닌 정녕 구주신개의 소문을 듣지 못하셨나요? 세 개의 호리병에 뭐가 들어있는지 모르시냐구요!"

소부용이 모를 리가 있겠는가.

"얘야, 개방은 그리 호락호락한 곳이 결코 아니란다. 개방의 방주님은 비록 젊은 나이지만 세상 사람들로부터 존경받는 분이시다. 그런 분을 사부님으로 모신다는 것은 모두의 부러움을 사는 일이지 않겠니?"

"존경은 할아버지에 비하면 아무것도 아니잖아요. 정말 아버지도 그렇구 어머니도 이러실 건가요? 어머니… 제발 절 도와주세요."

그 말에 마음이 약해졌음인가. 소부용이 힘겹게 입을 열었다.

"이 어미가 할아버지를 설득할 수는 없지만 네게 한 가지 정보를 알려주마."

혁성의 귀가 번쩍 뜨였다.

"그리 대수로운 것은 아니지만 네가 어떻게 하느냐에 따라 달라질 수도 있을 것이다. 개방의 방주님은 성격이 매우 특이해서 너희 할아버님도 어떻게 하실 수 없다고 하더구나. 그래서 만약에 방주님이 널 제자로 받지 않으시겠다면 할아버지도 결코 다그치지는 않겠다고 하셨다더구나."

어릴 적부터 신동이란 소리를 듣고 자란 혁성이 그 말뜻을 이해하지 못할 리 없었다.

"그러니까 거절하도록 만들면 된다는 말씀이시군요."

"그건 네게 달렸지만 부디 예의 바르게 행동했으면 좋겠구나."

"하하, 그럼 어머니, 전 나가보겠습니다."

아까까지 죽을상을 하던 혁성의 얼굴은 어느새 활짝 피어 있었다. 길이 보인 것이다.

14인으로 구성된 천강대가 혁성과 함께한 지는 벌써 10년이 되어갔다. 천강대는 혁성이 5살이 되었을 때 부주 오비원이 천강대를 혁성의 개인 호위대로 명했고 그때부터 그들에겐 혁성은 직계 상관이면서도 마치 혈육 같아 마음으로는 동생 혹은 조카 정도로 여겨졌다.

지금 그 천강대의 수장인 을휴가 혁성과 마주 앉아 진지한 이야기를 나누고 있는 중이었다.

"제가 생각할 땐 그건 잘못 짚으신 것 같습니다."

을휴가 고개를 가로저으며 말했다.

"왜지?"

"그건 구주신개는 보통 사람이 아니기 때문입니다. 구주신개처럼 괴이한 사람들은 공자님께서 예의없이 굴거나 하면 얼씨구나 하면서 제자로 받아들이려 할 것입니다."

"음… 일리있는 말이야."

"대신 구주신개와 같은 종류의 사람들이 제일 싫어하는 무리는 바로 위선자들입니다. 특히 개방은 꾸밈을 배제한 곳이기 때문에 사람을 보는 것도 자꾸 가식과 위선의 테두리에 있는 자들을 혐오하는 것이지요."

"오호라~ 위선자라 이거렷다! 으하하하! 을휴, 너는 역시 내 심복이다. 하하하하!"

혁성은 대머리인 을휴의 머리통을 손바닥으로 때리면서 좋아했다. 을휴의 표정을 보건대 그리 기분 나빠하지 않는 것이 흔히 있었던 손짓임이 분명했다.

한참을 웃던 혁성이 다시 무슨 생각이 난 건지 동작을 멈추고 진지하게 말했다.

"아, 그리고 이건 혹시나 해서 하는 말이다만 내가 만일 정말정말 재수가 없어 구주신개와 함께 나서게 되더라도 너희는 꼭 나를 구하러 와야 한다. 알겠지?"

아무리 을휴였지만 그 대답은 쉽게 나오지 않았다. 을휴는 속으로 몇 마디를 중얼거린 후 답했다.

'만일 오백님이나 부주님께서 허락하신다면… 그때는…….'
"물론 구하러 가도록 하겠습니다."
혁성은 약간 망설인 것이 그리 썩 마음에 들진 않았지만 그래도 오겠다는 말이 마음에 들어 다시금 을휴의 머리통을 치며 좋아했다.

3장
위선자의 말로(末路)

위선자의 말로(末路)

괴짜란 이 정도는 되어야 괴짜라고 할 수 있는 거야.
괴짜란 말이야, 한마디로 정상이 아니라는 것이거든.
하지만 무조건 정상이 아닌 것을 괴짜라고 하진 않아.
뭐랄까, 나름의 규칙을 가진 불규칙이라고 해야 할까.
그럼에도 보통 사람들은 워낙 불규칙하게 규칙적으로 움직이니
그걸 이해하지 못하고 정상이 아니다, 괴짜다라고 하는 거야.
─주먹을 어루만지며 표영이.

세상에 살면서 마음을 열고 대화를 나눌 수 있는 사람이 있다는 것만큼 다행스런 일은 없을 것이다.

그저 술 한잔 기울이며 거리낌없이 푸념하듯 내뱉는 말에도 고개를 끄덕여 줄 수 있는 친구라면 지난날의 상심을 털어버리고 마음에 새

로운 희망을 가질 수 있게 될 테니 말이다.

건곤진인이라 불리는 천선부주 오비원에게도 과거에 바로 그런 친구가 있었다.

지금은 보고 싶어도 볼 수 없지만 그때는 그와 술 한잔 기울이는 시간이 이처럼 그리워지리라고는 생각지 못했다.

'나도 이제 조만간 자네를 보러 갈 수 있을 것 같으이. 그러니 자네도 조금만 참게나……'

오비원은 자신의 거처에 마련된 탁자에 앉아 짧게나마 옛 친구를 떠올렸다. 그가 되뇌는 친구는 바로 과거 개방 방주였던 천상신개 엽지혼을 가리킴이었다.

오늘따라 유독 그가 생각나는 건 탁자 맞은편에 앉아 있는 엽지혼의 제자이자 현 개방의 방주인 표영 때문이었다.

"자, 잔이 비었습니다. 한잔 받으십시오."

표영은 오비원의 초대를 받고 점심나절이 지나 천선부로 온 터였다.

"하하. 고맙네, 표 방주."

오비원은 표영을 대하면서 옛 친구의 향기를 맡을 수 있어 좋았다. 소탈한 성격과 모든 것을 유쾌하게 바라보는 시각 등 표영은 옛 친구를 너무도 닮아 있었던 것이다. 늘 자신을 돌아볼 때는 수수함 속에 비범함을 지니길 바랬고 그의 거처 또한 화려함 대신 정적인 담백한 기운을 담고 있었다. 하지만 앞에 앉아 있는 젊은 거지는 자신의 초연함보다 더욱 초연해 보였고 더러운 겉과는 달리 그 어떤 담백함보다 더욱 담백해 보였다.

'과거 엽지혼을 보며 부러워했던 것이 바로 그런 분위기였지. 좋은 제자를 거두었어.'

자꾸만 그렇게 보아서인지 어느 땐 외모마저 비슷하다고 느껴질 지경이었다.

그런 감정은 사실 표영에게도 마찬가지였다. 오비원에게는 사부가 머물러 있는 듯 묘한 분위기가 흐르고 있었던 것이다.

"먼 길을 와줘서 고맙네."

"별말씀을 다 하십니다. 서신은 잘 받아보았습니다. 손자를 제게 맡기고 싶으시다구요?"

오비원을 대하는 표영의 말투는 여느 때와는 달리 매우 공손했다.

"그렇네."

"천선부의 무학이야말로 그 깊이를 헤아리기 힘들진대 어찌 그런 생각을 하셨습니까?"

"그건 다 내 탓이라 할 수 있지. 내가 너무 오냐오냐해서 그 녀석을 어떻게 할 수 없는 입장이 되어버렸지 뭔가."

표영으로서는 당장에 납득할 수가 없었다. 천선부를 이끄는 이가 어찌 그런 사소한 감정에 휘말린단 말인가. 그 정도로 나약했다면 지금의 천선부는 이 정도는 아니었을 터였다.

표영의 얼굴에 의문이 떠오른 것을 보고 오비원은 멋쩍은 미소를 짓고 말했다.

"그래, 자네가 이해하긴 힘들 것이네. 그만한 사연이 있다네."

표영은 살짝 고개만 끄덕였고 그 사연이 무엇인지는 묻지 않았다. 누구에게나 마음속에만 담아두고 싶은 이야기가 있는 법이니까. 어차피 말해 줄 것이라면 묻지 않아도 들려줄 것이라 생각했다.

오비원이 문득 생각났다는 듯 물었다.

"지난번에 아들이 태어났다는 말을 들었는데 묻지도 못했군. 아이의 이름은 뭐라고 지었나?"

"은(恩)이라고 지었습니다. 은혜를 풍성히 받고 은혜를 잊지 말라는 뜻을 새겼습니다."

"표은이라… 좋은 이름이군."

오비원은 고개를 두어 번 끄덕인 후 벽면을 바라보았다. 표영은 그의 얼굴 한쪽 구석에 그리움이 묻어 있다고 생각했다.

"휴우… 나도 아들 녀석이 보고 싶군."

표영은 순간 고개를 갸우뚱하다가 농담인 것을 간파하고 소리 내어 웃었다.

"하하, 이렇게 가까이에 아들들을 두시고서 보고 싶다고 말씀하시다니 자식 사랑이 너무 크신 것 아닙니까?"

표영은 많은 강호인들이 그런 것처럼 아직 오비원의 셋째 아들에 대한 내용을 알지 못하고 있었기 때문에 우스갯소리로만 알아들을 뿐이었다.

오비원은 대답 대신 벽면을 향해 소매를 떨쳤다.

펄럭~

스르르르…….

소매에서 경기가 일며 벽면이 옆으로 제껴졌다. 그리고 드러난 안쪽 벽면에는 마치 살아 움직이는 듯 어린 검객이 검법을 펼치는 벽화가 나타났다. 그 벽화의 주인공은 오비원이 하루에도 수차례 바라보는 넷째 아들이었다.

"오유태이라 하네. 넷째지."

표영은 아까 자신이 실언한 것을 생각하고 약간 머쓱해져 술잔을 비웠고 오비원의 말이 이어졌다.

"이제 나도 자네 사부를 보러 갈 날이 얼마 남지 않은 것 같아. 그래서인지 철이 들었나 보이. 과거에 내가 아들을 쫓아낸 것은 마땅히 잘한 일이라도 생각했던 마음이 날이 갈수록 후회가 되니 말일세……."

오비원은 그 말을 시작으로 표영에게 넷째 아들에 대한 지난 이야기를 하기 시작했다.

가장 기대가 컸던 진정한 천선부의 후계자로 생각했었다는 것, 자신의 뜻을 저버리고 평범한 여인과 혼인하고자 고집을 부리고 끝내 뜻을 굽히지 않아 부자의 연을 끊자고 말하며 쫓아내었던 이야기들이었다.

"휴우……."

오비원이 내뱉은 한숨엔 짙은 후회가 묻어 나왔다.

"누군가가 내게 지금 소원이 무엇이냐 물으면 아들을 보고 싶을 뿐이라고 대답할 거네."

표영은 벽면에 그려진 곱상하면서도 강한 의지가 엿보이는 오유태를 바라보며 속으로 고개를 끄덕였다. 충분히 오비원의 마음을 이해할 수 있을 것만 같았다.

'어머니는 과거 날 위해 오천 번의 기원을 하늘에 올리지 않으셨던가.'

모든 부모의 마음은 같은 것이라. 지금에 와서 표영은 아들을 낳고 보니 더욱 그 마음이 피부로 와 닿았다. 아마도 자식이 없었다면 머리로만, 그저 이치적으로만 이해할 수밖에 없었으리라.

"무엇을 망설이십니까? 직접 찾아보시지요. 힘드시다면 개방 제자들을 동원해서 알아봐 드리겠습니다."

그 말에 오비원이 고개를 가로저었다.

"가보지 않은 것은 아니라네. 2년 전쯤에 살그머니 살펴본 적이 있었네만 그 녀석 앞에 나서질 못하겠더군. 내가 모질게 굴며 내쫓고선 아무 일도 없었다는 듯 나서기가 어렵더군."

표영은 더 말할 필요가 없음을 느끼고 술잔만 기울였다. 그가 염려하는 말을 충고하듯 거창하게 늘어놓을 것은 없었다. 자신이 생각하는 것보다 수십 배는 더 오비원이 깊이 생각하고 더욱 마음 아파하고 있을 테니 말이다.

"이번에 내 손자를 자네에게 맡기는 이런 일이 발생한 것도 사실다 내 잘못이라네. 넷째가 쫓겨나던 해에 혁아가 태어났지. 난 사실 해가 지날수록 후회하고 있었고 못난 짓을 하고 말았다고 자책했네. 그런 아쉬운 마음이 혁아에게 보상하듯 전해진 것이지. 그 녀석은 그렇지 않아도 사랑스러운 데다가 내 마음까지 셋째에 대한 그리움이 가득해 무슨 일이든지 다 받아주었지 뭔가. 그래서 지금에 이르러선 갑자기 호통을 치거나 하기가 난처해져 버린 거야. 그러다 보니 녀석이 기고만장해져서 이곳저곳 들쑤시고 다니고 온갖 해괴한 짓을 다 하고 다닌다네. 물론 다들 내 눈치 때문에 어떻게 하지도 못하는 것은 당연하고 말일세."

오비원의 음성은 그리움과 안타까움, 그리고 사랑스러움이 여러 갈래로 섞여 있는 듯 보였다.

표영은 이제야 혁성을 자신에게 보내려고 한 뜻을 온전히 이해할 수 있었다.

"자네에게 강요하고 싶은 마음은 없네. 솔직히 그 녀석은 감당하기 힘들 정도거든. 혹시나 해서 하는 말인데… 그 녀석을 보고 마음에 들지 않거든 아무 부담 없이 거절해도 좋네. 괜히 내 체면을 생각할 필요는 없다는 말이네. 알겠나?"

"그럼요. 개방에 맞지 않는다면 전 그냥 두말 않고 훌훌 자리를 털고 일어나겠습니다."

"하하, 그렇게 말해 주니 내 마음도 편하군."

"아참, 그런데 혁성을 만날 때 한 가지 부탁이 있습니다."

시종일관 진지함을 유지하던 표영이 입가에 보일 듯 말 듯 미소를 지었다. 그건 표영이 모종의 계획을 수립함을 의미했다.

"뭔가?"

"제가 혁성에게 무슨 행동을 하더라도 진인이나 그 아이의 부모라 할지라도 저의 편이 되어주셔야 한다는 것입니다. 만일 그렇게 하기 힘드시다면 전 이 자리에서 돌아가도록 하겠습니다."

워낙에 단호하게 매듭 짓는지라 오비원은 약간 흠칫했지만 크게 대수로울 것은 없다고 생각하고 흔쾌히 답해주었다.

"좋네, 내 이름을 걸고 약속하겠네."

"하하, 고맙습니다."

"고맙긴. 자, 그럼 함께 가세나."

천웅각.

이곳은 천선부 내에서는 외부에서 온 귀빈을 접대하는 곳으로 쓰이고 있다. 지금 이곳에서 혁성은 차분히 뒷짐을 지고 30도 각도로 고개를 들고서 창 너머를 바라보고 있었다.

중앙에 마련된 여섯 사람 정도가 넉넉히 앉을 수 있는 둥그런 탁자, 옆 벽면 전체에 그려진 벽화, 그리고 잘 짜여진 담백한 멋을 풍기는 장식장들이 자리한 그곳에서 혁성의 모습은 또 하나의 장식품처럼 멋

들어지게 어울리고 있었다.

혼기를 맞은 여인들이 그 모습을 본다면 한눈에 반해 버릴 만한 모습이라 할 수 있었고 강호 명사들이 본다면 한 마리의 고고한 학을 대하는 듯하다고 말할 만한 모습이었다.

창을 바라보던 혁성이 몸을 돌려 현관문 쪽을 바라보며 작게 중얼거렸다.

"음… 조금 늦으시는구나."

잔잔하면서도 또렷한 음성이었다. 평상시 혁성이라면 절대로 내뱉을 수 없는 말이었고 목소리였다.

원래대로 하자면,

―확, 그냥 이걸! 왜 이렇게 늦는 거야? 누군 시간이 남아돌아서 이렇게 기다리는 줄 아나! 기가 막히군. 대혁성 공자를 기다리게 하다니… 나타나기만 해봐라!

뭐, 대충 이 정도라야 '음… 지극히 정상이로군' 이라고 판정 내릴 텐데 지금은 어딜 봐도 혁성의 본모습이 아니었다.

천선부 내에 누구라도 이런 모습을 보았다면 필시 이렇게 소리쳤을 것이다.

―큰일입니다! 공자님께서… 헉헉… 공자님의 머리가 어떻게 되신 것이 분명합니다!

또 다른 경우라면,

―네놈은 내체 누구냐? 네놈이 인피면구를 쓰고 혁성 공자님의 흉내를 낸다고 우리가 속을 줄 알았더냐! 어리석은 놈. 혁성 공자는 네놈처럼 그렇게 예의 바르지도 않고 학식있게 말하는 사람이 아니란 말이다! 어서 인피면구를 벗고 내 검을 받아라!"

혹은 이렇게 말할지도 모른다.

―…이 병은 불치병입니다. 그리 오래 살 것 같진 않습니다. 지금부터 마음의 준비를 해두십시오. 저도 어쩔 수 없습니다.

이처럼 혁성은 진짜 혁성이 분명했지만 지금 이 순간만큼은 완전히 다른 사람으로 변해 있었다. 혁성은 다시금 초조한 기색도 없이 다시 창가를 향하고 고즈넉하게 바깥 풍경을 바라보았다.
"여기네. 들어가세."
오비원의 음성이 현관문을 뚫고 혁성의 귀로 파고들었다.
'때가 되었군.'
혁성은 크게 심호흡을 한 후 현관 쪽으로 걸음을 옮겨 문이 열리기만을 기다렸다. 첫인상이 중요한 법이다.
오비원이 먼저 들어서고 그 뒤를 표영이 따랐으며 마지막으로 오백이 문을 닫고 안으로 들어왔다.
"오, 미리 와 있었구나."
오비원의 감탄의 목소리엔 '안 하던 짓을 하고 네 녀석이 웬일이냐' 란 식의 뜻이 섞여 있었다.

"이 녀석이 바로 내 손자라네."

그 말에 혁성이 포권을 취하고 공손하게 인사를 올렸다.

"오혁성이라고 합니다. 강호의 대영웅이신 개방의 방주님을 직접 뵙게 되다니 삼생의 영광이 아닐 수가 없습니다."

표영은 생각했던 것과는 전혀 다른 모습에 일순 멈칫했지만 그 찰나적인 순간에 실이 여러 개로 나열되어진 바늘을 관통하듯 상황을 이해해 버렸다. 만성지체의 천재적인 능력의 빛난 순간이었다.

정인군자 같으면서도 느끼하기 한량없는 말투에 오비원과 오백은 '이 녀석이 미쳤나' 라는 식으로 눈을 부릅뜨며 놀람을 감추지 못했다. 하지만 표영은 껄껄거리며 어깨를 두드려 주었다.

"오호, 예의가 몸에 바싹 붙어 있군. 역시 천선부는 대단한 곳이라니까. 강호의 미래는 자네 같은 소영웅들로 인해 밝아질 수밖에 없겠군."

"하하, 과찬이십니다. 방주님이야말로 그 마음은 새하얀 마음을 품고 계시지 않습니까? 겉은 아무리 멋지게 꾸민들 소용없는 것이랍니다."

혁성의 응수도 아주 훌륭했다.

"하하, 얼굴만 잘생긴 것이 아니라 말도 여간 멋지게 하는 것이 아니군."

"자, 이쪽으로 앉으시죠."

싸악~ 달라진 혁성의 언행에 놀라고 있던 오비원과 오백은 어색한 웃음을 지으며 한마디씩 내던졌다. 좌우지간 무슨 말이라도 해야 마음이 안정될 것만 같았던 것이다.

"자리에 앉아서 이야기하도록 하지."

"부족한 아들을 좋게 봐주시니 그저 감사할 따름입니다."

탁자 쪽으로 걸어가며 표영이 화사하게 답했다.

"하하, 부족하다니요? 제가 보기엔 매우 훌륭하게 자라나서 제가 솔직히 받아들이기 난처할 지경입니다."

"하하… 하… 감사합니다."

어정쩡한 웃음이 뭐가 뭔지 뒤죽박죽된 좌중을 휩쓸었다. 아마 그때 시중을 드는 시녀 둘이 차를 가져오지 않았다면 울어야 할지 웃어야 할지, 아니면 땀을 흘려야 할지 도대체 분간하지 못했을 터였다.

"자, 표 방주, 드시게나."

"네. 향이 구수하니 좋군요."

그때 혁성이 인격이 덕지덕지 묻어나는 듯한 목소리로 끼어들었다.

"이 차는 파청난이라는 식물에서 그 진액을 추출한 것으로 오래도록 가까이 두고 마시면 오랜 수양을 쌓은 것처럼 마음을 다스릴 수 있다고 들었습니다."

차를 홀짝거리던 표영은 눈을 휘둥그레 뜨고 감탄사를 발했다.

"오호! 이야기를 듣고서 보니 더욱 마음에 드는군요."

휘이잉~

오비원과 오백은 서늘한 한기를 느껴 두리번거리며 창문이 열렸나 확인해 보았다. 하지만 어디에도 바람이 들어오는 곳은 없었다. 그제야 둘은 서늘한 바람이 혁성과 표영의 중간 지점에서 생성되어 자신들에게로 전해져 오고 있음을 깨달았다.

'대체 이 녀석이 무슨 속셈이란 말인가.'

'설마 개방으로 가려고 마음을 잡은 건가? 그럴 리가… 어제만 해도 난리를 치지 않았느냔 말이다.'

오비원과 오백은 꿔다 논 보릿자루마냥 쨍하니 둘의 대화를 지켜봤다. 너무나 혼란스러워 도대체 둘이 무슨 대화를 나누고 있는지 알 수가 없을 지경이었다. 대충 들어보니 다 옳은 말이고 좋은 소리뿐이었다. 오비원과 오백으로서는 세상천지에 좋은 이야기가 이렇게나 많이 있다는 것을 처음으로 알았다.

쑥덕쑥덕… 하하하… 쑥덕쑥덕… 껄껄껄…….

이것은 오혁성과 표영이 대화를 나누는 분위기였고,

휘이잉~ 스스스… 휘이잉…….

이것은 오비원과 오백이 느끼는 스산한 분위기였다.

뭔가 이처럼 화기애애하면 '오호라, 일이 잘 되어가는구나' 라는 생각이 들 만도 했지만 어찌 된 일이지 도무지 한줄기 희망조차 보이지 않는 듯해 그것이 더 이상하기만 했다.

그러던 중 변화가 생긴 것은 한순간이었다. 흔히 마른하늘에 날벼락이라 표현하기도 하고 번갯불에 콩 볶아 먹듯이라고도 표현할 만한 일이 벌어진 것이다. 그것은 오비원과 오백이 전혀 예상할 수 없었던 것이었지만 또 한편으로는 어쩐지 황당함에도 불구하고 친근하게 다가왔다.

짜악!

도무지 현재의 화기애애함과는 어울리지 않는 소리였다. 일순 좌중은 우주 한가운데로 순간 이동돼 버린 듯한 고요함에 빠져들었다. 그건 절대적 침묵이라고 할 만했다.

오비원과 오백이 그대로 굳어버린 채 동작을 멈춘 채 표영을 바라보고 있었고 혁성은 한 손으로 벌겋게 변한 뺨을 어루만지며 믿기지 않는다는 듯 눈이 커져 있었다. 제일 한가한 사람은 표영이었다. 그저 씨익 웃고 있었으니 제일 한가해 보이는 것은 당연했다.

느닷없이 뺨을 갈긴 이는 표영이었다.

워낙에 느닷없는 일이라 오비원과 오백은 '갑자기 무슨 일이냐?'

또는 '무슨 안 좋은 기분이라도 든 것이냐?' 따위의 말을 물을 생각도 못했다. 그저 서둘러 아까 스산한 바람이 불어왔을 때, 그러니까 따귀 사건이 일어나기 전 두 사람이 무슨 대화를 나누었을까를 기억하려고 애써보았다.

'??*&#???%7???'

'??*&@?!7&*???'

하지만 그게 기억날 리 만무했다. 그저 차가운 바람의 정체가 어디 메쯤인지 파악하느라 정신이 없었던 두 사람이 아니던가. 오비원은 순간 표영에게서 들었던 말이 떠올랐다.

"제가 혁성에게 무슨 행동을 하더라도 진인이나 그 아이의 부모라 할지라도 저의 편이 되어주셔야 한다는 것입니다. 만일 그렇게 하기 힘드시다면 전 이 자리에서 돌아가도록 하겠습니다."

'이것이었나?'

아직 확실히 알 수는 없었다. 그는 혁성이 어찌 반응할지 그쪽을 바라봤다.

혁성은 이제 어느 정도 정신을 차린 상태였다. 솔직히 얻어맞았을 때만 해도 머리 속이 하얗게 변해 도무지 아무 생각도 할 수 없었다. 그 뒤에는 분노가 활화산처럼 타올라 다 뒤엎어 버리고 싶었지만 불굴의 의지로 마음을 억눌렀다. 한순간의 선택이 영영 거지가 되느냐, 아니면 행복한 나날을 보내느냐로 갈려질 판국인 것이다.

'그래, 이것은 마지막 시험일 것이다!'

위선을 떠는 모습에 혐오감을 느낀 방주가 어떻게 나오나 보려고 하는 것이라 생각했다.

'그렇다면 나로선 더욱 위선적인 모습을 보여야겠지. 그럼 제아무리 구주신개라 하더라도 날 제자로 받아들이고 싶은 마음은 들지 않을 것이다.'

나름의 결론을 짓자 혁성의 마음은 차분히 가라앉았다.

"방주님께서 저의 무공을 시험해 보고 싶으셨나 보군요. 제가 부족한 점이 많아 고매한 수법을 예측조차 못했습니다. 부끄러울 따름입니다."

그 대답은 오비원과 오백을 더욱 놀라게 만들었다.

'헉… 이럴 수가……'

'귀밑에 작은 점이 있는 것이 분명 내 아들이 맞건만 저 녀석이 뭘 잘못 먹었나.'

이건 아무리 생각해도 정상이 아닌 것이 확실했다.

그때 표영이 어깨를 으쓱해 보이더니 말했다.

"무공 시험이라니, 무슨 말인가? 아, 아까 내가 자네 뺨을 때린 것 말인가? 에이, 농담도 잘하는군. 난 그저 자네의 뺨 쪽에 날파리가 지나가기에 그것을 잡으려고 한 것이라네. 그런데 그만 도망가 버리고 말았으니 나의 무공도 아직 부족하기 그지없군."

혁성의 안색이 핼쑥하게 변했고 표영은 미안한 기색 하나 없이 다시 말을 이었다.

"에구, 그런데 우리 개방은 자네같이 말 잘하고 인격이 사방 군데 묻어난 사람하고는 어울리지 않는데… 게다가 지극히 깨끗하기까지 하니 솔직히 부담스럽군. 난 자네가 말도 가끔은 더듬고 성질도 낼 줄 알고 욕도 가끔은 할 수 있길 바랬거든. 그러면 개방엔 딱 들어맞는데

말씀이야. 아쉬~ 앗?'

아쉬… 라는 말로 미루어 분명 아쉬워… 아쉽단 말이네. 정도의 말이 될 것 같았는데 표영은 그 말을 끝내지 않고 벌떡 일어나더니 주먹을 내질렀다.

"이런 날파리 놈을 봤나!"

퍼억!

주먹은 정확히 혁성의 얼굴에 작렬했다.

"쿠아악~"

꽈당거리며 의자가 뒤로 넘어가고 혁성은 바닥으로 널브러져 버렸다. 주먹이 날아가는 속도가 예사롭지 않아 충격도 만만치 않았을 것이었다.

아들의 변고에 오백이 벌떡 자리에서 일어났지만 오비원이 얼른 손으로 가로막으며 제지했다. 이미 오백도 무슨 일이 있더라도 관여하지 않겠다는 약속이 이루어졌다는 것을 전해 들은지라 놀란 마음을 추스르고 자리에 앉았다.

"오호, 이거 오늘 왜 이러지? 또 그냥 날아가 버렸네."

혁성은 죽은 듯이 널브러져 있다가 꾸역꾸역 몸을 일으켜 세웠다. 아까 들은 바대로라면 자신이 개방에 들어갈 확률은 거의 없는 것이나 다름없었다.

'좋아, 조금만 참자. 그놈의 날파리만 아니었어도… 끙.'

혁성이 힘겹게 일어나 아무렇지도 않다는 듯 겸손하게 말했다.

"제가 방주님께서 날파리를 잡으시는 데 도움이 된다니 그저 감사하고 송구스러울 따름입니다."

믿을 수 없는 참을성이었다. 이 정도의 정신력이라면 가히 이 세상에서 이루지 못할 것이 없어 보일 정도였다.

"어라? 어어… 어, 저놈 봐라?"

표영은 대답도 없이 다시 날파리가 왔다는 시늉을 하고서 주먹으로 혁성을 강타해 버렸다.

푸욱.

"우읍프……."

가까스로 일어났던 혁성이 아니었던가. 복부의 통증으로 혁성은 눈알이 터져 나올 듯 불룩해진 채 표영의 옷자락을 잡고 서서히 미끄러지며 주저앉았다. 문제는 그것으로 끝이 아니라는 점이었다.

"아니, 이것들이 이젠 집단으로 날아드네. 다 죽여 버릴 테다!"

표영은 탁자를 깨부수고 이어 혁성의 머리며 가슴, 등 할 것 없이 온몸을 두들겨 팼다. 거의 막무가내식 패기에 혁성은 처절한 비애 속에 숨을 할딱거렸다.

오비원과 오백은 열심히 눈을 들어 날파리의 행방을 쫓았지만… 단 한 마리도 볼 수가 없었다.

휘이잉~

또 다른 의미로써의 바람이 불어왔고 오비원과 오백은 서로를 마주 보며 눈으로 의사를 교환했다.

'바람이 꽤 세구나.'

'옷깃을 여미세요.'

휘이잉~

혁성은 고통스럽게 바닥을 뒹굴면서 아버지와 할아버지를 바라보았다. 무언의 도움을 요청하는 눈빛을 보내고자 함이었다. 하지만 기대했던 것과 달리 오백과 오비원은 옷깃을 여미느라 정신이 없을 뿐

눈도 마주치지 않았다.

'뭐, 뭐지?'

혁성 자신은 이렇게 처절하게 위선자의 모습으로 거지가 되지 않기 위해 노력하는데 아버지조차 외면하고 있는 것이다. 하지만 그 순간에도 혁성은 화를 낼 것인지 아니면 참을 것인지를 저울질했다.

그때 표영의 호들갑이 또다시 이어졌다.

"오! 이런, 머리야, 머리!"

드러누운 혁성의 머리를 표영이 밟아버렸다.

"죽어라, 죽어! 이 날파리야!"

꽝! 꽝! 꽝!

단단한 대리석 바닥에 혁성의 머리가 충돌했고 밟을 때마다 바닥이 쿵쿵거리며 울렸다. 이 광경을 누군가 들어와서 본다면 혁성이 날파리가 된 것이라 생각할 것이 분명하리만치 상황 자체가 진지하고 사실적이었다.

혁성은 쿵쿵거리는 고통 속에 머리 속이 하얘지며 그 자리에서 벌떡 일어났다. 인내의 한계선이 붕괴된 것이다.

"이 거지 새끼가 어디서 감히 발길질이냐! 죽고 싶어 환장한 거냐!"

삿대질까지 해가며 혁성은 욕을 퍼부었다.

짜잔~

본래의 혁성으로 돌아온 것이다. 오비원과 오백은 욕이 너무 난무해 민망하긴 했지만 워낙 이살했더 자라 정상으로 돌아온 것을 다행으로 여겼다.

"내가 다정다감하게 대해준 것도 모르고 난리를 쳐? 너, 죽어봐라!"

혁성이 주먹을 내지르고 달려들었다. 하지만 거기에 맞을 표영이 아니었다.

"오호, 부주님~ 마음에 듭니다. 마음에 들어요."

나비처럼 너풀거리며 표영은 유유히 혁성의 공격을 피하며 연신 환호성을 질렀다.

"좋습니다. 저의 제자로 받아들이도록 하겠습니다. 아주 마음에 드는걸요. 입도 걸죽하니 최고로군요. 자넨 최고야, 최고~"

엄지손가락을 추켜올리며 요리조리 피하는 표영을 보며 오비원과 오백은 입을 쩍 벌렸다.

'생각한 것 이상이군. 그래, 딱 이상적인 만남이야. 엽지혼도 저 정도는 아니었는데.'

'혁아는… 제대로 걸렸구나.'

오비원과 오백은 서로 마주 보다가 고개를 끄덕이고선 천웅각을 스르르 빠져나왔다. 문을 닫고 하늘을 올려다보니 양떼구름이 떼를 지어 이동하고 있었다.

"아버지, 혁아는 괜찮겠죠?"

오비원은 잠시 침묵을 지키다 어렵게 입을 열었다.

"글쎄다."

"으음……."

안에서는 아직까지 소리가 요란했다. 여기저기 기물이 파손되는 소리에 뭐가 최고인지는 몰라도 연신 최고라고 외쳐 대는 표영의 목소리, 그리고 죽여 버리겠다고 외치는 혁성의 고함이 뒤범벅이었다.

"하늘에 맡겼다고 생각하자꾸나."

4장
잠재력을 끌어내는 법

잠재력을 끌어내는 법

세상에 이럴 수가…….

내가 이제껏 들어본 잠재력을 끌어내는 법이라는 것은 효능도 뛰어났고 개중엔 부작용이 거의 없는 것도 있었단 말이다.

각혼출몰(殼魂出歿)이나 혼화이법(混化理法) 정도라면 내가 고개를 끄덕일 만하지. 하지만 어찌 인간이 그런 방법으로 잠재력을 끌어낸단 말인가. 이건 아무리 그래도 사람이 할 짓이 아니란 말이다.

―잠재력의 비법을 전수받은 혁성.

아득히 천선부를 감싸고 있는 천운산이 혁성의 시야에서 사라졌다. 그나마 달려가면서 뒤를 돌아 힐끔거리며 제일 높게 솟아올라 있는 천약봉을 볼 수 있다는 것을 위안으로 삼았던 혁성으로서는 여간 서운한 것이 아니었다.

'이제 언제쯤 돌아올 수 있을까.'

뒤를 돌아보던 혁성의 눈에 절망의 그림자가 드리웠다.

"휴우~ 죽겠군, 아주."

이 장여를 앞서 가는 사부 표영의 모습을 보며 한숨 소리에 혼잣말을 섞어 내뱉었다. 초라한 몰골의 사부는 보는 것만으로도, 아니, 그저 생각하는 것만으로도 가슴이 답답하기만 했다. 그 모습은 다름 아닌 자신의 미래의 모습이었기 때문이다.

그렇게 약 반 시진(약 1시간) 정도를 달렸을 때 이미 혁성은 숨을 헐떡대고 있었다. 표영의 걸음은 매우 천천히 움직이는 것처럼 보였지만 실제로 혁성이 혼신의 힘을 기울여 달려가고 있는 것보다 더욱 빠른 것이었다. 아무리 봐도 다리를 빨리 움직인다거나 보폭이 큰 것도 아닌데 도무지 거리를 좁힐 수가 없었다. 점점 마음에서 악이 받쳐 왔고 때려치고 싶은 마음이 활화산이 되어 솟아올랐다. 옷자락을 스치는 시원한 바람도 혁성의 마음을 가라앉히기엔 무리가 있어 보였다.

그때 표영이 약간 속도를 늦춰 혁성의 곁에 바짝 붙었다.

"자자, 힘을 내라, 이 녀석아. 고작 그 정도밖에 안 된단 말이냐? 이렇게 나약한 놈이었냐? 쯧쯧, 지금부터 힘들다고 생각한다면 넌 내 제자가 될 자격이 없다, 이놈아."

표영의 말이 끝남과 동시에 혁성의 발걸음이 뚝 멈췄다. 당장이라도 포기하고 싶은 마음이 간절했었는데 '자격이 없다' 라는 말을 듣자 옳거니 생각한 것이다.

"전 힘들어서 도저히 가지 못하겠습니다. 저란 놈은 원래 자격이 안 되니 혼자서 가든지 하십시오."

털썩 소리를 내며 바닥에 주저앉아 숨을 고르는 혁성은 시원한 냉수가 가슴을 쓸어 내리는 것 같은 개운함에 빠졌다. 진작 사나이답게 말해 버릴 것을 고생만 했다는 생각도 들었다. 표영은 갑작스레 혁성이 멈추는 것에 정확히 반응해 그 자리에 우뚝 섰다.

 "하하하, 힘들단 말이냐?"

 "그럼요. 매우 힘들어서 전 자격이 안 됩니다."

 "녀석, 삐쳤구나? 그렇지? 사나이가 그 정도 가지고 삐치면 되겠느냐? 자격 운운한 말은 사실 내가 잘못 말한 것이었다. 이 사부가 사과하마."

 의외로 부드럽게 나오자 혁성은 잘하면 될지도 모르겠다고 생각하고 다시금 쏘아붙였다.

 "예로부터 남아일언은 중천금이라고 했습니다. 고명하신 사부님의 분부를 받들기엔 턱없이 모자라니 부디 저를 팽개쳐 주십시오. 지금도 다리가 아파서 꼼짝달싹 못하겠습니다."

 그 말에 표영의 눈이 등잔처럼 동그래졌다.

 "팽개치라니? 오오~ 그런 섭섭한 말을 하다니, 마음이 찢어지는구나. 내가 그만 나의 무공만 믿고 너의 걸음이 아직 부족하다는 것을 이해하지 못했구나. 아무렴, 다리가 아플 만도 하지. 다 이 부족한 사부 탓이로구나. 똑똑한 네가 이해하렴."

 자꾸 약한 모습을 보이자 혁성은 몰아붙이면 어쩌면 성공할지도 모르겠다는 마음이 부쩍 일었다.

 '흥, 알고 보니 좀생이같이 마음이 약한 거지였었군. 괜히 괴짜인 척하더니 모두 허풍이로구나.'

 "하하하, 제자야. 앞으로는 다리가 아프면 아프다고 말을 해야 한다. 알겠지? 그런 건 참으면 안 되는 것이야. 네가 누구냐? 얼마나 귀한 아들이냔 말이다. 자, 이 사부가 네게 피로를 회복시키고 다리에 힘을 불어넣는 영약을 주도록 하마. 이거 아주 대단한 건데 너에게만 특별히 주는 것이니 고마워해야 한다. 알겠지?"

표영이 사근사근히 하는 말에 오혁성이 손을 내저었다.

"됐습니다. 전 그런 거… 허거걱!"

오혁성은 경악성을 터뜨리며 말을 잇지 못했다. 표영이 영약이라고 내민 것은 다름 아닌 팔뚝에 존재하던 때였기 때문이다. 그것도 직접 보는 앞에서 오른손으로 왼쪽 소매를 걷어붙이고 긁어 모은 것이었다. 엄지손톱만한 크기의 둥근 때구슬을 표영은 살포시 내밀었다.

"자, 먹으렴. 너의 몸에 잠재된 힘을 끌어오게 될 것이다. 아주 귀한 것이야."

순간 오혁성의 몸은 용수철로 변해 튕겨져 일어났다.

"사부님! 어서 가셔야죠. 여기서 머무를 시간이 어디에 있습니까?"

언제 짜증과 신경질을 부렸는지 모를 정도로 너무도 예의 바르고 존경심이 가득 들어 있는 말이 아닐 수 없었다. 혁성은 말을 끝내기가 무섭게 내달리기 시작했다.

'난 달려야만 해. 멈춰선 안 된다. 잡히면 그걸로 끝장이야.'

본능적으로 혁성은 그저 농담으로 던진 말이 아닌 것임을 느끼고 있었다. 혁성의 직감은 정확했다. 표영이 날듯이 혁성을 뒤쫓으며 고래고래 소리치고 있었기 때문이다.

"이것을 먹으면 금방 회복된다니까~ 이놈아, 거기 멈추지 못해!"

그 말을 혁성이 '네, 그럽죠' 하고 들을 리가 만무했다. 지금 혁성은 자신이 낼 수 있는 속도를 이미 능가하는 속력을 내고 있었다. 가히 초인적이란 말은 이럴 때 사용하는 것이 확실하리라. 하지만 어찌 표영을 떨쳐 낼 수 있겠는가. 표영은 어느샌가 혁성의 바로 뒤까지 다가와 귓가에 속삭이듯이 말했다.

"자자, 이것도 먹을 만하대두 그런다."

"으허헉!"

혁성이 놀라 발에 힘을 가했지만 이미 표영의 손은 혁성의 옷 뒷자락을 움켜쥔 상태였다. 목이 휙 잡아당겨지며 혁성은 뒤로 나자빠졌고 손과 발을 휘저으며 발버둥쳤다.

"전 절대 먹을 수… 으읍!"

차마 더 이상 말을 이을 수가 없었다. 때구슬이 입술 바로 앞에 도착했기 때문이었다.

"어허, 고 녀석, 너무 겸손해하기는. 이걸 먹어야 더욱 힘이 난대두. 봐라, 네놈은 이것을 보기만 했는데도 불구하고 이렇게 힘을 내지 않았느냐? 그러니 두 눈 딱 감고 먹어봐."

"으음음… 으음… 으으으음음… 으으음!"

혹시나 갑작스레 입 안으로 집어넣을까 봐 혁성은 말은 못하고 으음거리는 것으로 의사를 전달했다. 그 뜻을 짐작해 보건대 '사부님, 제발 용서하세요. 제발요' 뭐, 이 정도가 될 듯싶었다. 표영은 애절한 제자의 눈빛과 으음거리는 말을 알았다는 듯, 네 마음 다 이해한다는 듯 고개를 끄덕였다.

"그럼그럼. 으음, 좋다 이거지? 으음, 나도 좋구나."

거의 미치고 환장할 지경이었다. 처절한 반항을 해보았지만 앉은 채로 목덜미가 잡혀 힘을 쓸 수가 없었다.

"자, 영약이다. 아~ 하고 크게 입을 벌려야지? 아~"

"으읍… 움움……."

처절이라고밖에 달리 표현할 수 없는 몸부림이었다. 눈물도 닭똥같이 굵은 것들이 바닥으로 떨어졌다. 누가 보더라도 그것은 '진짜 불쌍한 모습'이었다. 표영의 눈에도 어느새 눈물이 일렁이는 듯했다.

"이, 이 녀석, 감동했구나. 그래, 귀한 것을 귀한 줄 아는 사람이 진정 지혜로운 사람이지. 사부의 마음도 뜨거워지는구나."

염장을 날아서 질러 버린 셈이었다. 혁성의 눈에서는 더욱 세차게 눈물이 흘러내렸다.

'이건 꿈이야. 누가 제발 날 깨워줘. 도대체 이게 말이 되냔 말이야. 제발 날 이 세계에서 빼내달란 말이다.'

그때쯤 때구슬은 짓이겨지며 혁성의 입가로 스멀스멀 파고들었다. 입술에 때연지(?)를 바른 듯 검은 때를 진하게 묻혀가며 혁성은 입술 안쪽으로 여미고 들어오는 때를 느끼며 절망감에 사로잡혔다.

꿀꺽~

그만 일부가 목으로 넘어가고 말았다. 혁성은 눈이 풀어졌고 입을 앙다물었던 힘도 풀어졌다. 그 사이로 남아 있던 것들이 몰려들었다. 머리는 하얗게 변했고 세상은 종말의 날처럼 암흑으로 물들었다. 아까까지 상쾌하게 불던 바람은 칙칙한 썩은 냄새를 몰고 다녔고 하늘은 푸르름 대신 흑적색의 기기묘묘한 색으로 물들었다. 구름은 맑은 빗물을 뿌리긴커녕 굵은 때 더미를 마냥 뿌려대고 있었다.

"헤에~"

입을 헤 하고 벌리고 눈동자가 풀린 것이 완전히 제정신이 아니었다. 그나마 조금 정상으로 보이는 것은 눈에서 하염없이 눈물이 흐르고 있다는 점이었다.

머리 속이 하얘졌다가 순간 누군지도 모르는 사람들의 환상이 보였다.

―우후~ 혁성! 때를 먹었다며? 맛이 어때? 요즘 살기 어려운가 보군.
―이봐, 그건 볶아 먹어야 하는 거야, 아니면 삶아 먹어야 하는 거야? 뭐라구? 생으로 먹는 게 최고라구? 에끼, 혁성 이 친구야. 그래도 그렇지. 난 아무래도 튀겨 먹어야 할는가 봐.
―자자, 매달 1일은 때를 사랑하여 먹길 즐겨하는 사람들의 정기 모임 날입니다. 잊지 말고 기억해 주세요.
―여기를 주목해 주세요. 때만두에 때국수 등 때로 만든 수천 가지 음식이 모여 있습니다. 오늘은 특별히 때에 관해서 독보적인 존재인 오혁성님을 모셨습니다. 박수 부탁드립니다.

환상 중에는 사람들만 출연한 것이 아니었다. 때들도 인간의 탈을 쓰고 특별 출연했다.

―저는 팔뚝 때장군이라고 합니다. 요즘 들어 마을마을마다 공중 목욕장이 생겨나 우리들의 생존을 위협하고 있습니다. 이럴 때일수록 우리는 더욱 힘을 모아 일치단결하고…….
―가슴 때장군도 한말씀 해보시구려.
―네, 가슴 때장군입니다. 제 생각엔 오혁성님을 우리 때나라의 왕으로 모심으로써 새롭게 이 왕국을 굳건히 하는 것이 어떨까 싶습니다만.

―오호, 그거 훌륭하신 생각입니다그려.
―놀랍군요. 정말 획기적인 말씀이 아닐 수가 없습니다.
―와와~ 오혁성님을 때왕국의 국왕으로 모시자~

함성 소리가 어찌나 크던지 오혁성은 비로소 정신을 차렸다.
'이제 어떻게 해야 하나?'
제일 먼저 떠오른 것은 자살이었다.
'그래, 죽자, 죽어. 이렇게 살아서 무엇하겠느냐. 깨끗하게 죽는 게 낫겠어.'
하지만 막상 죽자고 생각하자 '깨끗하게 죽는 게'라는 말 중에 깨끗이라는 말이 마음에 걸렸다. 아무리 봐도 깨끗하게 죽는 것은 아닌 것이 분명했다.
'으헉! 그럴 순 없어.'
자살은 불가능해 보였다. 혁성의 귀로 또 사람들의 웅성거림이 파고든 것이다.

―카카칵, 오혁성이라는 애송이가 죽었다더군.
―그게 카카칵 하고 웃을 만한 일인가? 자넨 어지간해서는 카카칵 하고 웃지 않잖은가.
―카카칵! 그렇지, 그렇지. 하지만 난 오늘 카카칵보다 더 기묘하게 웃고 싶은 마음이 간절하다네.
―이봐, 나도 좀 같이 웃자구.
―그래, 좋아. 이야기해 주지. 먼저 다시 한 번 웃고 나서. 카카칵. 그러니까 말야. 그 오혁성이라는 애송이가 죽은 게 때를 먹고 죽었다

지 뭔가. 입술에 때를 잔뜩 묻히고 죽어 있다더군. 정말 추접스런 놈이 아닐 수가 없단 말일세. 우린 말이야, 죽더라도 깨끗하게 죽자구.
―크크큭, 정말 웃긴 얘기군. 아마 모르긴 몰라도 우리 집 개 누렁이도 좋아서 이빨을 드러내 놓고 웃을 것 같으이.
―암, 그렇고말고.

이런 이유로 그는 죽을 수도 없었다. 제길.
오혁성, 때를 잔뜩 먹고 자살하다. 이게 정말 아니었다.
'그럼 난 어떻게 살아야 하냐구.'
어느 정도 정신이 든 오혁성이 주위를 살펴 사부 표영을 찾았다. 어디서 구했는지 나뭇가지를 구해 땅에 끄적이고 있던 표영이 시선을 느끼고 고개를 들어 손을 흔들었다.
"어이~ 제자야, 어떠냐? 힘이 솟는 것 같지 않느냐~?"
배시시 웃으며 하는 말에 혁성은 주먹을 불끈 쥐었다.
'정말, 정말 때려죽이고 싶다아아아앙~'
이를 앙다물고 복수심에 불탔지만 그건 마음속에서나 가능한 표현일 뿐이었다.
"어째 안색을 보니 왠지 아직도 몸이 불편한가 보구나. 그럼 한 개 더 먹어야지."
말이 끝남과 동시에 또 팔뚝을 문지르려 하자 혁성이 화들짝 놀라 반사적으로 튀어 일어났다.
"아하하, 아하하… 무슨 말씀이십니까? 힘이 넘쳐 납니다. 이거 보십쇼. 으라차차!"
거의 환장하다시피 날뛰며 혁성은 소리쳤다. 활기 넘치는 목소리와 경쾌한 몸 동작, 진짜 훌륭한 영약이라도 복용한 것만 같았다. 하지만 그 활기와 경쾌함 속에는 처절함이 깃들어 있음을 하늘과 땅은 알고 있었다. 물론 표영도 알고 있었으나 가볍게 무시한 거지만…….

"자, 그럼 우리 갈 길을 가야지. 잊지 말아라. 언제든지 다리가 아프면 말해. 병은 많이 알릴수록 좋다고 했으니 말이다. 가자."

표영이 여유롭게 걸음을 옮겼고 그 뒤를 다시 혁성이 따랐다. 혁성은 달려가면서 연신 침을 뱉으며 그 역겨운 냄새를 떨쳐 내려 했지만 그건 쉬운 일이 아니었다. 물로 약 백번 정도를 헹구어야만 간신히 벗겨낼 수 있는 것이니 말이다.

표영과 혁성이 함께한 지 칠 일째.
드디어!
혁성으로서는 드디어 기다리던 때가 온 것이었다. 직감적으로 느껴졌다.

'될 것 같다!'

어떤 일을 행함에 있어서 완전무결한 결론을 얻기 위해서는 철저한 사전 준비와 냉정한 판단력 등이 요구되는 법이다. 하지만 인간사는 간혹 우연(偶然)이나 감(感)에 의해 순간적으로 이루어질 때가 있지 않던가. 지금 혁성은 바로 그 우연찮은 기회와 감(感)을 강하게 느끼고 있었다.

'그래, 지금이야. 혁성, 지금이란 말이다.'

혁성이 숨죽이며 뚫어져라 노려보는 곳엔 사부 표영이 냇가에 달라붙어 물을 마시고 있는 중이었다. 혁성의 눈에 표영의 뒤통수가 보이더니 급기야는 점점 커져 눈동자 전체에 뒤통수만 커다랗게 비춰 보었다.

그러다 다시 눈을 한번 깜박이고는 이번엔 적당한 놈을 물색했다. 적당한 놈이란, 즉 머리를 뽀사(?)버리기에 충분한 돌덩이를 일컬음이었다.

'어렵게 생각할 필요 없어. 머리통을 날려 버리는 거야. 이 기회에 기억력을 아예 상실해 버리고 좋겠고, 아니면 아예 죽어버려도 괜찮겠지.'

혁성은 스스로에게 잘 풀릴 것이라며 연신 자신감을 불어넣고서 슬그머니 다가갔다. 일이 잘 되려는지 머리통만한 돌덩이를 집는 데도 그 어떤 잡음도 일으키지 않았다. 더욱이 표영은 전혀 경계심을 갖지 않고 여전히 등을 보이고 있는 채였다.

'흐흐, 그렇지. 원래 죽을 때가 되면 평소완 뭔가 달라도 다른 법이지.'

바로 코앞에 이른 혁성은 돌덩이를 높이 쳐들었다. 이젠 끝이었다.

'잘 가시오, 사부~'

혁성이 온 힘을 기울여 내려친 돌덩이가 중도에 이르렀을 때에야 비로소 표영은 이상한 낌새를 느끼고 황급히 뒤를 돌아보았다. 하지만 이미 상황은 돌이킬 수 없는 지경에 이르고야 말았다. 강력한 힘이 실린 돌덩이는 그만 돌아선 표영의 이마를 정통으로 가격했다.

퍼억!

"으악~"

단번에 이마에서 샘솟듯이 피가 뿜어졌고 바닥으로 나뒹굴었다.

"냐하하, 맛이 어떠냐? 고얀 놈. 니가 사부냐? 죽어라, 죽어."

혁성은 이마에서 피를 철철 뿜어내고 있는 표영 위에 올라타고 연신 주먹을 내갈겼다.

"어떠냐, 이놈아? 죽어라, 죽어!"

순식간에 표영의 볼은 양 주먹에 연타로 얻어맞아 벌겋게 부어올랐다. 제아무리 표영이라도 이렇게 맞다간 살기 힘들 것 같았다. 표영은 입술이 팅팅 부은 채로 간신히 입을 열었다.

"혁성! 용서해라. 이젠 그만, 그만 해라. 많이 부었지 않느냐."

어찌나 참혹스럽던지 혁성의 뜨거운 분노도 사그라들었다.

'그래, 이놈도 한 생명인데 죽일 것까지는 없지.'

"앞으로 날 건드리지 않겠다고 말해라."

"마음대로 해라. 앞으로는 널 절대 건드리지 않겠다."

표영은 힘없이 고개를 옆으로 떨구며 답했다.

혁성은 승자의 웃음을 띠고 신나게 달음질쳤다. 구름 위를 달리면 이런 기분이 날까?

'고소하다~'

사부의 얼굴이 가득 부어오른 것을 생각하자 흐뭇한 미소가 떠올랐다. 이젠 해방이었다. 하지만 너무 기분이 들떠 지면을 잘 보지 못한 탓으로 혁성은 나무뿌리가 길가로 늘어선 것을 못 보고 그만 걸려 넘어지고 말았다.

"어이쿠~!"

오른쪽 뺨이 땅바닥과 부딪쳤다. 근데 이상한 소리가 났다. 쿵~ 하는 소리 정도의 둔탁한 충격음이 들려와야 하건만 괴이하게도 짝짝~ 꼭 손으로 뺨을 때리는 소리가 난 것이다. 눈을 번쩍 하고 떴다.

"으아악……!"

혁성은 하늘이 떠나갈 듯 비명을 내질렀다. 눈을 떴으면 땅바닥이 보이던지 해야 하는데 놀랍게도 눈앞에 사부 표영의 얼굴이 가득 들어섰기 때문이다. 표영은 연신 누워 있는 혁성의 뺨을 갈기고 있었다.

"이놈아, 정신 차려~ 대체 잠을 얼마나 자는 것이냐? 내 살다 살다 이렇게 게으른 놈은 처음일세. 어서 일어나지 못해?"

다시 한 번 혁성이 비명을 내질렀다.

"으아악~ 꿈이었어~!"

그 와중에도 사부의 얼굴을 살핀 혁성은 절망했다. 이마에 핏자국은커녕 뺨이 부어오른 흔적조차 없었다. 표영으로서는 아직도 정신을 못 차리는 제자가 기가 막힌지 연신 뺨을 갈겼다. 이것은 혁성이 꿈에서 표영을 후려패던 것과 닮아 있었다.

"이놈 보게나. 아직도 정신을 못 차렸네."

짝짝짝짝~

시원스럽게 내갈기는 뺨따귀에 혁성은 스르르 눈물을 흘리며 모든 것을 초월한 사람처럼, 혹은 정신병자처럼 멀리 시선을 두고 연신 맞고 있었다. 어쩐지 너무 쉽게 일이 풀린다 싶었었다.

'그럼 그렇지. 내가 하는 일이 다 그렇지 뭐.'

5장
실감나는 거지 생활

실감나는 거지 생활

더 강렬한 욕망이 꿈틀거린다.
흔하디 흔한 닭다리 하나에 침을 꿀꺽이는
나의 모습이 싫다.
조금만 더 시간이 지나면 다른 사람들은 물론이고
나 자신조차 내가 거지라는 것을 인정하게 될 것이다.
부르르……
두렵다.
이 시간 다시 한 번 탈출을 꿈꾼다.
　　　　　　　　―닭다리에 마음이 흔들린 혁성이.

혁성은 골목 벽에 초라하게 기대어앉았다. 이곳 마을 이름이 어찌 되는지도 몰랐다. 하지만 지금 그는 무언가를 갈망하는 강렬한 시선으로 생각에 골몰했다. 예전의 혁성이라면 그 강렬한 시선은 깊은 의미를 담고 있다고 마땅히 생각하겠지만 지금 몰골로는 사뭇 다른 의미가 느껴졌다.

현재는 헝클어진 머리에 더럽혀진 옷을 입고 있으며 얼굴 여기저기는 산발적으로 묻어 있는 때 자국이 역력했고, 오른손에 꼭 쥔 때 묻은 주먹밥은 절실함을 가득 담고 있었다. 이러다 보니 그 강렬한 시선은 지저분한 외모와 오른손에 꼬옥 움켜쥔 주먹밥과 어울려 그저 큰 것(?)을 간신히 참고 있는 것 같은 안타까움으로만 비춰졌다.

남이야 어떻게 바라보든 혁성의 매서운 눈동자는 결코 이대로 좌절할 수 없음을 나타내고 있었다. 아직 그의 마음엔 절대로 거지가 될 수 없다는 처절한 몸부림이 가득한 것이다. 강력한 대적으로 인해 연거푸 좌절을 맛보았지만 그래도 이런 식으로 운명에 순응할 순 없었다.

가끔, 아주 가끔 너무 힘들 땐 그냥 이대로 몸을 맡기고 거지로 사는 거야라는 생각이 들기도 했다. 하지만 그럴 때면 묘하게도, 즉 시기도 적절하게 언제나 추레한 사부가 눈앞에 가득 들어찼다. 그 모습을 보며 혁성은 다시금 이를 악물어야만 했다. 개방 방주도 좋고 강호에 영웅호걸로 이름을 떨친다 해도 거지처럼 살기는 싫었다.

'절대 사부처럼 살진 않는다.'

어디서 솟아난지도 모르는 강한 용기와 의지가 아닐 수 없었다. 지금까지 오면서 수도 없이 얻어터지고 가끔 뼈마디가 부러지기도 했었다. 그뿐인가? 그럴 때마다 한 알씩 내민 때구슬을 눈물을 흘리며 씹어댄 것이 벌써 열 알을 넘어서고 있었다. 열 개씩이나 그 험악한 것을 먹었다면 어지간히 그 맛에 적응할 만도 했지만 때구슬은 먹을 때마다 새로운 맛을 우러냈고 신선했기에 매 때[時]마다 깊은 좌절과 고뇌를 받아들여야만 했다. 혹여 신선하다는 말이 안 어울린다고 생각할지 모르지만 웬일인지 혁성의 입장에서 볼 때는 '신선함'이란 말 외에는 달리 표현할 길이 없었다.

새록새록 새로운 맛을 안겨주는 때구슬을 먹을 때마다 혁성은 '내 다시는 사부에게 반항하거나 벗어나려 하지 않을 것이다'라고 다짐했지만 다음날 아침 해가 솟아오르면 다시금 자유에 대한 혁명의 싹을 키웠다.

지금 주먹밥을 움켜쥔 혁성에게 남은 희망은 오로지 한 가지 〈천강호위대〉뿐이었다. 솔직히 천강호위대라는 희망도 지금까지의 전례를 보아 괴물이자 괴짜인 사부를 떨치고 벗어나기엔 희망이라 하기도 민망한 일이었다.

'하지만 밑져야 본전이다. 끙~'

이렇게 애써 중얼거려 보지만 엄밀히 따져 보건대 어찌 그 고난과 때구슬 복용이 본전이라 할 수 있겠는가. 그저 이런 식으로라도 위로해 보려는 마음이 그저 안타까울 따름이었다.

혁성의 마지막 희망인 천강호위대는 다름 아닌 천선부에 있을 때 그를 따르던 14인의 호위들을 일컬음이었다. 그들은 혁성의 말이라면 죽는시늉까지 하는 이들이었는데 이번 사태가 나기 전 이런 경우를 대비해 따라오도록 한 것이었다. 그리고 지금 그들을 이 마을에서 발견한 것이다. 언제부터 따라왔는지 모르지만 생선 장수로 위장해 있던 을휴를 보며 얼마나 기뻤는지 모른다. 이제껏 오면서 시간을 끌었던 것이 헛된 수고만은 아니게 보였다.

'좋아, 이번이 마지막이다. 어차피 앞으로의 내 인생은 순탄치 않

을 것이니 최악의 상황으로 더 떨어질 것도 없지 않은가. 조금 더 용기를 갖자.'

혁성은 이를 악물자 손에 힘이 들어갔는지 주먹밥이 짓이겨져 머리를 내밀고 올라왔다.

'아차~'

바로 먹지 않으면 땅바닥으로 떨어질 찰나였다. 혁성은 황급히 고개를 숙임과 동시에 손을 올려 짓이겨진 주먹밥을 입 안으로 우겨넣었다.

한마디로 그 상황을 표현해 보자면,

〈혁성, 거지 다됐다〉정도일까. 너무도 자연스런 동작이 아닐 수 없었다. 하지만 혁성 자신은 그런 사실을 크게 자각하지 못했다. 은연중에 상거지로 변해가고 있는 스스로의 놀라운 발전을 아직 깨닫지 못하고 있는 것이다. 하지만 그런 광경을 아무도 못 본 것은 아니었다. 혁성 앞을 지나가는 사람들은 더러운 주먹밥을 먹어보겠다고 황급히 낚아챈 모습을 보며 한마디씩 뱉어냈다.

"쯧쯧쯧~ 많이 굶었나 보네."

"어린 녀석이 안됐군."

개중엔 동전도 떨어뜨리고 가는 이들도 있었다.

쨍그랑~

"만두라도 사다 먹어요. 어찌 어린 나이에 거지가 되었누… 불쌍하기도 해라."

"부모님이 일찍 돌아가셨나 보네. 하늘에서 얼마나 슬퍼하실까. 쯧쯧."

주먹밥을 입 안에 우겨넣던 혁성은 맛있게 배를 채우던 주먹밥을 입에 문 채 씹지도 못하고, 그렇다고 떼지도 못한 채 한동안 얼이 나가 동전만을 뚫어져라 쳐다보았다. 방금 들었던 말들이 머리에서 계속 윙윙거렸고 눈이 뿌옇게 변하며 동전이 흐려졌다. 굵은 눈물이 눈썹에 매달릴 새도 없이 바닥으로 떨어졌다. 몸이 흔들리면서 눈물이 주먹밥 위로도 떨어졌고 그것을 혁성은 무의식적으로 들어 올려 입에 넣고 우적거렸다.

"흑흑……."

서러움에 겨워 흐느끼자 이젠 지나던 사람들이 발길을 멈추고 우르르 혁성을 몰려와 빙 둘러쌌다.

"에구, 이런 어쩌다 이렇게 거리로 나앉게 된 거여~"

"어디 몸이라도 아픈 것은 아닌가?"

"쯧쯧, 불쌍도 하지……."

사람들은 제각기 한마디씩 하며 위로의 말을 아끼지 않았다. 혁성은 그 말을 들으며 더욱 서러워져 더 많은 눈물을 흘렸다. 그러다 저만치서 사부 표영이 성큼성큼 걸어오는 것을 보며 소맷자락으로 눈가를 닦았다. 한편 표영은 혁성의 주위로 사람들이 모여 있고 그 가운데서 울고 있는 모습을 보며 입맛을 쩝쩝 다셨다.

'이런 바보 같은 녀석, 이렇게 약골이라니.'

표영은 혁성에게 이르러 손바닥으로 머리를 마구 갈겼다.

파곽! 파곽! 파파곽!

"이놈아, 어디서 창피한 줄도 모르고 울고 있는 게냐! 어서 그치지 못해!"

사람들은 갑작스레 더 큰 거지가 나타나 불쌍한 어린 거지를 패는 것을 보고 화가 머리 꼭대기까지 치솟아올랐다. 마치 자기 자식이 얻어맞는 것같이 느꼈다.

"어디서 사람을 함부로 때리는 거냐!"

"이 나쁜 거지 같으니! 내게 혼이 나고 싶은 것이냐!"

"가만두면 안 되겠군!"

표영은 때리던 손을 멈추고 황당하다는 표정을 짓고서 말했다.

"제 말을 먼저 들어보시고 저를 패든지 하십시오. 사실 이 녀석은 부잣집 아들이랍니다. 하지만 집안에서 하도 공부하라고 이야기하니까 집을 나온 것이지요. 저는 매일 돌아가라고 얼마나 열심히 다그치는지 모른답니다. 하지만 고집이 얼마나 센지 도무지 말을 듣지 않더란 말입니다. 게다가 고질적으로 사람들 앞에서 자꾸만 울어서 동정심을 자극해 밥을 얻어먹고 놀고 먹으려는 수작을 피우는 녀석이랍니다. 저도 제발 제 곁에서 사라졌으면 좋겠단 말입니다."

단 한차례의 망설임도 없이 내뱉은 표영의 말에 혁성은 돌덩이에 머리를 맞은 듯 멍해져 버렸다. 하도 어이가 없어 흐르던 눈물도 뚝 그칠 정도였다. 그와 함께 사람들은 그제야 사실을 알게 되었다는 듯 고개를 끄덕이더니 혁성을 보고 다그쳤다.

"이 사람 말이 맞느냐?"

"빨리 말해 보아라."

혁성은 개방의 방주이자 자신의 사부가 이런 식으로 나올 줄은 꿈에도 생각지 못한지라 너무도 어이가 없어 일순 대답을 못하자 사람들은 일제히 달려들어 손바닥으로 머리를 내려쳤다.

"어린놈이 이렇게 싸가지가 없다니!"

"이놈아! 죽어라, 죽어~"

"기가 막히는구나!"

"하마터면 속을 뻔했잖아?!"
"부모님 속 좀 그만 썩이고 어서 들어가라, 이놈아."
파파파파파파곽……!
손바닥으로 머리를 연타로 맞은 혁성은 정말이지 거짓말 하나도 보태지 않고 죽고 싶었다. 아마도 표영이 말리지 않았다면 머리가 성하지 않았으리라.
"제가 잘 타일러 볼 테니 너무 뭐라고들 그러지 마십시오. 저놈도 사람인데 제가 성심성의껏 대하면 바른 생각을 품겠죠."
마치 자신이 죄를 진 듯 겸손해하는 표영에게 사람들은 모두 감동하여 어깨를 두드려 주었다.
"정말 고생이 많으시군요. 잘 부탁드립니다."
"뭘요, 다 제가 해야 할 일인데요."
"아직 세상엔 좋은 분들이 많은 것 같아서 뿌듯합니다."
"그럼 살펴 돌아가십시오."
사람들이 돌아간 후 표영이 혁성 옆에 앉았다.
"이놈아, 그새를 못 참고 청승맞게 울고 있었더란 말이냐."
혁성은 정말 이 인간이 사부가 맞단 말인가라는 표정으로 쳐다봤다. 기가 막혔다. 하지만 여기서 따져 봐야 결국 자기만 손해라는 것을 혁성은 잘 알고 있었다. 기분은 더럽지만 빨리 잊는 게 정신 건강에 여러모로 좋다고 할 수 있었다.
'제길.'
이 말은 속으로 중얼거린 후 말했다.
"그나저나 어디 다녀오신 건가요?"
표영은 오른손을 들어 보였다. 삶은 개 다리였다.

실감나는 거지 생활 117

"개 다리다. 널 위해 이 사부가 특별식으로 준비했단다. 고맙지 않냐?"

"고, 고맙네요."

하기 싫은 말을 억지로 내뱉으며 혁성이 말을 이었다.

"그런데 용케도 구하셨네요? 훔치는 데 힘은 들지 않으셨나요?"

표영의 손바닥이 여지없이 혁성의 머리를 갈겼다.

팍!

"떼끼놈! 아주 사부 알기를 길가에 떨어진 돌덩이같이 여기는구나. 버르장머리가 없어도 정도가 있어야지 이 사부가 그렇게 무식하게 보이더란 말이냐!"

혁성은 '당연하죠' 라고 말하고 싶었으나 그저 속으로만 중얼거렸다.

"이건 말이다, 뭐 좋은 거 없나 하고 길을 가는데 누렁이 한 마리가 있지 않겠니? 그래서 이 사부가 이렇게 말했단다. '네 이놈, 어서 다리 한 짝을 내놔라' 그랬더니 이놈이 황공하다는 표정을 지으면서 그 자리에서 다리를 뜯어내지 않겠냐. 난 솔직히 그냥 해본 말이었거든. 설마 하니 그렇게 하리라고는 생각지도 못했단다. 그저 군기나 잡자고 생각했을 뿐이야. 근데 누렁이 녀석은 장난이 아니더란 말이다. 절룩거리면서 기어코 다리 한 짝을 삶아서 가지고 오는 것이지 뭐냐. 그러면서 이러는 거야. '이 한 몸 다 드려도 부족한데 너무 송구스럽습니다요' 라고 하면서 몸 둘 바를 몰라 하는 것이야. 그래서 내가 그랬지. '이 정도도 사실 감동했다. 너도 힘들 텐데 앞으로는 몸 간수 잘 해라. 애썼다' 라고 말하고 온 거다."

혁성은 앞날이 암담하기만 했다.

'아무리 봐도 정상이 아니야. 정상이 아니란 말이다.'

그는 울어야 할지 웃어야 할지 모르는 표정으로 사부 표영을 바라보았다.

'사부, 제발 정신 차리시오.'

사실 표영이 가지고 온 개다리는 인심 좋은 아주머니가 먹으라고 준 것일 뿐이기에 의기양양해질 것까진 없었지만 표영은 어깨를 으쓱거리며 기고만장하게 말했다.

"하하하, 이 녀석, 감명받은 게로구나. 하긴 이렇게까지 사부가 챙겨주는데 감명받지 않을 사람은 없겠지. 자, 우리 다정하게 나눠 먹자꾸나."

표영은 혁성 옆에 앉아 살을 한 움큼 뜯어 건네주었다.

"차라리 뼈를 이 등분해서 주세요."

"떼끼놈! 살은 뼈를 잡고 먹어야 제 맛인 게야. 이놈이 사부하고 같이 맞먹으려고 하는 것이냐?"

"알았어요, 알았다구요. 그냥 살만 먹을게요."

혁성은 입에 고기를 넣으며 마음으로 더욱 각오를 다졌다.

'꼭 벗어나야만 한다. 끙……'

6장
천강대의 등장

천강대의 등장

내가 믿는 건 오직 천강대뿐.
그들은 강하다.
그들은 무적이다.
그들은 산도 가르고 바다도 뒤엎는다.
그들은 나를 구해낼 것이다.
그들은 나의 꿈이요, 소망이다.
부탁한다, 천강대여.

―소망을 간직한 혁성이.

'이때쯤이면 나타날 법도 한데.'
산 고개를 넘어가던 중 혁성은 조바심을 내며 천강대를 기다렸다. 얼굴은 애써 아무렇지도 않은 듯 태연함으로 가장했지만 시간적으로

나 지리적으로 보아 이때쯤 나타나지 않을까 싶어 긴장되었다. 혁성에겐 이번 기회가 마지막이랄 수 있었다.

'나는 반드시 벗어나야만 한다.'

물론 만에 하나 잘못되기라도 한다면 그 뒤에 따를 사부 표영의 보복이 얼마나 처절할지는 불을 보듯 뻔한 일일 터였다. 그렇기에 마지막이라는 결의를 다지며 대응을 소홀히 해서는 안 되는 것이다.

시야 가득 노송봉이 들어왔다. 혁성은 마을을 지날 때 상인으로 위장하고 있던 천강대의 주장이자 1호인 을휴가 손바닥에 '노송봉'이라고 적어 보여주었던 것을 기억했다. 노송봉 정상에 거의 이르게 되면 분명 기습이 실행될 것이었다. 거리상 조금 남았지만 마음의 준비는 지금부터 해두어야 했다.

표영은 혁성의 이런 암중모색을 아는지 모르는지 여유롭게 휘파람까지 불며 경쾌하게 앞서 걷고 있었다. 좌우로 우거진 나무숲이 울창하게 형성되어 기습을 하기엔 제격으로 보였다.

"공기 맑고 경치 좋고~ 제자야, 너는 어떠냐?"

"네? 네, 좋은데요……."

혁성은 천강대에 집중하다가 갑작스런 질문을 받자 작게나마 당황스러운 모습을 보이고 말았다.

'이런, 대수롭지 않은 질문에 놀란 듯한 반응을 보이다니… 이렇게 긴장하면 될 일도 안 되는 법이다. 용기를 가져라, 혁성!'

혁성은 스스로를 책망하며 실수를 만회하려는 듯 말을 이었다.

"이곳이 노송봉이라 불리는 이유를 이렇게 가까이 이르고 보니 더욱 실감하겠습니다. 봉우리 끝의 모양이 멋들어진 소나무가 세워져 있는 것 같은걸요. 마치 한 폭의 그림이 펼쳐진 듯합니다."

"하하, 그렇지? 정말 멋지구나. 아참~"

말을 하다가 표영은 잊고 있었던 것이 막 생각났는지 손으로 이마를 쳤다.

"이런이런, 내 정신머리 좀 보거나. 하마터면 깜빡 잊을 뻔했구나."

표영은 혁성에게 다가오며 말을 이었다.

"내 급히 다녀올 데가 있으니 너는 이곳에서 기다리고 있어라. 절대 움직이면 안 된다. 아니, 아니지. 내가 늦게 오면 넌 당황하면서 날 찾아다닐 텐데 이곳에는 험한 짐승들이 많으니 대책을 세워놓고 가야겠구나."

느닷없는 변고에 혁성이 어깨를 으쓱이며 황당해했다.

"갑자기 무슨 일이십니까, 사부님?"

"응, 사실 아까 산에 오르기 전에 여우들의 냄새를 맡았거든. 조금만 기다리거라. 내 여우를 잡아오도록 하마."

그렇게 말하며 표영은 손을 뻗어 혁성의 마혈을 찍어버렸다. 혁성으로서는 너무 급작스럽고 어이없는 행동인지라 여태껏 가끔씩 보여주었던 장난질을 하는 것이라 여겼다. 아혈이 찍힌 것은 아닌지라 웃으면서 입을 열었다.

"하하, 사부님, 여우를 잡으러 가시면 함께 가도 되는 걸 가지고 왜 그러세요? 장난은 그만 하세요."

"하하하, 장난 아닌데. 진짜야. 하하하… 너, 장난하는 걸로 생각했나 보구나?"

표영은 약을 올리듯 배시시 웃었다.

휘이잉~

찬바람이 혁성의 온몸을 휘감았다. 가슴 가득 허망함도 밀려들었다. 사부가 과연 맞는지, 이런 황당한 짓을 하면서도 전혀 거리낌이 없는 저 미소는 과연 무엇인지 삶의 희망이 무참히 짓밟히는 듯했다.
"사부님."
묵직한 목소리로 진중하게 혁성이 입을 열었다. 그 어떤 때보다도 진지했다.
"사부님, 그만 하십시오. 저 화났습니다."
표영은 혁성을 보며 한쪽 눈을 찡그려 주며 무마시켜 버렸다.
"하하하, 재밌잖아."
퀭~
대체 무엇이 재밌단 말인가. 혁성은 미칠 것만 같았다. 그 와중에도 표영은 주변을 싸돌며 칡넝쿨을 뽑아 올렸다. 혁성은 또 무슨 짓을 하려고 하는지 벌써부터 가슴이 답답해졌다. 아니나 다를까 표영은 칡넝쿨로 혁성을 뒤쪽에 있는 굵은 나무에 친친 묶어버렸다. 혁성의 얼굴색은 이젠 하얗게 질려 버렸다.
"정말 이러실 겁니까? 이거 해도 해도 너무하시는 거 아닙니까? 할아버지께서 부탁하셨을 때 제게 이렇게 하라고 한 것은 아니잖습니까?"
오비원을 들먹이며 이 사태를 모면해 보려는 혁성이었지만 애초 표영에게 그런 말이 통할 리 만무했다.
"하하, 솔직히 말해 너무하긴 하지. 하지만 어쩌겠느냐? 난 너의 사부고 넌 내 제자인데 말이다. 아니꼬우면 기억해 두었다가 너도 나중에 네 제자에게 그렇게 하려무나."
단단히 매듭을 진 후에 다시금 넝쿨의 탄력을 확인한 후 이 정도면 됐다 싶었는지 만족스럽게 고개를 끄덕였다.

"아주 좋아. 넌 여기서 조금만 기다려라. 내 금방 다녀오마. 이 사부가 보고 싶다고 울지 말고. 알겠지?"

"정말 이러실 겁니까? 대체 여우가 어디에 있다고 그러시는 겁니까? 이제 장난은 그만 하시고 풀어주세요."

하지만 표영은 아무 대꾸도 없이 뒤도 돌아보지 않고 혁성의 시야에서 사라져 버렸다. 혁성으로서는 황당함 그 자체였다.

"사부님~ 잠깐만요. 사부님~ 야이, 이봐, 사부~ 사부야~"

혁성의 눈에서 다시 눈물이 나왔다. 천강대의 기습이 예상되는 노송봉은 아직 이르고 제정신이 아닌 것이 분명한 사부는 자신을 묶어두고 어디론가 가버렸다.

"흑흑……."

자신이 생각해도 한심해서 또 눈물이 났다.

노송봉!

구부러진 소나무를 연상케 하는 형상이 인상적인 이곳 뒤쪽으로 천강대는 자리했다. 특히 그들이 자리한 곳은 지형적으로 움푹 들어간 곳일 뿐만 아니라 그 앞쪽으로 수풀이 우거져 몸을 숨기기엔 안성맞춤이었다.

지금 이곳에서 대주인 을휴를 비롯한 12인은 신호를 기다리며 대기하고 있었다. 이곳에 없는 2명의 천강대원은 지세를 한눈에 파악하기 쉬운 위치에 숨어 연결하여 신호를 전달하기로 약속된 상태였다.

만일 표영과 혁성이 포착되면 반사경으로 빛을 비추어 현재의 거리와 상황을 그들만의 암호로 표시하도록 한 것이다.

'아무리 생각해 봐도 난감한 일이야.'

반사경의 신호를 기다리며 을휴는 갈등했다. 그는 광대뼈가 약간 튀어나온 얼굴에 두터운 눈썹이 인상적이었는데 그런 외모의 특성으로 강직한 인상을 풍겨내고 있었다. 그 강직함은 단순히 외모에만 한정된 것은 아니었다. 성품에 따라 얼굴이 변한다는 말이 있는 것처럼 그의 성품은 강철 같은 굳은 의지를 지닌 터였다.

'휴우~'

그런 그가 지금 속으로 길게 한숨을 내쉬며 갈등하고 있는 것은 아무래도 이 일이 내키지 않기 때문이었다. 그 대상이 오혁성이 아니었다면 그는 결코 이 따위 행동은 하지도 않았을 것이며 애초에 생각지도 않았을 것이다. 상대해야 할 자는 지존 건곤진인의 가장 절친한 친구(엽지혼)의 제자이자 현 개방의 방주이다. 그러나 마음은 꺼림칙해도 지금에 와서 돌이킬 생각은 없었다. 혁성은 천강대 모두에게 너무도 특별한 존재였기 때문이다. 그들이 혁성의 곁에 서게 된 것은 혁성이 5살이 되어서부터였다. 부주 오비원은 혁성을 끔찍이 아껴 천강대를 혁성의 개인 호위대로 삼았고 그때부터 그들에겐 혁성은 직계 상관이면서도 아들과 다름없는 친밀감 속에 지내온 터였다.

'오백님께 이미 허락을 맡은 터이니 스스로 너무 자책하지 말자.'

을휴는 천선부에서 나오기 전 이 문제를 혁성의 아버지인 오백에게 물었었고 오백은 자신이 책임지겠다면서 허락해 주었었다. 그렇지 않았다면 아무리 을휴와 천강대가 간덩이가 붓고 혁성을 아낀다 해도 이렇게 막을 생각을 하지 못했을 것이다.

을휴는 자신의 마음이 그러하니 마땅히 천강대원들도 비슷한 마음일 것이라 여겼다. 그는 대원들을 독려할 위치에 있음을 알고 있기에 갈등하거나 염려하는 모습을 전혀 보이지 않았다. 그는 다시금 흐트러진 마음을 붙잡기 위해 작고 굵은 목소리로 일깨웠다.

"우리가 이곳에 온 목적이 무엇인지 잊지 말도록! 괜히 연약한 마음을 품는 자가 있다면 내가 용서치 않겠다."

강인한 얼굴에 어울리는 굳센 음성이었다. 모두가 마음을 새롭게 하고 긴장 속에 기다리고 있을 때였다. 한 일 다경 정도가 지났을까? 한줄기 바람인 듯 뿌연 것이 흩날리는가 싶더니 세 개의 호리병을 달랑거리며 초라한 거지가 모습을 나타냈다.

"오호~ 여우양반들, 여기서 다들 뭣들 하시나?"

당연 등장한 거지는 표영이었다. 표영이 시선을 두고 있는 곳은 천강대를 내려다보는 곳인지라 모두는 이 갑작스런 상황에 어떻게 대처해야 할지 몰라 굳어버렸다. 관측지로부터 어떤 신호도 받지 못한 데다가 정확히 위치가 파악되어 기습은커녕 우스운 꼴을 당해 버린 것이다. 을휴를 비롯한 모두는 얼굴이 화끈 달아올랐다. 더욱이 바로 코앞에 이르러서야 감지를 했다는 것이 더욱 부끄러웠다. 무기를 뽑아 들고 느닷없이 달려들기에도 뭔가 어울리지 않는 듯한 우스운 상황이었다.

'제길.'

잠시의 정적이 흐르고 그제야 마음을 추스른 을휴가 애써 어색한 기운을 지우고 포권을 했다.

"천선부의 천강대 을휴가 개방 방주님을 뵙습니다."

표영은 대답 대신 큰 소리로 웃어주었다.

"하하하! 재밌군, 아주 재밌어."

표영의 웃음은 크게 울리진 않았지만 미묘하게 마음을 파고들어 수치심을 안겨주었다. 천음조화를 시전하여 고의로 심정을 흔들어놓은 까닭이었다.

"하하, 당황하는 것을 보니 그래도 아직 순수하단 말씀이야. 설마 이곳까지 혁성을 호위하러 온 것은 아니겠지? 그렇다면 나를 너무 가볍게 여기는 것인데 그럼 섭섭하지."

"그럴 리가 있겠습니까. 단지 저희는······."

을휴는 이 지경에 이르렀으니 솔직하게 털어놓고 맞서는 것이 나을 것이라 생각했다.

"방주님께 어려운 부탁을 드릴까 해서 이렇게 기다리고 있었습니다."

을휴가 거기까지 이야기할 때 어느덧 관측을 위해 나가 있던 두 명의 천강대원이 무리 중으로 합류했다. 뒤쪽에 있던 이들 중 누군가가 신호를 보낸 것이었다.

"하하, 어려운 부탁이라··· 난 원래 어려운 부탁은 별로 좋아하지 않는데."

"무례인 줄은 압니다. 하지만 혁성 공자님은 개인적으로 개방에 머물길 원치 않으심을 알기에 다시 모셔갔으면 하는 바램입니다."

"어험, 내 제자는 거지 생활을 타고났다고 해도 과언이 아닐 정도로 적응을 잘하고 있는데 헛소리를 내뱉으면 곤란하지. 음··· 혹시 자네들이 개방에 들어오고 싶어서 말을 돌리고 있는 것은 아닌가? 하하하, 그런 문제라면 어렵게 말할 필요 없어. 우리 마음을 열고 이야기를 해보자구."

을휴는 무림의 지도급 인사 중 이렇게 자유롭게 말하는 이는 처음 대하는지라 일순 말문이 막혔다.

"험험, 그러니까 제가 드리는 말씀은 공자님을 저희에게 인도해 주셨으면 하는……."

"아하~ 그런 말이었군. 난 또 단체로 개방에 들어오고 싶어서 그런 줄 알았지. 그래서 속으로 건곤진인에게 미안해하던 참이었는데 그게 아니라니 섭섭하면서도 다행이란 생각이 드는군. 근데 지금 그대들의 그런 발언은 건곤진인의 입에서 나온 말은 아닐 텐데… 나중에 어떻게 감당하려고 그 딴 식으로 싸가지없이 말하는 것이지?"

점점 말의 강도가 높아져 가는 가운데 을휴가 답했다.

"공자님이 저희를 따라 부에 다시 들어가게 되면 방주님께서 적절히 부주님께 말씀해 주시길 부탁드립니다."

"뭣이 어쩌고 저째! 이것들이 아주 보자 보자 하니까 못하는 말이 없네그려. 차라리 날 죽여라, 이놈들아."

표영은 냅다 바닥에 눕고서 윗옷을 걷어올리곤 연신 외쳤다.

"차라리 내 배를 째라, 째~ 째란 말이다."

을휴와 천강대는 좌충우돌하는 돌발 행동들에 당황하며 몸 둘 바를 몰랐다. 하기사 애초에 말이 안 되는 요구를 하고 있는 것은 사실이었지만 뭔가 아귀가 자꾸 어긋나는 것이다. 을휴가 가까이 다가가 조심스럽게 입을 열었다.

"이러지 마십시오. 저희는 정당하게 요구를 드리고 싶… 윽……."

을휴는 말을 끝맺지 못하고 짧은 비명을 내질렀다. 표영이 을휴의 손을 잡고 누운 채로 회전하여 손을 꺾은 후 등 뒤로 돌아 다른 한 손을 목 근처 사혈에 가만히 놓은 것이다. 설마 하니 이렇게 급작스럽게 개방의 방주씩이나 되는 자가 손을 쓰리라고는 생각지 못했던지라 놀라면서도 분분히 무기를 뽑아 들며 외쳤다.

"무슨 짓이오? 정파인으로서 암습을 하다니 부끄럽지도 않단 말이오!"
"비열하기 이를 데 없는 작자 같으니. 어서 손을 놓으시오."
"개방의 방주란 이름이 고작 이 정도였단 말이오?"
"개방의 명성에 방주가 먹칠을 하다니……."
그들은 각기 온갖 말로 표영의 행위를 질타했다.
"껄껄껄, 재밌는 친구들이로군."
표영은 화를 내기는커녕 소리 내어 웃어 보인 후 을휴를 잡았던 손을 풀고 앞쪽으로 밀어 보내주었다.
"그렇지, 아무렴 내가 한 행동은 옳지 못했지. 맞아, 정확히 말했어. 내가 정파인으로 암습을 했다는 것은 사실 매우 부끄러운 짓이거든 하지만 그대들이 이곳에 모여모여 암습하려고 한 것은 매우 정당하단 말씀이야. 더욱이 내가 드러누워 있다가 손을 쓴 것은 비열한 짓이지만 그대들이 천선부주의 눈을 가리고 내게 요구하는 것은 얼마나 위대하고 정의롭냐 이거야. 정말 감동의 눈물이 흐르려 하는군. 하하하, 분명 내 행동은 개방 방주로는 어울리지 않고 개방의 명성에 먹칠을 한 것이지만 그대들의 암습은 천선부를 더욱 빛내는 것이니 역시 천선부의 천강대는 훌륭하고 건곤진인은 복받은 분이란 말씀이야. 하하하."
그 말을 들으며 을휴를 비롯한 모두는 표영이 왜 느닷없이 그런 돌출 행동을 했는지 깨닫고 수치심에 얼굴이 귀까지 벌겋게 물들었다.
"비열하다는 말은 아무렇게나 해서는 안 되는 말이지. 그 정도 말을 하려면 분명 자신을 돌아보고 나서 해야 하는 것이 순리거든."
을휴를 비롯한 모두는 비로소 깊이 후회했다. 그들은 표영의 나이가 많지 않고 단지 그 명성만 우연찮게 날린 것이라 생각해 왔지만 지금에서야 부주가 왜 그토록 칭찬을 아끼지 않는지, 왜 혁성 공자를 제자로 보내게 되었는지 이해할 수 있을 것 같았다. 을휴가 대표로 허리 숙여 사죄했다.

"깊이 생각하지 못하고 어리석게 행동한 점 용서하십시오. 저희는 이 길로 천선부로 돌아가 부주께 우리의 행동을 솔직히 말씀드리고 책망을 기쁘게 받도록 하겠습니다. 혁성 공자님께서도 이처럼 훌륭한 사부님을 모시게 된 것은 행운임을 알았습니다. 부디 큰사람이 되도록 많은 가르침을 바랍니다."

을휴는 말을 맺고 나자 그동안 기다리며 갈등하며 심기가 불편했던 마음이 사라진 것을 느끼고 오히려 홀가분하기 그지없었다. 하지만 표영은 조용히 고개를 가로저었다. 이젠 표영이 보내고 싶은 마음이 사라져 버린 것이다.

"하하, 좋아. 역시 천선부는 마음에 들어. 하지만 이대로 가면 내가 섭섭하지. 여기까지 왔으니 우리 내기를 하는 게 어떨까?"

"내기라뇨?"

"음… 그러니까 우리가 무공을 겨루어서 지게 되면 상대방의 요구를 하나씩 들어주는 거야. 혹시 자네들이 이기면 혁성을 데리고 가게 할 뿐만 아니라 진인께도 아무 문제 없이 말씀을 전해주겠네."

을휴의 귀가 쫑긋 세워졌다.

"정말이십니까? 그렇게 하지 않으셔도 됩니다만."

"내가 이 나이에 농담하게… 험험."

나이 운운하다가 표영은 상대들이 다 자신보다 나이가 많은 것을 느끼고 헛기침으로 때우며 말을 이었다.

"험험, 그러니까 전혀 부담을 갖지 않아도 된단 말이지. 대신 내가 이기면 내 요구를 들어주어야 할 것인데 그게 좀 어려워서 말이야… 할 수 있을지 모르겠네."

을휴를 비롯한 천강대원들은 뜻밖에 일이 쉽게 성립되려는 듯하자 내색은 크게 하지 않았지만 모두 기뻐했다. 서로 의도 상하지 않고 매끄럽게 일이 마무리될 것이 분명했다.

'비록 구주신개의 명성이 자자하긴 해도 우린 대천선부의 천강대가 아니던가.'

'천강칠혼진이라면 충분히 맞설 수 있을 것이다.'

그들이 자신감을 나타내는 데는 천강칠혼진이라는 진에 통달해 있기 때문이었다. 천강칠혼진이란 건곤진인 오비원이 직접 창안한 검진으로 일곱 명이 기본 단위를 구성해 적을 맞도록 되어 있다. 그 속에는 팔괘와 태극의 변화가 연환되어 수레바퀴처럼 물려 펼쳐지는데 서로 교차하면서 일곱이 십사가 되고 다시 이십팔이 되듯 힘이 기하급수적으로 증산되는 묘력을 갖추고 있었다. 더욱이 이것을 두 개의 검진으로 형성해 펼치게 될 시엔 순식간에 네 배의 힘을 얻게 되는데 가장 완벽하게 구사될 땐 열네 명의 천강대가 오십육 명의 합벽된 힘을 보이게 된다. 특히 천강대는 오비원이 혁성을 심히 아끼고 사랑하여 직속에 두었던 인물들로 구성된지라 각자의 무공이 결코 약하지 않았다.

"방주님의 뜻이 그러하시다면 부족하지만 응해보도록 하겠습니다."

을휴는 겸손한 어투로 말을 맺은 후 불현듯 생각나는 것이 있어 바로 말을 이었다.

"그럼 방주님께서 원하시는 요구는 무엇입니까?"

"음… 내가 원하는 것은… 이걸세."

표영은 말과 함께 손으로 두 번째 호리병을 두드렸다. 천강대도 구주신개의 별호와 호리병에 대한 이야기를 익히 알고 있던 터라 금세 얼굴이 심각해졌다.

"어때, 내 요구가?"

을휴는 쉽게 대답하기 어려워 머뭇거리다가 힘겹게 말했다.

"자, 잠깐만 상의할 시간을 주십시오."

표영이 가볍게 고개를 끄덕이자 을휴는 대원들과 빙 둘러 머리를 맞대고 상의하기 시작했다. 의견은 분분했다. 그냥 포기하는 것이 낫지 않겠느냐부터 시작해서 우리가 이기면 되지 않겠느냐라고 말하는 이도 있었고 혁성 공자를 위해서라면 이 정도는 감수해야 한다는 말도 나왔다. 점차 대세가 받아들이자는 쪽으로 기울었고 그와 같이 결정났다.

"좋습니다. 저희가 패할 경우 기꺼이 받도록 하겠습니다."

"좋아. 그럼 일단 적당한 장소로 옮기도록 할까? 제자 녀석을 혼자 너무 오래 기다리게 하는 것 같으니 서두르는 것이 좋겠어."

표영이 말이 끝나기도 전에 풍운보를 시전하여 바람처럼 이동하자 14인의 천강대원들도 신형을 뽑아 그 뒤를 따랐다. 잠시 후 제법 평평한 지형을 이룬 곳에 이른 표영과 천강대는 약 5장여 정도의 간격을 두고 대치했다.

14인의 천강대는 누구의 특별한 신호가 없었음에도 스르르 움직이며 검진을 갖추었다. 동작이 매끄럽게 이어졌으며 각 사람마다의 중간에서 진법의 묘용 탓인지 기류가 회오리쳤다.

'음… 진법을 펼치겠다는 것이로군.'

표영은 처음에는 대수롭지 않게 제압할 수 있을 것이라 여겼는데 진에서 느껴지는 기세가 결코 예사로운 것이 아님을 알고 아까까지 염두에 두지 않았던 타구봉을 꺼내 들었다.

'진을 파훼하는 가장 기본적인 방법은 신법의 빠름과 연결 고리를 끊는 것이겠지.'

표영은 진에 대해 잘 알고 있지는 못했지만 비천신공을 배우면서 개방의 타구진에 대해 배웠던 터라 그것을 염두에 두고 진을 분석했다. 하지만 엄밀히 타구진과 지금 보고 있는 천강칠혼진은 상당한 차이가 있었다. 개방의 무공은 대부분이 자유로움을 추구하는지라 진법에 큰 의미가 부여되진 않았다. 타구진도 그 위력에 있어 오묘한 변화보다는 다수의 힘을 통합하는 쪽에 무게가 실려 있어 정밀한 검진과는 비교하기 힘든 것이었다.

'먼저 외부를 돌며 건드려 보도록 하자.'

표영은 검진에 포위되면 결코 이롭지 못할 것임을 알고 풍운보를 시전하여 오른쪽 방향으로 신형을 날렸다. 그러자 천강칠혼진은 마치 한 덩어리가 된 듯이 스르르 움직이며 전방과 왼쪽 측방으로 쏘아져 들어왔다. 검기가 매섭게 쏘아지는 것이 결코 한 사람의 힘이라고 하기엔 너무나 위력적이었다.

'힘을 한데 실어 보내는 것이로구나.'

검진의 무서움은 바로 여기에 있었다. 지금처럼 표영이 오른쪽으로 돌 때 전방과 왼쪽을 파고든 검은 단순히 두세 사람이 내지른 것이었지만 그 위력은 뒤쪽에서 받치고 있는 이들이 힘을 연합해 밀어주고 있는 것이다. 그러니 결국 일검이 십검이 되는가 하면, 혹은 일검이 칠검이 되기도 하는 것이었다.

표영은 왼손으로 장력을 발출하여 측면 공격의 기세를 약화시켰고 그와 동시에 앞에서 다가오는 검을 타구봉으로 감아 밑으로 뿌리치고 곧바로 공중으로 치솟아 한 바퀴 회전하고서 내려섰다. 땅에 발이 닿는 순간 이미 검진은 다시 변형을 이루었다. 뒤쪽에서 힘을 실어주는 역할을 담당하던 검수가 이젠 공격 선봉으로 전환하여 찔러온 것이다. 표영은 발끝이 닿자마자 그대로 튕겨내며 이번엔 수평으로 이동했다. 풍운보 중에서 가장 펼치기 까다롭다는 풍운산화(風雲散花)였다. 풍운보를 익힘에 있어서 마지막 관문인 풍운산화는 꽃이 흩날리듯 하는 움직임을 보이는데 방금 표영이 보인 것처럼 위에서 수직으로 빠르게 떨어지다가 지면에 닿자마자 원하는 방향으로 수평 이동하는 것이었다.

전혀 예상치 못한 신법에 천강대의 공격은 헛손질로 빗나가고 말았다. 더욱이 예상 방향에 따라 다음 공격이 움직이는 것이라 땅을 튕겨 위로 솟구칠 것이라 생각하고 미리 대비한 이들은 표영의 몸이 전혀 다른 곳으로 튕겨져 가자 일순간 당황했다.

'개방은 예로부터 신법에 능하다고 하더니 명불허전이로구나.'

'나이 서른도 되지 않았건만 다른 건 몰라도 신법만큼은 부주님을 능가하는 것 같지 않은가.'

고수들 간의 대결에서는 찰나가 모든 승부를 점하게 되는 법이다. 표영은 비로소 선기를 빼앗고 타구봉으로 진의 중간을 파고들었다. 세 번의 격돌이 지난 후 가장 변화가 느린 곳이 사실은 중간 지점이라는 것을 간파한 것이다.

최고의 기재이면서도 만성지체로 인해 빛을 발하지 못하고 있었던 표영이 아니었던가. 하지만 걸인의 길을 통해 온전한 깨달음을 얻어

만성지체를 깨뜨렸을 뿐만 아니라 비천신공의 진수까지 터득한 표영이었다. 짧은 격돌이었지만 표영의 판단은 정확한 것이었다.

슉슉~

타구봉법 중 전(纏)자결을 이용해 성급히 가로막는 검들을 얽어맨 후에 곧바로 인(引)자결을 펼쳐 검을 끌어당겼다. 현묘한 타구봉의 묘용에 중간 지점에 있던 천강대원 다섯이 혼란에 빠져 타구봉에 이끌려 흔들거렸다. 늦게나마 검진이 스르르 변화하며 좌우측에서 네 개의 검이 표영의 어깨와 허리 쪽을 겨냥하고 짓쳐들었다. 표영은 인자결로 끌어당기던 힘을 일순간 크게 증폭시키며 뒤로 물러났다가 갑자기 힘을 빼버렸다. 그 움직임은 순간적으로 움직인 터라 좌우에 밀려들던 검은 타구봉에 이끌려 온 중간 지점에 있던 다섯 명의 천강대원의 좌우측을 공격하는 꼴이 돼버리고 말았다. 이런 변화는 너무나 촉망 중에 일어났고 짓쳐드는 검의 기세는 너무나 거세 중도에 멈출 수 없게 돼버리고 말아 다섯 명은 꼬치처럼 꿰뚫릴 처지에 놓였다. 하지만 이때 표영이 순간적으로 끌던 힘을 빼버렸기에 그들은 반대로 뒤로 급격히 넘어졌고 그로 인해 중도에 검과 검이 부딪쳤을 뿐 사상자는 나오지 않게 되었다. 만일 표영이 힘을 유지했다면 다섯 명 중 최소한 두 명 정도는 목숨을 잃었을 것이고 나머지 세 명도 큰 부상을 입었을 터였다.

'대단하구나.'

선처는 고마웠지만 이대로 승복하기엔 마음이 허락치 않았다. 하지만 이 순간 이미 다섯은 엉덩방아를 찧은 데다가 자신들은 죽는 것이라 생각했던 터라 검진은 그 형태가 깨어진 것이나 다름이 없었다.

표영은 풍운보 중 회풍낙일(廻風落日)로 땅을 스쳐 가며 회오리를 일으키는 가운데 검진의 외곽을 돌았다. 회풍낙일은 거센 바람이 회오리쳐 태양을 떨어뜨린다는 뜻을 지녔는데 실제 태양을 떨어뜨린다는 의미보다는 뿌연 연기를 일으켜 태양이 보이지 않도록 한다는 말이 옳다 할 수 있었다. 주로 다수의 상대를 혼란에 빠뜨리기 위해 사용하는 것인데 표영은 일거에 마무리를 지을 요량으로 전개한 것이었다.

뿌연 흙먼지가 삽시간에 피어오르며 눈앞의 시야를 가렸다. 검진이 아무리 견고해도 상대방의 위치를 알지 못하면 허사인 법인데 지금은 검진마저 불완전한 상태인지라 천강대는 일순 혼란에 빠져 초긴장 상태에 돌입했다.

"윽!"

"컥!"

"읍……!"

이곳저곳에서 짧은 비명이 터져 나왔다. 표영이 타구봉으로 스쳐가며 혈을 짚은 까닭이었다. 너무도 혼란스러웠다. 비명이 이른 곳 근처에 분명히 있다는 것을 알아도 쉽게 검을 내뻗을 수가 없었다. 도리어 동료를 찌르는 일이 있을까 염려되었기 때문이다.

잠시 후 간헐적으로 들리던 비명 소리가 열네 번이 채워지게 되었을 때 비로소 먼지가 서서히 가라앉았다. 천강대는 그대로 몸이 굳은 채 서 있었는데 어떤 이는 허리를 숙인 자세로, 어떤 이는 검을 뻗은 자세로, 또 다른 이는 몸을 뒤로 젖히다가 혈이 찍혀 그대로 자세를 유지하고 있기도 했다. 서로는 서로를 확인하며 확연히 패배를 자인하지 않을 수 없었다. 상대는 생각했던 것보다 적어도 다섯 배 정도는 강한 것이다.

표영은 타구봉으로 허벅지를 두드려 가며 히죽거리면서 그들 사이사이를 걸었다.

"어떤가? 이 정도면 혁성의 사부 노릇을 하기에 부족하지 않을까?"

"방주님의 뛰어난 무공에 감탄하지 않을 수 없군요. 저희들의 깨끗한 패배입니다. 아까 범한 무례를 용서하십시오."

을휴의 말을 듣고 표영은 만족한다는 듯 고개를 끄덕이고서 허리를 숙여 바닥에서 열네 개의 작은 돌을 집어 들었다.

"좋아, 그럼 혈을 풀어볼까."

그 말이 떨어지기 무섭게 표영이 살짝 움직이며 손에 든 돌을 뿌리자 각기 흩어져 천강대원들의 몸에 닿았고 마혈을 제압했던 것이 해제되었다. 혈을 푸는 실력만으로도 놀라움을 주기에 충분했다.

"자, 이제 약속한 것을 실천에 옮겨보도록 해야겠지? 하하하."

혈이 해제된 것에 놀라워하는 것도 잠시, 천강대의 얼굴은 순식간에 검게 변했다. 남아일언 어쩌고저쩌고를 굳이 말하지 않아도 이건 벗어날 수가 없는 일이었다.

"자, 그럼 일렬로 줄을 맞춰 서도록 해."

제일 앞에 선 을휴로부터 마지막 심보까지 천강대는 어깨를 축 늘어뜨리고 열을 맞추었다. 모두들 죽을상을 하고 있는 모습에 표영은 위로의 말이라도 해야겠다 싶었다.

"너무 그렇게 풀 죽어 있을 필요 없어. 사실 자네들은 행운아들이라구. 그런 얼굴은 어울리지 않는단 말일세. 어이, 거기 줄이 삐뚤어졌잖아. 똑바로 좀 서보라구."

표영은 줄이 확실히 맞는 것을 보고 말을 이었다.

"왜 행운아인지 말해 주지. 어떤 경우엔 말이지, 재수가 없을 땐 기간이 한 달 정도가 넘은 것을 먹어야 할 때도 있단 말이거든. 그건 솔직히 말해 거의 세 번째 호리병과 맞먹는 수준이라고 할 만하거든. 그런데 이번 것은 오 일도 채 안 됐단 말씀이야. 이런 걸 보고 세상 사람들은 천운을 타고났다고 하지. 자자, 그러니 얼굴들 펴라구."

표영 딴에는 위로의 말이라고 한 것이었지만 천강대에겐 더욱 심란함만 부채질한 꼴이었다.

"그러니까 이 국물을 담았던 곳의 그 개 이름이 뭐였더라. 아, 맞아. 나비였지. 개에게 나비란 이름을 붙인 건 처음 봤다니까. 나비가 뭐야, 나비가. 고양이라면 어울려도 솔직히 이상하잖아. 그런데 문제는 나비란 녀석이 덩치는 얼마나 크던지 곰을 보는 것 같더라니까. 그 녀석 혀도 길어서 잘도 국물을 핥았지. 내가 지 것을 담았다고 그리 기분이 좋은 것 같진 않더군."

천강대의 얼굴은 표영의 말이 더해질수록 점점 더 새까맣게 변해갔다.

'아이 씨, 차라리 말이라도 하지 말지.'

'죽겠구만, 아주.'

"자, 그럼 이제 한 잔씩 하도록 할까?"

제일 먼저 을휴가 잔 가득 넘치도록 받았다. 기름기가 둥둥 떠 있는 것을 보자 삶의 희망마저 무참히 짓밟히는 것 같았다. 을휴는 사약을 받는 사람처럼 느리게 잔을 받았다.

"흘리면 안 돼. 흘린 만큼 또 먹어야 한다는 것만 잊지 않으면 될 거야."

표영이 못을 박듯 이야기하자 을휴는 혹시 한 방울이라도 흘리게 될까 봐 조심스럽게 꿀꺽꿀꺽 받아 마셨다. 결국 목젖이 일렁거리며 깨끗이 받아 마셨다. 을휴는 비통에 빠져 잔을 표영에게 넘긴 후 옆으로 걸어가더니 바닥에 벌렁 드러누웠다.

'하늘이 참 맑구나.'

어느새 그의 눈엔 뿌옇게 이슬이 맺히더니 주르르 뺨을 타고 귓가로 흘러내렸다. 모두가 그러했듯 을휴도 인생에 대해 심각히 생각하기에 이르렀다. 과연 앞으로의 인생을 잘 살 수 있을지도 자신이 없을 지경이었다. 그렇게 천강대원들은 한 명씩 한 명씩 국물을 받아 마시고 차례로 을휴 옆으로 가 누워 눈물을 흘렸다.

표영은 또 다른 용건이 남아 있는지 그들과 약간 떨어진 곳에 쭈그리고 앉아 타구봉으로 바닥을 탁탁 두드리고 있었다. 눈물도 어지간히 흘렸음인가. 을휴로부터 하나둘 자리를 털고 일어나 표영에게 다가와 작별을 고했다.

"안목을 높이는 계기가 되었습니다. 그럼 저희는 이만 가보도록 하겠습니다."

"어? 벌써 가려구?"

"네. 곧장 천선부로 가볼까 합니다."

"이대로 가면 좀 곤란한데… 하하, 한 가지 부탁을 더 들어주어야겠어."

"이미 저희는 대가를 다 치렀다고 생각됩니다만……."

거기까지 말하던 을휴는 다시금 눈이 튀어나오는 충격에 휩싸였다. 표영이 품에서 작은 패를 내보인 까닭이었다. 거기엔 경천(驚天)이라는 글자가 새겨져 있었고 글자 위로 봉황이 날개를 펼쳐 보이고 있었다. 을휴를 비롯한 천강대원들은 그 자리에서 무릎 꿇었다.

"천강대는 오로지 복종뿐입니다."

경천패는 건곤진인 오비원을 대하는 것이나 다름없도록 정해놓은 천선부의 신물이었다. 즉, 경천패를 지닌 자에게 오직 그 뜻을 따르도록 한 것이다. 그러니 천강대가 놀랄 수밖에.

"오호~ 이거 효과가 대단한걸. 건곤진인이 요긴하게 쓰고 돌려달라길래 뭔가 했더니 이런 것이었군."

표영이 대수롭지 않게 이야기했지만 천강대원들은 하나같이 얼굴이 참혹하게 일그러졌다.

'이미 부주께선 대비책을 세워놓으셨었구나.'

'어쩐지 오백님께서 큰소리를 치시더라니……'

'제길, 경천패가 있으면서도 왜 구주신개는 그것을 사용하지 않고 이제야 내민단 말인가.'

'설마 이번엔 세 번째 호리병에 담긴 것을 마시라고 하는 것은 아니겠지? 제발 그것만은……'

'겉으론 허술하게 보여도 지독하기 이를 데 없구나.'

그들은 결국 자신들이 표영의 꾀에 넘어가 국물을 마시게 되었다는 것을 알고 이곳까지 이르게 된 것을 한탄했다. 하지만 이미 때는 늦어도 너무 늦은 셈이었다.

"하하, 그렇게 긴장들 하지 않아도 돼. 내가 또 뭔가를 마시라고 시키는 것은 아닐 테니까 말이야."

그나마 그 말에 천강대는 한숨을 내쉴 수 있었다. 그들은 실로 만성지체의 변화무쌍한 대처에 이리 채이고 저리 채이는 불쌍한 상황에 처하고 만 것이다.

"어이, 거기 짙은 눈썹양반!"

을휴가 자신을 가리키는 줄 모르고 뒤를 바라보며 찾는 시늉을

천강대의 등장 143

했다.

"이봐! 정신 똑바로 못 차리네. 대머리, 자네 말이야."

그제야 을휴는 자신인 줄 깨닫고 멋쩍게 일어섰다. 표영은 을휴에게 귓속말로 소곤거리면서 한참 동안이나 뭔가를 설명했고 을휴의 표정은 점점 더 벌겋게 변해가 결국에는 피같이 붉어져 버렸다. 말을 마친 후 표영은 을휴를 보더니 화들짝 놀라는 기색으로 물었다.

"뭐, 뭐지? 얼굴이 이거 완전히 핏덩어리잖아."

표영은 그래도 성가시다는 듯 손을 내젓고 신형을 날리며 작별을 고했다.

"그럼 부탁하겠네."

표영이 멀리 사라지고 을휴로부터 이야기를 전해 들은 천강대원들의 얼굴은 을휴와 마찬가지로 핏덩어리로 변했다.

'잘못 걸렸어. 이번 일은 일생일대의 실수다.'

7장
천강칠혼진과의 대결

천강칠혼진과의 대결

옛말은 틀린 말이 하나도 없다.
아니 땐 굴뚝에 연기나랴.
콩 심은 데 콩 나고 팥 심은 데 팥 난다.
될 나무는 떡잎부터 알아본다.
바늘 도둑이 소 도둑 된다.
이 모두 얼마나 주옥 같은 말들인가. 나도 인정할 건 인정한다.
하지만 왜… 왜…….
하필 도끼에 내 발등이 찍힌 거냐.
그 많고 많은 발 중에서 말이다.
　　　　　　　　　　　―믿는 도끼에 발등 찍힌 혁성이.

혁성의 이마에서는 끊임없이 식은땀이 흘러내렸다. 땀뿐만이 아니었다. 눈동자는 크게 확대되고 입에서는 가느다란 신음이 새어 나오고 있었다.

'으… 젠장…….'

혁성만을 바라보노라면 필시 용변에 문제가 생긴 것이라 할 만했지만 문제는 그리 단순한 것이 아니었다. 그건 전혀 뜻밖의 사태였고 실제로 땀을 흘릴 만한 중대한 문제였다. 혁성의 부릅뜬 눈이 이른 곳에는 큰 송아지만한 덩치의 호랑이가 약 5장 정도(17미터) 앞쪽에서 노려보고 있었던 것이다.

마혈이 찍혀 손가락 하나 까딱하지 못하는 실정에 넝쿨에 친친 감긴 혁성은 하늘이 무너지는 듯한 충격에 사로잡혔다. 호랑이의 덩치로 볼 때 몸이 자유로워도 쉽게 제압하거나 피해내기가 힘들 것 같은데 꼼짝달싹 못하게 되었으니 어찌 두렵지 않겠는가.

으르릉—

호랑이는 가슴으로부터 우러나오는 소리로 으르렁거리기만 할 뿐 쉽게 달려들진 않았다. 이 호랑이로 말할 것 같으면 산의 터줏대감 같은 존재로 영특하기 이를 데 없었다.

으르르릉…….

매서운 눈매로 정면에서 노려보는 호랑이의 눈은 조심스럽게 탐색을 벌이고 있었다. 그 으르렁거림 속에는 이런 뜻이 담겨 있는 듯했다.

―멀쩡한 놈이 어찌 저기에 묶여 있는 것일까? 나를 유인하려는 것일지도 모르니 조심해야 한다.

아마 어눌한 호랑이 같았으면 혁성은 진작에 다리부터 뜯겨 나가 결국 온몸이 갈기갈기 찢겨져 먹이가 되고 말았을 터였다. 호랑이는 일정한 간격을 유지한 채 주변을 배회하며 예리한 눈으로 살폈다. 혹시나 있을지도 모르는 함정이나 기괴한 인간들의 장치를 파악코자 함이었다.

혁성으로서는 일각이 천 년같이 여겨지는 시간이 아닐 수 없었다. 안 그래도 미운 사부가 이젠 저주스럽기까지 했다.

'제길, 사부는 왜 혈까지 짚어놓고 가서 사람의 피를 말리는 거냐구. 아, 내 젊은 인생, 이렇게 끝나는 것은 아니겠지? 호랑이의 밥이라니, 이게 말이 되냔 말이다.'

혁성은 지금이라도 늦지 않았으니 사부가 달려와 주기만을 간절히 바랬다. 그러면 그냥 다 이해하고 용서할 수 있을 것 같았다.

'그래, 제발 어서 와주세요, 사부님. 앞으로 거지 생활 착실히 하겠습니다. 부디 빨리만 와주세요.'

끔찍이 싫어하던 거지 생활까지 들먹이며 기원하는 것을 보건대 혁성이 얼마나 다급한지를 잘 보여주고 있다 할 수 있었다. 어느새 호랑이는 점점 간격을 좁혀오고 있었다.

식은땀이 비 오듯 쏟아졌다. 흔히들 호랑이를 만나도 정신만 차리면 살 수 있다고 말하지만 혁성에게는 아무 소용도 없는 말이나 다름없었다. 정신을 차리더라도 어느 정도 움직일 수 있을 때라야 무슨 수작을 부려보든지 할 것이 아니겠는가 말이다. 또한 호랑이를 만났을 때 눈싸움에서 지지 않으면 살 수 있다는 말도 도무지 적용할 수가 없었다. 괜히 노려봤다가 괘씸죄가 추가되어 느닷없이 달려들 것만 같았기 때문이다.

'제발… 물러가다오. 네 갈 길을 가란 말이야.'

하지만 혁성의 바램과는 달리 호랑이는 점차 거리를 좁혀와 이젠 거의 이 장여(6.6미터) 정도까지 이를 지경이 되었다. 말이 이 장여지, 큰 덩치의 호랑이임을 감안할 때 바로 코앞에 이른 것이나 다름없었다. 그렇기에 호랑이의 살기 어린 눈동자와 사나운 이빨은 더욱 공포스럽게 다가왔다.

다시금 호랑이가 한 발을 더 디뎌 접근했다. 이제 혁성의 두려움은 극에 달했다. 정신이 멀쩡한 채로 다리가 이빨에 뜯겨 나간다는 생각이 들자 하염없이 눈물이 쏟아졌다.

'아버지, 어머니, 그리고 할아버지… 이 혁성, 이렇게 갑니다… 흑흑……'

그런 눈물에 호랑이가 함께 안타까워해 줄 리는 만무했다. 다시금 성큼 한 발을 내딛자 혁성은 공포에 질린 채 다리가 풀려 그만 오줌을 지렸다. 천선부주의 손자여서 그렇지 아직은 어리다 할 수 있는 15살이었다. 바지가 젖어가는 것도 모른 채 혁성은 떨어댔다.

으르르릉—

중저음으로 쫙 깔리는 소리가 위압적이었다. 거의 마지막 경계를 나타내는 소리인 듯싶었다.

'이젠 정말 죽었구나.'

혁성은 눈을 꼭 감았고 호랑이는 도약하여 앞발로 상대를 기절시킬 요량으로 뒷다리를 구부리는 순간이었다.

"어이~ 이봐, 거기 호랑이 친구~"

멀리서 큰 소리를 지르며 표영이 부랴부랴 달려왔다. 혁성의 눈이 번쩍 뜨였다.

'사부다. 이제 살았구나.'

사부를 만나고 이렇게 목소리가 반가워 보긴 처음이었다. 호랑이도 산을 울릴 만한 외침이었던지라 일순 동작을 멈추고 소리난 쪽으로 시선을 돌려 새로운 적에 대비했다.

"뭐 하는 거야~ 설마 내 제자를 어떻게 해보려고 하는 것은 아니겠지?"

표영이 마지막에 아니겠지라는 말을 할 때는 이미 호랑이 앞에 이르러 있을 정도였다. 그 신법의 빠름에 혁성도 놀라고 호랑이도 놀랐다. 특히 호랑이는 표영을 대하자마자 온몸에서 품어져 나오는 살기에 그만 질려 버리고 말았다. 이미 표영은 견왕지로의 7단계를 모두 완수한 상태였기에 숲 속의 제왕이라고 불리우는 호랑이라도 솔직히 개, 고양이나 다를 바가 없었다.

"왜 여기에서 어슬렁거리는 거냐? 내 제자가 그렇게 맛있게 보이든?"

호랑이는 이미 자신의 상대가 아님을 간파한 상태라 꼬리를 내린 터였다. 어떻게든 이 자리를 모면하는 것만이 유일한 살 길임도 본능적으로 자각했다. 호랑이는 앞발을 들더니 뭐라고 뭐라고 설명을 하기 시작했다.

으르릉— 쿠엉… 큉. 으르릉—

손으로 혁성을 가리키다가 그 앞에 떡 버티고 서 있기도 하면서 입으로는 여러 소리를 냈다. 나름대로는 열심히 변명을 늘어놓고 있는 중이었다. 표영은 그 앞에서 호랑이의 하는 짓을 보며 다 이해한다는 듯 고개를 끄덕였다.

"음, 그렇구나. 좋아좋아."

그 상황 중에 기쁘면서도 황당한 것은 혁성이었다.

'뭐, 뭐냐, 이건. 지금 사부는 호랑이랑 말을 하고 계신 건가? 거 참.'

호랑이도 진지하기 이를 데 없었고 표영도 맞장구를 치듯 고개를 끄덕이는 폼이 상당한 대화가 오고 가는 듯 보였다.

'허허, 거참.'

호랑이한테 물리지 않아서 좋기는 했지만 이 어처구니없는 광경에 입만 쩍 벌리고 있을 수밖에 없었다. 어쩌면 얼마 전에 개 다리 한 짝을 들고 왔을 때 했던 말도 사실일지 모르겠다는 생각이 들었다. 그렇게 둘은 한참 동안 서로 의사를 교환하더니 대충 정리가 된 것인지 호랑이가 앞발을 내렸다. 표영은 호랑이 머리를 개 머리 쓰다듬듯 하다가 두 번 톡톡 친 후 말했다.

"어서 가봐라. 고생했다."

호랑이는 무사히 살아 돌아갈 수 있게 된 것에 떨 듯이 기뻐하며 삽시간에 사라져 버렸다.

"허허, 고놈 잽싸기도 하네."

표영은 혁성을 묶어둔 넝쿨을 끊고 마혈을 풀어주었다.

"근데 왜 바지가 젖어 있는 것이냐? 너, 울었냐?"

"울긴 누가 울었다고 그러세요? 괜히 엉뚱하게 사람을 묶어두고 그러실 수 있는 겁니까?"

이제 어느 정도 정신이 돌아온지라 혁성이 따지고 들었다.

"이 녀석아, 그러게 평상시에 행동을 똑바로 했어야지."

"호랑이가 뭐라고 하던가요?"

"일주일을 굶었다고 하더라."

혁성은 배를 만진 것을 떠올렸고 표영의 말이 이어졌다.

"하지만 널 보자마자 내 제자란 걸 알아봤다는 거야. 그래서 다른 짐승들이 멋모르고 접근할까 봐 지키고 있었다는구나. 그래서 나도 머리를 좀 쓰다듬어 주었지."

혁성의 눈이 가느다랗게 변했다.

"환장하겠군. 환장하겠어."

혁성은 호랑이로부터 극적으로 구출받고 나서 천만다행으로 목숨을 부지할 수 있었지만 처음에 고마웠던 마음은 바로 사그라들었다. 물론 사부가 호랑이하고 뭐라고 뭐라고 하는 것은 두 눈이 휘둥그레지는 모습이긴 했다. 하지만 산을 오르면서 곰곰이 되짚어보니 애초에 자신을 묶어두지 않았다면 바지에 오줌을 지리지도 않았을 것이고 두려움에 떨지도 않았을 것이라 생각하니 여간 원통한 것이 아니었다.

'그래, 확 죽어버렸으면 좋겠다.'

그는 부디 천강대의 기습이 성공해 영원히 사부를 보지 않았으면 좋겠다고 생각하기에 이르렀다. 이제 바로 코앞에 노송봉 정상이 놓여 있었다.

'어서 나타나라. 천강십사~'

속으로 내뱉는 혁성의 외침을 들었음인가. 좌우 도합 일곱 명이 신형을 날리며 표영과 혁성 앞에 나타났다.

"멈춰라."

혁성은 왜 기습적으로 공격을 감행하지 않고 정면에 위치했는지 의문스러웠지만 일단 나타난 것에 만족하고 표영이 엉거주춤한 상황을 틈타 잽싸게 천강대 쪽으로 달려갔다.

"웬 놈들이냐? 그리고 혁성, 너는 왜 그곳으로 간 거지? 정녕 사부를 버리겠다는 것이냐?"

표영은 마치 이들을 처음 본 것처럼 진지하기 이를 데 없이 말했다. 아까 히죽거리며 천강대를 조롱했다고는 믿어지지 않는 말과 표정이었다. 천강대의 수장 을휴는 표영의 말 따윈 아랑곳하지도 않고 혁성을 보고 말했다.

"고생이 많으셨습니다, 공자님. 이제 아무런 염려 하지 마십시오."

혁성은 왜 나머지 일곱이 보이지 않는지가 의아했지만 일단 믿음직스러운 을휴의 말을 듣고 보니 기분이 우쭐해졌다. 나타나지 않는 일곱은 상황이 불리해지거나 혹은 기습적인 공격이 필요할 때 나타날 것이라 생각했다. 안타까운 것은 혁성이 천강칠혼진의 위력을 지나치게 믿고 있다는 점이었다.

"저는 거지 따위는 되고 싶지 않습니다. 그러니 방주님께선 그냥 포기하시고 개방으로 돌아가십시오."

을휴도 거들고 나섰다.

"그렇게 하는 것이 좋을 것 같소. 원치도 않은 일을 억지로 시켜서야 되겠소이까?"

표영은 비장한 얼굴로 전의를 불태웠다.

"흥, 어리석은 녀석들 같으니라구. 너희가 감히 나를 막아낼 수 있을 것 같으냐. 혁성! 너는 똑바로 보아라. 오늘 이 사부의 진정한 힘을 네게 보여주도록 하마!"

혁성은 비웃음을 띠며 천강대들에게 명령했다.

"주물러 주어라."

표영은 그에 대응해 두 팔을 하늘 높이 쳐들고 의미심장하게 말했다.

"흥, 벼락으로 날려주마. 천둥과 벼락이여~ 내려와 저들을 응징하라."

천강대 일곱인의 신형이 표영에게 매서운 기세로 날아들었고 표영은 반격할 준비는 접어두고 여전히 주문을 외워댔다.

"우르르릉— 콰쾅!"

화창한 날씨 속에 간혹 구름 한 조각씩 유유히 흐르는 하늘이었다. 비가 올 기미라든지 벼락이 칠 기미는 솔직히 어디에도 찾아볼 수 없었다. 더 웃긴 건 표영이 천둥과 벼락을 부른다면서 천둥 소리를 입으로 소리내고 있다는 것이었다. 혁성은 기가 막히면서도 우스워서 깔깔거렸다.

'죽을 때가 다 되었나 보군. 미치지 않고서야 어찌 저런 짓을……'

하지만 혁성의 생각은 끝을 맺지 못했다. 놀라운 일이 벌어지고 만 것이다.

"커억, 뭐, 뭐냐?"

혁성의 눈은 거의 절반 이상 튀어나올 정도가 되어버렸다. 놀랍게도, 아니, 어이없게도 우르릉 콰쾅이라는 말도 안 되는 소리에 맞추어 그토록 위세당당하게 신형을 날리던 일곱 천강대원들이 급살 맞은 듯 중도에서 떨어져 내린 것이다. 거기에 그치지 않고 온몸을 부들부들 떨며 게거품을 물었다. 그건 믿을 수 없게도 실제 번개를 맞은 사람들처럼 보였다.

"커억커억."

다른 말도 못하고 혁성은 커억만 남발했다. 지금 이 상황은 아까 표영이 천강대에게 경천패를 내보인 후에 명령한 것이었다. 이들은 크게 두 개 조로 분류되었는데 그중 1조는 천둥 번개를 맞아 부들거리는 역할을 맡아 실행하고 있음이었다.

표영은 이미 쓰러져 있음에도 불구하고 계속해서 우르릉 콰쾅을 외쳐 댔고 그때마다 천강대원들은 비명을 질러대며 고통스러워했다. 혁성으로서는 그러한 광경에 석상처럼 굳어져 아무 말도 할 수 없었고 일순 아무런 생각도 떠오르지 않았다.

얼마간 우르릉 콰쾅이 지루하다고 여겨질 즈음 이번에 2조가 투입되었다. 혁성은 설마하는 생각으로 이들 일곱에게 기대를 걸었다.

일곱 중 공환이 큰 소리로 고함쳤다.

"공자님, 아무 염려 하지 마십시오. 네 이놈, 인간의 탈을 쓰고서 어찌 이토록 악랄할 수 있느냐! 구주신개, 네가 오늘 목숨을 부지하고 싶지 않은 모양이로구나!"

혁성은 공환의 사리가 분명한 듯(?)한 말에 그나마 위안을 갖고 정신을 차렸다.

"공환! 어서 공격해라!"

"네!"

2조로 투입된 천강대의 칠 인은 표영에게 일제히 달려들었다. 하지만 이번에는 앞서와는 또 다른 의미에서 기이한 상황이 벌어졌다. 번개같이 신형을 날려야 할 칠 인의 천강대원들이 모두 느리게 움직이고 있다는 점이었다. 그냥 천천히 움직였다 하는 정도가 아니라 마치 꿈을 꾸듯 아주아주 느린 동작으로 서서히 움직이고 있는 것이었다.

"커억~"

혁성은 눈이 튀어나올 것만 같았다.

'이게 어떻게 된 것이란 말인가.'

갑작스런 모습에 놀란 혁성은 이번엔 고개를 돌려 사부를 바라보았다.

"허걱!"

거기엔 표영도 느린 동작으로 맞서가고 있는 것이었다. 혹시나 해서 이번엔 부들부들 천둥(?)에 얻어맞았던 이들을 바라보았다.

"헉! 현실인가."

심지어 아까부터 고통에 몸부림치던 이들조차 아주 느린 동작으로 부들거리고 있는 것이었다. 혁성은 보는 것마다 천천히 움직이자 비로소 자신이 너무 격정적인 순간을 맞이하다 보니 현실이 꿈결같이 느껴지는 것이라 생각했다. 혁성은 마치 최면에 걸린 듯 그 광경을 지켜보며 자신도 느리게 느리게 목을 돌려 상황을 보기 시작했다.

칠 인의 천강대와 표영은 어느새 뒤엉켜 있었다. 천강대 중 심운학의 손이 느리게 표영의 머리를 향해 뻗어갔다. 표영은 아슬아슬하게 간발의 차이로 비껴내면서 주먹을 심운학의 배에 작열시켰다.

타아타아타아~

"으아아악~"

격타음과 비명 소리조차 늘어진 소리로 퍼져 나왔고 쓰러지는 것도 아주 느리게 넘어졌다. 표영은 다시 느리게 몸을 기묘한 각도로 틀어 옆에서 짓쳐드는 공격을 흘리고 손을 뻗어 등 뒤 마혈을 점혈해 버렸다.

"으으으읍!"

그렇게 하나둘 제압하고 결국 한 명만이 남게 되자 혁성은 절망에 사로잡혔다. 믿었던 천강대가 여지없이 무너지고 있는 것이다. 앞으로 사부에게 당할 고초를 생각하니 앞이 캄캄해졌다. 혁성은 절망에 사로잡혀 서서히 시선을 하늘로 옮겼다.

'저건 뭐지?'

혁성의 눈에 도무지 현실과 어울리지 않는 것이 잡혔다. 그건 두 마리의 새였다. 새가 산 위를 날아다니는 것이야 이상한 게 없지만 문제는 빠른 속도로, 즉 느린 모습으로 날고 있지 않다는 점이었다. 믿기지 않게도 너무 유유히 하늘을 비상하고 있었다.

'왜 저것들은 느리게 움직이지 않지?'

스스로 물음을 던지고서 느끼는 바가 있어 혁성은 손을 빠르게 들어올려 보았다. 획 하는 소리와 함께 손이 정상으로 움직였다. 목도 움직여 보니 마찬가지였고 다리도 마찬가지였다. 나뭇잎을 바라보니 바람결에 살랑살랑 움직이는 것이었다. 혁성은 다시 눈을 돌려 표영과 마지막 한 명 남은 천강대를 바라보았다. 둘은 여전히 공방을 겨루며 느리게 움직이고 있었다.

"으아악~ 아아악~ 으아악~"

처절한 절규가 터져 나왔다. 혁성은 비로소 사태를 짐작한 것이다. 믿는 도끼에 발등을 찍히는 아픔이 이러할까. 어찌나 급작스럽고 크게 외쳤는지 주먹을 내뻗던 표영과 피하려 하던 천강대의 구풍이 자세를 일단 정지시키고 혁성을 바라보았다. 혁성은 그 광경에 더욱더 광적으로 소리를 질러댔다.

"으아악~ 으아악~ 까아악~"

이젠 심지어 머리카락을 양손으로 쥐어잡고 뜯어내고 있었다. 잠시 동안 자세를 멈추었던 표영과 구풍은 다시금 마무리를 하기 위해 느리게 움직였다.

"이… 얍… 받… 아… 라……"

"으… 으… 윽……"

끝내 구풍도 느리게 느리게 허물어졌다.

"까아악~ 으아악~"

절규가 계속되는 가운데 표영은 최후의 한 명까지 쓰러뜨리고 난 후 늠름한 자세로 아주 천천히 느린 화면처럼 혁성에게로 걸어갔다. 원래부터 느리게 보여지는 것처럼 표영은 느리게 걸어오면서 비명을 질러대는 혁성에게 말했다.

"제… 자… 야… 어… 떠… 냐… 이… 사… 부… 가… 대… 단… 하… 지… 않… 느… 냐……?"

역시나 말도 느리게 전해졌다. 혁성은 그런 표영을 보고서 눈에 핏줄을 세우곤 미친 듯이 소리 질렀다.

"으아악… 아아악… 아아아아아악~"

혁성은 결국 지나친 심적 충격을 견디다 못해 끝내 그 자리에서 혼절해 버리고 말았다. 그제야 열네 명의 천강대는 모두 옷을 탈탈 털고 자리에서 일어났다.

"아주 좋아어. 다들 대단한걸. 이젠 가봐. 그리고 이 경천패는 건곤진인께 갖다 드리게. 다 쓰고 나면 자네들 편으로 보내라고 하시더군. 고맙다는 말 잊지 말게."

을휴는 흙이 입 안에 들어간 듯 씁쓸한 미소를 지으며 경천패를 받아 들었다.

"난 이만 가네."

표영은 혁성을 들쳐 업고서 빠르게 사라졌고 천강대는 멍한 눈동자로 허탈함에 젖어 표영이 사라진 곳만 바라보았다.

'정말 기이하군… 기이해…….'

8장
몰매에 장사 없다

몰매에 장사 없다

솔직히 고백할 게 있다.
나는 처음 태어날 때부터 거지가 되고 싶었다.
나의 꿈은 처음에도 거지, 나중에도 거지였다.
환경은 여러모로 날 가로막았지만 난 비로소 소망을 이루고 말았다.
기쁘다.
모든 세상이 다 추잡스럽게 보인다.
꿈을 이룬 것이다.
　　―모든 것을 체념한 후 모든 것을 아름답게 보기로 한 혁성.

비명을 지르며 혼절했던 혁성이 깨어난 건 꼬박 이틀이 지나서였다. 노송봉에서의 천둥과 느린 동작 사건은 믿었던 천강대에 대한 배신감에 가슴이 저며오는 통증으로 다가왔다. 또한 혼절한 까닭에 표영의 어깨에 걸쳐져 취운산으로 향하는 중에도 충격의 여파로 연신 헛소리를 질러대거나 비명을 질러댔다.

"아아아악~ 아악~"

비명은 실로 처절하기 이를 데 없었다. 혹여 철저히 농락당해 본 적이 있는 이들이라면 이해할 수 있을까. 어지간한 보통 사람이라면 도무지 이해할 수 없는 비명이리라.

"까아악~ 안 돼~"

표영은 낙엽부영을 시전하며 들쳐 멘 혁성이 한 번씩 비명을 지를 때마다 씨익 웃곤 했다. 그렇게 이틀이 지난 밤중에 혁성은 정신을 차렸고 어느덧 바닥에 뉘어져 있음도 알았다.

'여기는 어디일까? 아~ 세상이 싫다.'

기억하고 싶지 않았지만 다시 사부와 천강대가 느린 모습으로 주먹을 날리고 피하는 모습이 떠올랐다.

'제길.'

그건 아무리 생각해 보아도 정말 제길이었다. 맑은 밤하늘엔 반달이 떠 있었고 그 주위로 별들이 각기 제 빛을 발하고 있었다.

'이제 난 평생 거지로 살 수밖에 없겠지?'

뭐든지 정도(한계)가 있는 법인데 혁성이 생각할 때 사부 표영은 언제나 평범을 거부해 왔다. 정말 인정하긴 싫었지만 제아무리 날고 뛰어도 어찌해 볼 수 없다는 것을 혁성은 마음으로 받아들여야 한다고 생각했다.

그때 혁성의 시야에서 밤하늘의 별들이 몇 개가 사라지며 낄낄거리는 듯한 음성이 들려왔다.

"후후, 이제 정신이 든 게냐?"

표영이 다가와 대자로 뻗어 누운 혁성을 위에서 내려다보며 말한 것이었다.

'사부로군. 근데 이 목소리는 왠지 심상치 않은데.'

혁성은 이제 표영의 음성 속에 깃든 다음 행동 습관을 어느 정도 예상하는 경지까지 이르게 된 터였다.

'좋지 않아.'

혁성의 예감은 안타깝게도 거의 일치했다.

"뭐라고 했더라? 으음 그러니까……."

'커억~'

혁성은 천강대가 나타났을 때 취한 행동과 말을 따지려 한다는 것을 알고 속으로 경악성을 터뜨렸다. 그래도 한 가지 희망은 혼절하여—도대체 며칠 간이나 정신을 잃고 있었던지는 모르지만 꽤 오래 지났다는 생각이 들었다—이제야 깨어났기에 설마 후려패지는 않을 것이라는 점이었다.

'그래도 사부는 사부가 아니겠어?'

"음, 맞아. 생각나는구나. '거지 따위는 되고 싶지 않다, 이 악당아! 군자를 괴롭히지 말고 혼자 거지 소굴로 꺼져 버려라' 였었지? 또 뭐였지? 그렇지. 비웃음을 띠며 이렇게 말했지. '주물러 죽여 버려라'라고 말이야."

"컥~ 사부님, 제가 언제 그런 말을……."

아무리 봐도 심상치가 않았다. 사실 원래 혁성이 했던 말은 이랬다.

"저는 거지 따위는 되고 싶지 않습니다. 그러니 방주님께선 그냥 포기하시고 개방으로 돌아가십시오."

몰매에 장사 없다 165

"주물러 주어라."

비록 위의 말도 결코 듣기 좋은 말은 아니었지만 표영이 과장한 말에 비하자면 순수한 표현 그 자체였다.

"내 오늘 사부에게 대드는 버르장머리없는 놈의 정신을 똑바로 들게 해주겠다."

표영은 타구봉을 꺼내더니 두 팔을 하늘로 쳐들고 발악하듯 외쳤다.

"강호여~ 보아라~ 그리고 들으라. 내 오늘 하나밖에 없는 귀한 제자를 후려패 세상의 위계 질서가 무엇인지 보여주겠노라."

그 말이 끝남과 동시에 표영은 타구봉을 휘두르기 시작했다. 일정한 초식이고 뭐고가 없었다.

파곽! 파곽! 곽곽곽!

"이 나쁜 놈 같으니라구. 씩씩. 네놈이 감히 하늘 같은 사부를 죽이려 들었겠다? 그래, 죽어봐라, 이놈아! 죽어~!"

파파곽! 파곽파곽!

"으아악~ 살려주세… 윽~ 살려주… 어억… 세요……."

파곽! 곽곽곽!

"지금 살려달라는 말이… 씩씩… 나온다 이거지… 오냐, 맛을 더 보여주마."

"용서하십… 커억… 시오… 사부님… 다시는 으악~ 그런 일이 없도록… 크헉!"

한밤중에 시작된 난데없는 거친 매질과 비명에 산중에 있던 부엉이며 노루, 사슴, 심지어 늑대들까지—노루나 사슴을 공격할 생각도 잊은 채—일정한 간격을 두고 이 소란을 지켜보았다.

"크아악~ 살려… 으어억~ 주세요…….'"

표영의 매질은 아침 해가 솟아나 내지를 찬란하게 비출 때까지 계속되었고 구경하던 짐승들은 지켜보는 것도 지루했는지 어느새 아무도 없었다. 혁성은 표영이 기술적으로 아프지만 기절하지는 않을 정도로 계속 후려패는 까닭에 매를 맞으며 아침 해가 떠오르는 것을 고스란히 지켜보게 되었다.

처음에는 몸을 웅크리기도 하고 이리저리 틀기도 했던 혁성이었다. 하지만 지금은 그저 편한 자세로 누워 고개를 살짝 옆으로 돌린 채 몸을 후려오는 타구봉에 맞을 때마다 움찔거릴 뿐 비명조차 지르지 않았.

'오늘도 태양은 어김없이 뜨는구나.'

어느새 혁성의 눈에서는 뜨거운 눈물이 흘러내려 땅을 적셨다.

그런 중에도 표영의 열정은 식지 않았다.

"이놈아, 사부를 어떻게 생각하길래 그 모양이란 말이냐! 죽어라~"

파곽! 곽곽!

꿈틀. 꿈틀.

혁성은 간헐적으로 몸을 떨며 연신 눈물만 주르르 흘릴 뿐이었다.

주르르르…….

마음이 차분해지며 머리에서 저절로 생각이 정리되었다.

사방은 강철 같은 벽으로 막혀 있다.
어디를 봐도 빠져나갈 수가 없구나.

저 멀리 희미한 빛이 보인다.
구원의 빛!

무얼까?

이런, 신선인가? 아니면 하늘의 선녀인가?

내 손에 밥그릇을 꼭 쥐어주고 홀연히 사라졌다.

이제 나는 누가 뭐라고 해도 거지다.

이왕 거지가 되는 것. 그래, 최고가 되자.

이제 이틀 정도만 가면 취운산에 도착하는 지점에 이르게 되었다. 혁성은 지독히 얻어맞은 후로 완전히 새로운 사람으로 변해 버렸다. 너무나 변해 심지어 표영조차도 이맛살을 찡그리고 째려볼 지경이었다.

'이게 미쳤나?

미쳤다면 미쳤다고 할 수도 있으리라. 혁성은 현실을 그대로 받아들이고 최고의 거지가 되자고 뼈마디에 새겨 넣었으니 말이다. 단순히 하루 이틀만 그러는 것은 결코 아니었다.

"녀석! 드디어 마음을 정한 것이로구나. 장하다. 넌 기본을 해낸 거야."

표영은 기뻐하는 것처럼 보였으나 사실 온전히 믿지는 않았다. 단지 아직까지 매질의 효과가 이어지고 있을 뿐이라고 생각했다.

'이 녀석이 무슨 속셈이지? 계획을 바꿨나?

"감사합니다, 사부님! 이 모든 것이 사부님의 은혜입니다."

화사하게 미소까지 지으며 혁성은 진정으로 감사해하는 것 같았다. 표영은 과연 그러한지 마지막 시험을 해보고 믿기로 마음먹었다.

'쉽게 알 수 있는 방법이 있지. 으흐흐.'

"자, 너의 깨달음을 위해 한잔 기울이지 않을 수 없구나."

표영은 첫 번째 호리병에 든 청향주를 마시고선 모질게 뚜껑을 닫아버렸다. 그리곤 두 번째 호리병을 열더니 개 국물을 잔에 가득 따라 혁성에게 내밀었다.

"쭈욱 시원하게 들이키도록 해라. 구수할 것이다."

'히히, 녀석.'

표영은 남은 손으로 타구봉을 어루만지며 제자가 매를 벌기만을 기다렸다. 분명 자신도 청향주를 마셔야 한다고 고함을 치거나 이건 너무한 거 아니냐라는 말이 나올 것이 믿어 의심치 않았다.

'요 며칠 사이 타구봉이 할 일이 없어 근질근질했을 것이다. 타구봉아, 조금만 참아라.'

표영은 의기양양하기만 했다. 하지만 혁성의 입에서는 전혀 뜻밖의 말이 튀어나왔다.

"아, 이 귀한 것을 이 제자에게 주시다니. 역시 사부님께서 제자를 아끼시는 마음은 눈물이 날 지경입니다."

"……?"

예측하지 못했던 곳에서 공격이라도 당한 듯 표영은 약간 입을 벌리고 손을 내민 자세 그대로 석상이 되어버렸다. 정지해 버린 것이다.

혁성은 표영의 손에 쥔 국물 잔을 냅다 받아 들더니 한 치의 망설임도 없이 후르륵 마셔 버렸다. 심지어 국물 한 방울도 남김이 없었다. 그리고 마무리 후렴도 잊지 않았다.

"국물이 끝내주네요. 아직 목이 칼칼한데 한 잔 더 마실까요?"

"……?!"

여전히 일시 정지해 버린 표영을 두고 혁성은 호리병 마개를 열어 한 잔 가득 따른 다음 여지없이 마셔 버렸다.

"캬약~ 시원하다~"

표영의 눈동자가 떼구르르 움직여 그 모습을 지켜보았다. 하지만 다른 곳은 여전히 미동조차 없었다.

'설마 내가 꿈을 꾸고 있는 것은 아니겠지?'

"사부님, 괜찮으신 겁니까? 어디 불편하세요?"

혁성은 손을 활짝 펴 표영의 눈 주위에 어른거렸다. 표영의 시선은 먼 여행을 떠나 있어 전혀 깜빡거림이 없었다. 그러다 갑자기 표영이 두 팔을 벌리고 자리에서 벌떡 일어나며 외쳤다.

"하하하하… 이제야 제자를 찾았구나!"

표영은 혁성이 그동안 천선부에서 곱게 자란 틀을 한 꺼풀 벗겨내고 마음을 연 것에 기뻐함이었다. 천선부에서 나오는 동안에도 제자로 받아들였으나 아직 사부와 제자를 맺는 구배지례를 행하지 않고 있던 표영은 비로소 때가 되었다고 여겼다.

"잘해주었다."

표영은 진심으로 기뻐해 주었고 구배지례를 허락했다. 취운산이 가까이 오는지라 기쁨은 더욱 컸다. 떠난 사부에게 보여주어도 실망시키지 않을 것 같았기 때문이다.

구배지례를 행하는 혁성도 왠지 신중해짐을 느꼈다. 보잘 것 없이 여겼던 거지 생활과 개방 방주의 제자가 된다는 것이 어쩌면 강호의 그 어떤 누구도 받아보지 못한 축복이 아닐까라는 생각마저 들었다.

지금까지 오는 동안 끝을 알 수 없는 갈굼 속에 혁성은 새롭게 거듭난 것이다.

9장
과거로의 순례

과거로의 순례

울지 말거라.
너의 모습이 자랑스럽구나.
이곳에서 늘 지켜보고 있단다.

—하늘에서 엽지혼.

과거 표영이 무작정 오르던 때는 이 산의 이름이 취운산인 줄도 알지 못했었다. 사실 취운산은 이름이 알려진 유명한 산이 아니었고 기억될 만한 특색을 갖춘 산도 아니었다. 하지만 보잘 것 없는 그저 그런 이 취운산은 지금 표영에게 있어서만큼은 중원의 어떤 명산보다도 가치있는 산이요, 소중한 산이었다. 이곳은 그리운 사부의 체취를 맡을 수 있는 유일한 곳이기 때문이다.

작은 언덕을 몇 개 넘고 비탈을 지나게 되자 시원스런 대나무 숲이 시야 가득 들어왔다.

쏴아아.

바람에 대나무들이 흔들리며 보는 것만큼이나 시원한 소리를 쏟아냈다. 표영은 어느덧 그 소리를 들으며 먼 과거를 떠올렸다.

'이곳이었지……'

옆에 있던 혁성은 대나무 숲을 바라보는 사부 표영의 모습에 감히 말을 걸어볼 엄두도 못 내고 가만히 지켜보았다. 입을 열기엔 표영의 몸에서 일어나는, 공기마저 정지시킬 것 같은 기운이 너무도 생소하고 강력했던 것이다.

천선부에서 나오면서 달려왔던 목적지가 이곳이라는 것도 오늘에서야 알게 된 혁성이었다.

대나무 숲은 표영이 처음으로 천상신개 엽지혼을 만났던 곳이었다. 당시 표영은 개를 잘 다루어야만 개방에 들어올 수 있다고 둘러댄 주동을 혼내주려고 가던 중이었다. 그러던 중 갑작스레 들려온 비명 소리에 달려가 보니 늑대가 한 노인을 몰아세우는 것을 보고 몽둥이로 요절내 버렸는데 그 노인이 바로 정신착란에 빠져 있던 개방의 전 방주인 엽지혼이었던 것이다. 그때와 다름없이 푸르른 대나무 숲을 보자 그날의 광경이 눈에 선하게 들어왔고 함께 나누었던 대화도 아른거렸다.

"와~ 잘한다, 잘해. 우리 편 이겨라. 우리 편 무조건 이겨라!"
"와~ 죽었다. 우리가 이겼다, 우리가 이겼어!"
"어디 다친 데는 없으세요?"
"다친 데? 응, 여기 아야 해."

과장된 표정으로 아프다며 무릎을 까 보인 사부의 모습이었다. 표영은 괜히 눈물이 나려 했다.

"하하하. 노인장도 참, 이 정도야 무슨 문제가 있겠습니까? 다행히 제게 특효약이 있으니 염려 마세요. 크으윽~ 퉤~"

그날 표영이 제시한 특효약은 다름 아닌 입 안에 가득한 침이었던 것이다.

"우와! 시원하다. 정말 하나도 아프지 않은 것 같은걸! 너무 대단해~ 좀 더 발라줘~ 응? 좀 더 많이 발라달라니까."

"어? 네, 네."

"너무 좋은걸."

"하하, 노인장의 몸이 나으셨다니 매우 기쁘군요. 전 이만 볼 일이 있어 떠나야 하니 부디 몸을 잘 살피시길 바랍니다."

"형, 나 버리고 가면 안 돼. 나 혼자 있기 싫어. 무섭단 말이야."

"예엣~ 형요?"

"내가 싫어서 떠나려고 그러는 거지? 형, 미워. 늑대가 나타나면 난 어떻게 해. 엉엉~"

"울지 마세요. 저는 형이 아니에요. 전 아직 어리거든요."

"형이 형이지, 또 뭐야. 괜히 나를 떠나려고 그렇게 말하는 거지? 다 알아. 정말 나빠. 흑흑."

"음… 그럼 잠시 동안만 같이 있도록 할게요. 알겠죠? 저는 사실 다른 곳에 볼 일이 있거든요."

"아이, 좋아라. 형, 우리 집으로 어서 가자."

그렇게 사부와 표영은 만나게 되었다. 표영은 자신도 모르게 눈이 뿌옇게 흐려지자 마른침을 억지로 삼키면서 눈물을 참았다. 아마도 혼자였다면 눈물이 흐르려는 것을 막지 않았을 것이다. 표영은 애써 태연한 척 목소리를 가다듬고 조용히 말했다.

"이곳이 나의 사부님을 처음으로 만났던 곳이란다. 지형을 기억해 두어라. 자, 위로 올라가도록 하자꾸나."

표영의 목소리는 이제까지 혁성이 들어보지 못했던 진지함으로 가득 차 있었다.

"네? 네, 그러시죠."

귀를 가까이 대고서 소리를 꽥~ 하고 지른 것보다 더 놀라 버린 혁성이었다. 성큼 앞서 가는 표영의 뒤를 따르며 혁성은 스스로에게 경고를 발했다.

'혁성아, 넌 조심해야 할 것 같다. 사부가 정상이 아닌 것 같거든. 이러다 밤새 맞는 것은 아닌지 모르겠다. 제길. 사부는 왜 난데없이 무게를 잡고 난리람. 괜히 사람 주눅들게 말야.'

표영이 아직까지 취운산에 온 구체적인 이유를 말하지 않은 까닭에 혁성은 괜히 마음만 졸였다.

한참을 올라가자 과거 표영이 엽지혼과 함께 지낸 동굴이 나타났다. 동굴 앞쪽에는 외롭게 봉분 하나가 자리하고 있었다. 그건 다름 아닌 엽지혼의 무덤이었다.

표영은 감회에 사로잡혀 무덤 앞에 가만히 무릎을 꿇고 눈을 감았다.

'사부님! 제자 표영입니다. 오늘은 혼자가 아니라 제자와 함께 왔습니다. 사실 사부님께 제일 먼저 보여드리고 싶어서 얼마나 길을 재촉했는지 모릅니다. 개방은 이제 예전 사부님이 이룩해 놓으셨던 때로 돌아가 강호의 도의를 지키며 의를 숭상하라는 가르침대로 살아가고자 노력하고 있습니다. 많은 이들은 지금의 개방을 보면서 사부님을 떠올리고 있고 또 그리워하고 있습니다. 이번에 받아들인 제자는 근본이 선하고 자질이 누구보다 뛰어나 다음 대를 이을 만한 재목인 듯합니다. 제가 사부님께 사랑받으며 배움을 얻었듯이 저 또한 마음을 다해 제자에게 가르침을 베풀도록 하겠습니다. 돌아오실 수 없겠지만 부디 저 먼 곳에서라도 지켜봐 주십시오…….'

가만히 지켜보는 혁성은 미묘한 심정에 사로잡혀 가슴이 쿵쾅거렸다. 이제까지 생각해 왔던 사부의 모습과 지금 다가오는 사부는 너무도 거리가 먼 까닭이었다. 하지만 기묘한 것은 그 두 모습이 확연히 다른 것 같으면서도 사실은 매우 잘 조화가 이루어진다는 점이었다. 그것은 표영이 초탈함과 진실함을 가득 품고 있기 때문인데 지금 이 순간도 어색한 듯하면서도 자연스러운 그런 특별한 성향을 보이고 있는 것이었다.

'어쩌면 이것이 내가 깨달아야 할 것인지도 모르겠구나.'

혁성은 지금의 느낌을 그렇게 막연하게나마 짐작할 따름이었다. 어느덧 천천히 몸을 일으킨 표영은 지난날 사부와 함께 지낸 동굴로 혁성을 데리고 들어갔다. 자리를 잡고 앉아 표영은 비로소 하나하나 이야기를 들려주었다.

"너의 조사 되시는 분은 천상신개라는 별호를 사용하셨는데……."

이 말을 시작으로 표영은 처음에 어떻게 엽지혼을 만나게 되었으며 이곳 동굴에 머물면서 있었던 일들을 편안하게 들려주었다. 간혹 이야기를 하다가 옛 생각이 나 마음을 울리는 격정이 일면 잠시 심호흡을 하면서 말을 이어갔다.

혁성은 만남부터 지내온 과정이 너무도 황당해 처음엔 믿을 수가 없었다. 낮에는 정신착란으로 오히려 제자에게 형이라고 불렀다든지 밤 시간 잠깐 동안 정신이 돌아올 때는 사부로서 무공을 전수했다는 등의 이야기는 웃겨보려고 꾸며낸 이야기 같았다. 하지만 혁성은 이야기를 계속 들어가면서 거짓이 아니라는 것을 느낄 수 있었다. 이제껏 혁성이 바라본 사부 표영은 거짓말을 하거나 농담을 할 때는 헛기침을 한다든지 약간의 과장됨이 몸짓이나 말투에서 나타났기 때문이다. 잔잔히 이어지는 이야기는 막힘이 없었고 부드러운 음성에는 일체의 과장됨이 없었다.

시종일관 진지하게 이야기를 하던 표영이 작게나마 얼굴에 미소를 띠운 것은 마교의 교주가 작은 언덕배기에 매달려 있다가 죽었던 이야기를 할 때였다. 그 이야기엔 혁성도 실실거리며 웃음을 지었다. 표영은 목에 걸린 패를 꺼내 보였다.

"이걸 보려므나. 이것이 바로 마교의 지존을 상징하는 건곤패란다."

혁성은 실실거리다가 진짜 패가 눈앞에 대롱대롱거리자 웃음기를 싹 없애고 기가 막히다는 표정으로 입을 벌리고 바라보았다.

'사부님이 너무 진지해서 반드시 진실일 것이라고 믿기는 했지만 이 말도 안 되는 이야기도 사실이었군. 허허, 참.'

혁성은 건곤패와 사부 표영의 얼굴을 번갈아 보면서 입을 다물지 못했다.

"마교의 재건을 위해 남겨진 거마들도 개방에 있단다. 나중에 소개시켜 주마. 하지만 이 일은 네가 유일한 제자이기 때문에 전해준 것이니 아무렇게나 입을 열어선 안 된다는 것을 명심하거라."

혁성은 입을 쩍 벌린 채로 고개만 까닥거렸고 표영은 그 뒤 당분의 문주와 장로들을 만나게 된 것과 오극전갈을 만난 것 등등에 대해서도 이야기했다. 모든 것이 흥미진진한 내용이었지만 조사의 마지막을 들을 땐 혁성도 눈시울이 뜨거워졌다.

'사부……'

표영과 혁성이 다음으로 이동한 곳은 망창산의 반구옥이었다. 이곳은 노위군 당시에는 반대 세력을 가두고 고문하는 따위의 역할로 쓰였지만 표영이 방주로 등극한 후에는 특별한 기념처로 만들어 개방의 영웅들이 어떠한 고난 속에서 꿋꿋이 사악함에 대항했는지를 배우도록 지정한 터였다. 개방에 입방하게 되고 정식 제자가 되면 반드시 이곳을 찾도록 했기에 혁성도 살펴보아야 했다.

산꼭대기에 이르자 혁성은 허망하게 표영을 바라보았다.

그 표정인즉, 어디에 반구옥이 있냐는 질문이었다.

"하하, 녀석. 자, 그럼 들어가 볼까?"

아직 영문을 알 수 없는 혁성은 괴상한 상상에 사로잡혔다. 갑작스레 공간이 열리며 투명한 빛이 뿜어지면서 점점 거대한 감옥의 형상이 나타나는… 뭐 그런 상상이었다.

'정말일까?'

그런 혁성을 표영은 옆구리에 끼고서 그대로 절벽 아래로 뛰어내렸다. 혁성이 경악에 찬 것은 두말할 것 없었다.

"캬아아악~"

미처 '사람 살려, 왜 그러세요' 등의 말을 꺼낼 겨를도 없었다. 비명도 간신히 질러댄 것이라 할 수 있었다. 표영은 대수롭지 않게 여기며 허공 중에 몸을 구십 도 각도로 틀어 절벽에 난 동굴로 빨려 들듯 들어갔다.

옆구리에서 내려놓았지만 이미 혁성은 제정신이 아니었다. 워낙 느닷없이 절벽으로 달려든 데다가 머리가 약간 아래로 숙여진 상태에서 쾌속하게 떨어지며 절벽 아래를 바라보게 되었던지라 이젠 죽었구나 라는 생각에서 벗어나지 못하고 있는 것이다.

"제자야, 정신 차려라."

얼굴이 하얗게 질린 혁성에게 표영이 조용히 뇌까렸지만 혁성은 아무것도 듣지 못한 듯 눈도 깜박이지 않았다. 그것을 오랫동안 참아주기엔 표영의 성질이 그리 좋은 것만은 아니었다. 표영은 이미 반구옥으로 오는 도중에 무거운 마음이 차차 본래대로 돌아온 상태였고 지금은 완연히 표영 그 자체였다.

파악~

표영이 손바닥으로 머리통을 갈겼다.

"정신 차리란 말이다, 이놈아."

어찌나 손이 매운지 혁성은 그제야 정신을 차리고 머리를 매만지며 힐끔힐끔 쳐다보았다.

"아이, 좀 다정하게 감싸주시면 안 되나요?"

"오호라, 다정하게 감싸준다라… 좋은 말이지. 오냐, 알았다."

혁성은 따뜻한 마음을 의미했는데 표영은 진짜 감싸주려고 다가왔다.

"아이고, 왜 이러세요?"

"감싸주라며… 이리 와."

표영은 혁성을 두 손으로 끌어안고서 엄청난 힘으로 조여 버렸다. 혁성의 얼굴이 순식간에 벌겋게 달아오르고 숨이 막히는지 입을 벌리고 곧 죽을 것처럼 꺼억꺼억거렸다.

"사, 사, 사부님, 살……."

"왜? 살살하지 말라구? 이 녀석도 참~ 오냐, 꽉 끌어안아 주마."

뜨득.

어디선지는 정확히 모르지만 확실한 건 혁성의 뼈가 어긋난 것이 분명했다.

"으윽. 끄으윽."

뚜드득.

두 번째 괴음이 들린 후 표영은 이 정도면 됐다 싶은지 팔을 풀었다.

"하하, 감싸주니까 마음과 마음이 하나가 되는 것 같구나."

털썩 주저앉은 혁성으로서는 막혔던 숨을 몰아쉬면서 사부 표영을 바라보았다.

"사부님, 헥헥, 앞으로 감싸주지 마십시오. 으으윽, 가슴이……."

"왜? 감싸주지 않아도 괜찮겠어? 아이구, 왜 그러냐?"

표영은 아무것도 모른다는 사람처럼 생소하게 질문을 던졌고 그것이 혁성에게는 더욱 큰 비수로 꽂혔다. 하지만 표영의 뒷말은 아예 창자를 갈라 버리는 말이 되었다.

"어허, 이런. 갈빗대가 나갔구나. 몸을 어떻게 굴리길래. 쯧쯧."

표영은 타구봉으로 툭툭 쳐서 뼈를 맞춰주며 말했다.

"자, 어서 반구옥 안을 둘러보자꾸나."

조금 쉬었다 보겠다는 혁성의 말을 표영은 못 들은 척하며 깡을 부렸다.

"자, 이 사부가 부축해 주겠다. 자자, 어서 일어나라."

"부축해 주지 않으셔도 됩니다. 그냥 조금 쉬었다가 볼게요."

"자자, 어서 일어나래두."

"조금 쉬었다가……."

혁성은 말을 다 맺지 못하고 꾸역꾸역 일어날 수밖에 없었다. 표영이 입을 이기죽거리며 타구봉을 손에 탁탁 두드리고 있었기 때문이다.

"아하하, 부축 좀 해주시겠어요?"

"하하, 그러마."

참으로 화기애애한 사제지간이 아닐 수 없었다.

반구옥 안을 차례로 보여주며 표영은 과거의 일을 상세히 설명해 주었다. 지금의 개방이 있기까지 과거의 영웅들이 어떤 수모를 당했는지 그들이 얼마나 위대한지에 대해 알려주었다. 혁성은 사부의 이야기를 들으며 특별할 것 없는 빈 감옥 안을 보면서 특별한 기분에 사로잡혔다. 뭐랄까. 추레한 겉모습 속에 감추인 기묘한 매력이라고나 할까. 그런 것이 몸을 감싸는 듯했다. 천선부에 있을 때는 학과 같이 고고한 기상이 마음을 사로잡았다면 개방은 초탈함 속에 사나이의 멋이 느껴졌다. 혁성은 이것이야말로 진정한 멋이 아니겠는가라는 생각이 들 정도였다.

'개방은 내가 생각했던 것보다 훨씬 더 많은 비밀스런 멋을 간직하고 있는 곳이구나.'

혁성은 점점 마음 깊이 개방을 받아들이고 있었다.

마지막 순례지는 진모산 백일봉이었다. 강호의 뭇 영웅들을 초대한 후 노위군과 표영이 일전을 벌인 바로 그곳이었다.

그 위에서 표영은 혁성에게 당시 상황을 이야기해 주었다. 혁성도 그 이야기는 들은 적이 있었지만 이곳에서 직접 사부로부터 들으니 더욱 실감났다.

"당시 노위군이 익힌 무공이 우사신공이란 것은 그 후에 알게 되었다. 지금이라면 우사신공이라 하더라도 충분히 누를 수 있겠으나 그때 난 비천신공을 온전히 완성치 못한 상태였기에 그의 상대가 되지 못했다. 결코 내가 약한 것이 아니었음에도 불구하고 난 우사신공 앞에 힘을 쓸 수가 없었던 것이다. 하지만 우사신공은 그 자체가 불완전한 것이라 완성 자체가 불가능한 무공이랄 수 있다. 어찌 인간이 한 마음만을 가질 수 있겠느냐? 오로지 선할 수도 없고 오로지 악할 수도 없는 것이 인간이다. 단지 우리는 그 중심을 한쪽에 두고 노력하고 절제하는 것이다."

표영은 시선을 돌려 과거 노위군이 스스로 자결하던 곳을 바라보았다. 아무도 없었지만 그의 눈에 당시의 상황이 눈에 선하게 떠올랐다.

"…그는 욕심이 너무 지나쳤던 것이다. 무림인들이 바라는 것은 강함이지만 강함만을 바라보고 달려가서는 아무 소용이 없게 되고 만다. 강함을 이루는 요체가 없이는 아무 소용이 없는 것이지. 너는 개방무공의 요체가 어디에 있다고 생각하느냐?"

갑작스런 질문에 혁성이 눈썹을 꿈틀거리다가 말했다.

"부족한 제자의 견해로는 밑바닥 인생의 질긴 생명력이 아닐까 싶습니다."

"음… 좋은 말이로구나. 생각이 아예 없는 건 아니었구나."

휘이잉.

혁성은 칭찬인지 욕인지 분간이 안 되는 말에 스산한 바람이 이는 것을 느꼈다. 표영은 혁성의 눈이 심상치 않음을 무시하고 손가락으로 하늘을 가리켰다.

"개방의 힘은 저곳에 있다."

가리킨 곳에는 새 한 마리가 유유히 비행 중이었다.

"자유로움이다. 한없는 자유로움이지. 어느 것에도 구속됨이 없이 살아가는 온전한 자유다. 그것이 바로 개방의 힘이다."

혁성은 힘차게 고개를 끄덕였다. 다 이해가 되는 것은 아니었지만 무엇을 말하려 함인지 대충 마음에 다가온 것이었다.

"걸인 생활은 우리의 마음을 더욱 자유롭게 해 결과적으로 거대한 무공을 아무렇지도 않게 받아들이는 기반이 되게 할 것이다. 그래서 내 너를 위해 특별히 한 과정을 준비했다."

혁성은 이제껏 두들겨 맞고 쫓아다니느라 정신이 없었는데 이제야 비로소 무공을 전수받는다 생각하자 가슴이 뛰었다. 이제껏 한 번씩 보아온 사부의 무공은 실로 대단한 것이었다.

'드디어 때가 되었구나.'

가슴에 뜨거운 것이 일며 최선을 다하자는 결의를 다졌다.

"감사합니다, 사부님. 저를 위해 특별한 과정을 두시다니요."

"그래, 알면 됐다. 이제 네가 걸어야 할 길은 견왕지로다. 그것이 바로 너를 위대한 무인으로 위대한 개방인으로 만들어줄 것이다."

"네? 견왕지로라뇨?"

오혁성은 뜨악한 표정으로 바라보았다. 개왕의 길이라니.

"하하, 녀석 기대가 많이 되나 보구나. 나도 그때 꽤나 재밌었지."

표영은 혁성의 머리를 쓰다듬었다.

"네?"

여전히 영문을 알 수 없는 혁성이었다.

"그러니까 한마디로 말하자면 말이다. 네가 좋아하는 개 국물을 한없이 먹을 수 있는 과정이라고 하면 설명이 될는지 모르겠구나. 하하하."

혁성의 얼굴이 처참하게 일그러졌다.

"@#?!&@#?!&……."

10장
견왕지로

견왕지로

진정한 개방의 후계자가 되기 위해 너는 견왕이 되어야 한다.
이름하여 견왕지로.
어떠냐. 멋지지 않느냐.
라고 사부가 말했다.
아무리 내가 거지가 좋다고 말했기로서니
이건 너무하잖아.

—황당함에 젖은 혁성.

'대체 이게 어찌 된 일이냐?'
 중원 최강의 개 비법 견왕지로의 전수자인 백통으로서는 지금 자신의 눈앞에서 펼쳐진 일에 대해서 도무지 직접 보면서도 믿을 수 없었고 머리를 아무리 굴려보아도 이해할 수가 없었다. 사부 원구협 밑에서 5년여 동안 피땀 흘리며 익혀온 개 비법이었다. 그리고 19세가 된 지금에 이르러선 사부를 제외하고 아무도 개를 다루는 솜씨에 있어서 자신을 능가할 사람이 없다고 자부해 오지 않았던가. 그런데… 그런데 지금 눈앞에서 믿기지 않은 일이 일어나고 있었다.

'저, 저 개새끼들이 미치기라고 한 것이란 말인가. 아니면 사부를 대적할 만한 막강한 상대가 나타난 것인가. 심상치가 않아. 심상치가 않단 말이다.'

지금 그의 눈앞에는 살기등등한 기세로 노려봐도 시원찮을 용맹무쌍한 개들이 두 명의 거지, 아니, 좀 더 정확히는 20대 중반으로 보이는 거지 앞에서 살랑살랑 꼬리를 흔들어대고 있었다. 그뿐인가. 혀는 빠르게 입 안과 밖을 왕래하며 헥헥 소리까지 동반한 상태였고 가끔씩 낑낑대며 머리를 조아리고 아양을 떠느라 정신이 하나도 없어 보였다. 그건 개 전문가가 아닌 일반 사람이 보더라도 절대 복종에 해당하는 모습이었다. 백통은 이제껏 개들이 저렇게 황당한 몰골을 보였던 것을 사부님 면전에서를 제외하곤 한 번도 본 적이 없었다. 심지어 견왕지로의 7단계 중 4단계를 넘어선 자신 앞에서도 저 정도까지 비굴한 모습을 보이지 않던 개들이었다. 긴장감 때문인지 가만히 이마로 땀이 흘러내렸다.

'혹시 내가 잠든 사이에 개들에게 무슨 약이라도 탄 것은 아닐까?'

뭐 택도 없는 소리겠으나 백통으로서는 그렇게 믿고 싶었다. 아까 개들을 호위로 세워놓고 기분 좋게 잠을 청했던 것은 다시 기분 좋게(?) 날아간 상태였다.

그렇게 개들을 중심으로 둔 채 백통은 개들의 엉덩짝을 바라보며 소리없이 식은땀을 흘리고 있었고, 개들의 그 비굴하기 짝이 없는 얼굴을 바라보며 거지들은 흐뭇한 미소를 지었다. 하지만 두 거지를 자세히 들여다볼 때 한 거지의 낯빛이 그렇게 밝지만은 않음을 엿볼 수 있었다. 그 까닭은 어린 거지가 바로 오혁성이기 때문이었다. 오혁성은 솔직히 사부가 개 비법을 배워야 한다는 말과 과거에 그러한 수련을 했다는 말을 그저 해보는 소리려니 했다. 하지만 지금의 이 광경은 장난이 아니었다. 약간의 과장을 보태어볼 때 덩치가 호랑이만한 개들이 사부 앞에서 꼬리를 살랑살랑 흔들고 있는 것이다. 아무리 좋게 봐주려고 해도 그 모습은 진짜 어울리지 않는 것이었다. 생각해 보라. 호랑이나 표범 등이 혀를 내밀고 엉덩이를 흔들며 꼬리를 살랑거리는 모습을 말이다. 도무지 어울리지 않는 모습으로 그렇게 개들은 끊임없이 온몸으로 아양을 떨어댔다.

'아, 이거 진짠가 보네. 환장하겠네. 으이그.'

그동안 오면서 들려주었던 지난날 개 수련 과정은 그렇다면 모두 사실인 것이다. 그 나날들을 보내야 한다니. 생각만 해도 아찔했다. 혁성은 비로소 정신이 돌아버리는 사람들을 이해할 수 있을 것 같았다.

'사람들이 이렇게 해서 미치는구나. 그래, 역시 미칠만 하니까 미치는 거겠지.'

그때 표영이 껄껄거리며 개들의 머리를 쓰다듬더니 백통을 향해 말했다.

"너는 견왕지로를 어디까지 연마한 것이냐?"

백통은 땀을 삐질거리다가 느닷없이 상대로부터 견왕지로에 대한 말을 듣게 되자 눈이 붉게 충혈되었다. 그는 너무 당황한 나머지 과거 사부 원구협이 들려주었던 말을 떠올리는 것을 잊어버렸다. 바로 그것은 사형에 대한 것이었다. 천부적인 자질을 타고나 단 2년 만에 견왕지로를 완성했다는 바로 그 사형, 언제나 견왕지로를 연마할 때면 사형의 예를 들며 성취가 늦다고 야단을 맞아야만 했었다. 하지만 설마 하니 지금 눈앞의 거지가 사형일 것이라는 생각은 하질 못하고 있었다. 자다가 벌떡 일어나 닥친 상황인 데다가 괜한 적개심으로 적이라고 스스로 판단해 버렸기 때문이었다.

"닥쳐라. 이 녀석들아, 어서 공격해라. 공격해."

손에 쥔 막대기를 공중으로 돌리며 공격을 명령했지만 개들은 들은 척도 하지 않았고 일부는 뒤돌아보며 무슨 말도 안 되는 명령을 하고 있느냐는 듯 바라보았다. 그럴 수밖에 없는 게 아직 견왕지로의 4단계도 고작 통과한 사람과 견왕지로를 온전히 깨우친 견왕과 견줄 순 없는 것이다. 아무리 발버둥을 친다 해도 말이 안 되는 것이었다.

"이런 배신자들… 내 너희들을 반드시 후회하도록 만들어주마."

백통은 뒷날을 기약하며 사부님께서 반드시 복수해 주시리라 믿고 아쉽지만 발길을 돌려 달아났다. 표영은 우습기도 하고 옛날 생각도 나서 덩치 큰 두 놈을 불러다 하나씩 올라탔다.

"자, 가자~"

백통은 부지런하게 달리면서 뒤를 돌아보게 되었고 뒤돌아보고 나선 더욱 놀랐다. 개를 타고 그 주위로는 개들의 호위까지 받으며 여유롭게 쫓아오고 있는 것이다. 너무나 당황스러웠지만 오직 타개책은 지금으로선 사부님밖에 없는지라 달리고 또 달릴 뿐이었다.

"어이, 이봐. 같이 가자구~"

표영이 다정하게 불렀지만 백통은 달리다 넘어지면 벌떡 일어나 또 뛰었고 그저 혼신의 힘을 다 기울여 달릴 뿐이었다.

"야, 같이 가자 해두 그러네."

"사부님~ 사부님~"

 백통은 고래고래 목이 터져라 소리치며 헐떡이는 숨으로 원구협을 찾았다. 그가 보기에 이건 일생일대의 대접전이 예상되는 일이었다. 어쩌면 사부님의 목숨이 위급해질지도 모르는 일로 여겨질 지경이었다. 백통의 고함 소리에 원구협은 웬 호들갑이냐는 듯 방문을 열고 나왔고 백통의 설명을 듣기도 전에 바로 뒤를 이어 모습을 드러낸 승견자(乘犬者)들을 바라보았다. 아주 잠깐 동안 누군지를 가늠해 보았지만 그 정체를 알아내는 데에는 그리 많은 시간이 걸리지 않았다.

"넌 표영이 아니냐?"

 이 다급한 순간을 막 설명하려던 백통은 사부가 이미 알고 있다는 듯 말하자 헐떡이면서도 황당함을 금치 못했다.

"사부님, 그동안 잘 지내고 계셨습니까?"

 개에게서 내려 반갑게 인사하자 그제야 백통은 의문이 눈 녹듯이 스러지는 것을 느끼며 개들이 왜 그리 행동할 수밖에 없었는지 이해할 수 있었다.

'그 천고의 기재라는 사형이시구나.'

 그는 고개를 끄덕이며 역시나 견왕지로를 완성한 사형은 달라도 확실히 다르다고 느꼈다.

 혁성으로서는 어떻게든 불편한 관계가 형성되어 개 수련을 받지 않는 방향으로 나아가길 간절히 바랬지만 그건 그저 기대에 불과할 뿐임을 알았다. 거친 말 속에 더 진한 정이 묻어 있음을 느낀 것이다.

'이거 정말 큰일이구나. 이러다 이곳에서 개나 잡게 되는 게 아닌가.'

견왕지로 191

그의 머리 속에서 연신 '개장수' 라는 말이 맴돌았고 생각하기조차 싫은 끔찍한 미래가 떠올랐다.

언뜻 개들을 쭉 살펴보았다. 하나같이 주눅 든 모습으로 사부와 조사(?)를 바라보고 있었다. 그러다 간간이 자신과 눈이 마주칠 때면 사나운 눈매로 노려보며,

―넌 뭐냐, 짜식아.

라고 말하는 것 같았다.
'저것들 심상치 않네.'
오혁성과 개들이 알 수 없는 묘한 분위기를 연출하며 밀고 당기고 있을 때 원구협은 어느새 표영에게 호통을 치고 있었다.
"네놈은 천부적인 자질을 가지고 있으면서도 개장수의 길을 포기했었다. 하지만 떠나면서 내게 약속하지 않았더냐. 반드시 뒤를 이을 만한 인재를 데리고 오겠다고 말이다. 그런데 이제야 나타나다니……."
그러면서도 원구협의 목소리는 호통 속에 기대감이 묻어 있었다. 지금이라도 제자가 약속을 잊지 않고 기재를 데리고 왔다는 생각 때문이었다. 잠깐 훑어본 결과 곱상한 얼굴에 고생없이 자란 놈이라 과연 기대해도 될까란 의구심이 일었지만 아무래도 제자가 고른 녀석이니만큼 깡다구 하나는 알아주지 않을까 생각해 보았다.
"안으로 들어와라."
자리를 잡고 앉아 서로는 지난날의 안부를 물었다.
"네가 거지들의 두목이 되었다는 거냐? 허허, 그 따위 것이 뭐가 좋

다고."

 원구협은 표영이 개방 방주가 되었다는 것에 영 언짢은 기색이었다. 그가 생각할 때는 전 중원에 거지 숫자보다는 개 숫자가 많았다. 고작 거지 두목이라니. 그로선 안타까울 따름이었다.

 "좋다. 네놈이 떠나면서 약속한 것을 지금이라도 지키기 위해서 온 것이겠지?"

 원구협의 목소리는 은근함까지 담겨 있었다. 혁성은 간덩이가 손톱만큼 줄어들어 버렸다.

 '제길, 어쩐다. 거지가 되는 것까지는 그렇다 해도 개장수가 되어야 하다니.'

 혁성의 전전긍긍함을 모르는 원구협은 계속 위협을 가했다.

 "네놈은 2년 동안에 견왕지로를 완성하지 않았더냐. 너 같은 인재가 어디에 있겠느냐. 휴우~"

 원구협은 한숨을 내쉰 후 백통을 힐끔 쳐다보고 말을 이었다.

 "…여기 있는 네 사제 녀석은 지금 5년이 넘어가는데도 아직 견왕지로의 4단계밖에 달성하지 못했다. 물론 그 4단계도 그리 썩 좋은 성과는 아니고 말이다. 그래서 걱정하고 있던 차에 네가 이 사부의 고민을 해결해 주기 위해 온 것이로구나. 고맙다."

 가슴을 졸이며 듣고 있던 혁성은 2년이라는 둥 5년이라는 둥 하는 소리에 하늘이 무너져 내리는 것 같았다.

 '기이한 것으로 따지자면 천하제일인 사부도 2년이나 연마했다니. 사부님은 이곳에 날 2년 동안 맡겨놓을 생각이시구나. 조사님은 아예 날 평생 개장수로 만들려 하시고. 흑흑, 뭐 이런 경우가 다 있단 말이냐.'

 그나마 혁성으로서는 평생보다는 2년이 낫기에 사부의 뜻이 관철

되기만 바랄 수밖에 없었다.
 그때까지 가만히 듣고 있던 표영이 비로소 입을 열었다.
 "사부님, 사실대로 말하자면 이 녀석은 사부님의 후계자가 되기엔 자질이 너무 부족하답니다. 전 그냥 한 2년 정도 부탁을 드리고 싶습니다. 걔들과 어울리며 고생하다 보면 인생에 대한 안목도 생기고……."
 표영은 그 이상 말을 맺지 못했다. 분노로 이글거리는 눈빛을 보고서 계속 말을 이을 순 없는 노릇이었다.
 "그, 그러니까… 으음… 후우후우."
 더듬더듬 말을 꺼내려다 말고 원구협은 호흡을 가다듬었다.
 "견왕봉은 아직 잘 간수하고 있구나."
 이젠 개방의 타구봉이 된 과거의 견왕봉이 표영의 허리에 매달린 것을 보고 하는 말이었다.
 "한번 만져 보고 싶구나."
 "그러시죠."
 표영은 뭔가 불안했지만 타구봉을 건넸다. 원구협은 타구봉을 받아들고 자리에서 일어났다. 그의 몸에서 정체 불명의 살기가 감돌아 방 안을 가득 메웠다. 견왕지로 중 구혈잠혈이 펼쳐진 것이다.
 "너희 둘은 잠시 밖에 나가 있어라."
 백통은 분위기를 감지하고 얼른 튀어나갔고 혁성은 무슨 일인가 하다가 엉겁결에 대답했다.
 "네? 저요?"
 원구협이 고개를 끄덕이자 혁성도 달아나듯이 빠져나갔다. 혁성으로서도 그 살벌한 기운에 숨이 막힐 지경이었다. 이제껏 단 한 번도 이런 살기를 느껴보지 못한 혁성이었다.

'설마 사부님이 어떻게 되지는 않으시겠지.'

하지만 그 생각이 마무리되기도 전에 방 안에서는 살벌한 몽둥이질이 펼쳐졌고 믿어지지 않지만 사부 표영의 비명 소리가 터져 나왔다.

퍼퍼퍼퍽. 퍽퍽.

"으아악~ 살려주세요~"

"죽어라, 이 자식아. 죽어~"

혁성의 눈이 휘둥그레졌다.

'믿을 수가 없다. 어, 어떻게 사부님이 한낱 개장수에게……'

하지만 몽둥이 소리와 비명 소리는 너무도 사실적이었다. 혁성은 눈으로 확인하지 않고서는 도무지 믿을 수가 없었다. 가만히 작은 틈새로 눈을 맞추고 방 안의 정경을 살펴보았다.

'허거걱.'

그 광경은 차라리 보지 않는 것이 나을 뻔했다. 사부는 온몸을 웅크리고 머리를 감싼 채 비명을 지르고 있었고 원구협은 몽둥이가 보이지 않을 정도로 후려패고 있었던 것이다.

'뭐, 뭐야. 이건 말도 안 돼.'

혁성은 눈을 떼고 벽에 가만히 기대고서 숨을 가라앉혔다. 얼마가 지났을까. 대략 일 식경(30분) 정도가 지났을 즈음 와락 방문이 열리며 표영의 몸이 튕겨져 바닥을 뒹굴었다.

"으아악~"

원구협의 분노에 찬 음성이 그 뒤를 이었다.

"이 못된 놈 같으니. 앞으로 다시는 내 앞에 나타나지 말아라."

표영은 처참하게 망가진 모습으로 머리를 조아렸고 그때부터 엉금

엉금 기어 집 안을 빠져나갔다. 혁성은 간이 콩알만해져 괜한 불똥이 자신에게 튈까봐 얼른 표영 옆으로 가서 보조를 맞춰 엉금엉금 두 손과 두 발을 땅에 대고서 기어갔다.

"이건 가져가거라. 못난 놈."

휘리릭.

원구협이 던진 것은 타구봉이었다. 타구봉은 정확히 기어가는 표영의 머리에 맞고 앞쪽에 떨어졌다. 혁성으로서는 기가 막혔다. 대체 얼마나 당황했으면 개방의 신물인 타구봉을 놓고 갈 정도란 말인가.

원구협의 시야에서 완전히 사라질 때까지 그렇게 표영과 혁성은 기고 또 기어갔다. 혁성이 이제 일어서서 가자고 해도 표영은 막무가내였다.

그 모습을 멀리서 보고 있던 원구협은 조용히 뇌까렸다.

"으이그~ 좋은 녀석!"

원구협이 아무리 개장수라 하지만 개방이 무엇을 하는 곳인지는 잘 알고 있었다. 게다가 표영이 개방에 투신한 것을 알고 있었기 때문에 더 관심을 가지고 알아본 것도 사실이었다. 그가 알아본 개방은 어마어마한 곳이었다. 바로 그곳의 방주가 되었다는 것만으로도 그 능력이 어느 정도일지는 짐작할 수 있는 것이었다.

"하지만 너를 보내고 아쉬워했던 것처럼 네 제자를 받아들이고 정이 든 다음에 또 헤어지는 일을 겪고 싶진 않구나. 네가 하는 일이 잘되길 바란다."

원구협은 표영이 억지로 맞으러 온 것이나 다름없다는 것을 잘 알고 있었다. 후계자를 데려온다는 약속을 지키지 못해 미안해하고 있음을 안 것이다. 표영이 시야에서 완전히 사라지자 원구협은 개 장에서 호랑이만한 크기의 흰 개를 꺼냈다. 원구협이 흰둥이라고 부르며 아끼는 개였다.

"흰둥아, 널 보내야겠구나. 아까 온 그 못난 놈에게 선물로 너를 보낼 생각이란다. 자, 어서 뒤쫓아가도록 해라."

흰둥이는 견황의 말에 미적거렸다. 못내 아쉬웠던 것이다.

"자, 어서 뛰어."

다시 한 번 말하자 그때서야 흰둥이는 표영이 사라진 곳으로 달려 갔다. 원구협은 흰둥이가 하얀 점이 될 때까지 바라보다가 평소와 같이 개밥을 준비했다.

표영은 그때까지도 여전히 고개를 푹 숙인 채 아무 말도 없이 기어서 계속 이동했다. 옆에서 기던 혁성이 지칠 정도였다.

"사부님! 언제까지 기어가실 거예요?"

"어거거……"

"……?"

표영은 제자 교육에 대한 전략을 수정할 필요가 있었다. 원래대로 하자면 약 2년여 동안은 개 사부에게 맡겨 견왕지로 기본을 다지게 한 후 무공을 전수할 생각이었다. 하지만 실컷 두들겨 맞고 돌아선 이때에 다른 방법이 필요했다.

사실 혁성으로서는 개 사부 밑에서 2년여 간을 썩지 않아도 된다는 생각에 기쁨을 이기지 못했지만 실제로 표영이 생각해 낸 그 다른 방법은 결코 혁성이 좋아만 할 일은 아니었다.

표영은 그다지 길게 생각하지 않고도 기막힌 방법을 알아냈다. 그건 매우 단순하면서도 효과적이어서 스스로도 만족스럽게 고개를 끄덕일 수 있는 것이었다.

 그런 생각을 아무 무리 없이 이루기에 개 사부가 보내준 흰둥이는 큰 역할을 차지했다고 봐도 과언이 아니었다. 흰둥이가 없었더라면 아마도 어디선가 개를 구해와야 했을 테니까 말이다.

 '사부님, 감사합니다.'

 마을 어귀에 이른 표영은 그런 의미에서 꼬리를 귀엽게 살랑거리는 흰둥이에게 이름을 붙여주었다.

 "앞으로 너를 진백(眞白)이라 부르겠다. 알겠지?"

 호랑이만한 덩치의 흰둥이는 진백이라는 이름이 마음에 드는지 앞발을 들었다 놨다 하면서 껑충거렸다. 혁성은 사부 표영이 이름까지 붙여주자 괴이쩍다는 듯 물었다.

 "설마하니 사부님, 이 개를 데리고 다닐 생각은 아니시겠지요?"

 표영은 아무렇지도 않게 그게 대수냐는 식으로 답했다.

 "왜? 데리고 다니면 안 되냐?"

 "아니, 뭐 안 될 것도 없지만… 강호를 다니는데 개라니… 아무리 개방이라도 이건 좀 너무하는 것 같… 아하하하하."

 한참이나 말하다가 혁성은 크게 웃었다. 스스로 지껄이다보니 답을 알아버린 것이다.

 "그리고 보니 사부님께서는 아하하하… 제 생각이 맞죠?"

 표영도 고개를 끄덕이며 웃어주었다.

 "아하하. 그래, 맞다, 맞아."

 "정말 역시 사부님의 머리는 이 제자를 따를 수가 없습니다. 비상식량으로 이보다 제격이 어디에 있겠습니까? 아하하."

 표영은 더 크게 웃으면서 낄낄거렸다.

"하하하. 이 녀석 이젠 농담까지 제법 그럴싸하게 하는구나. 하하하."

그 말에 혁성의 안색이 조금 경직되었다.

"아하하……. 농담이라니요? 그, 그게 무슨 말씀이신지……."

혁성은 웃고는 있었지만 어느새 얼굴은 상당 부분 경직되어 거의 끝에 가서는 멋쩍은 상태가 되어버렸다.

"음, 좋다. 차분하게 네게 이야기하마. 자, 앉아라."

"네."

사람들이 한두 명씩 지나가긴 했지만 그런 것을 따질 두 사람이 아니었다.

"전에 네게 이야기했던 견왕지로에 대한 것이다."

혁성이 마른침을 꿀꺽 하고 삼키자 목에 핏대가 바짝 세워졌다가 다시 사라졌다.

"…진백, 이 녀석이 필요한 것은 나와 함께하는 생활 중에 견왕지로를 전수하기 위함이란다. 그러기 위해선 견왕지로가 무엇인지 구체적으로 알아야겠지."

표영은 한 손으로는 진백의 머리를 쓰다듬으며 차근히 견왕지로의 요체를 설명하기 시작했다.

"잘 들어라. 험험. 그러니까 말이다. 견왕지로라 함은 개방 방주가 되기 위한 필수 과정이랄 수 있다. 그러니 네가 당연히 가야할 길인 게지. 험험. 견왕의 길은 총 일곱 관문으로 구성되었는데 하나씩 통과하여 일곱을 완성하면 비로소 견왕의 경지에 이르렀다 할 수 있는 것이다. 천부적인 자질을 타고났다는 이 사부조차도 2년이라는 시간이 걸렸으니 너는 마음을 연약하게 먹어서는 안 될 것이다."

여기까지만 들었는데도 혁성은 땀을 비 오듯 흘리고 있었다. 언뜻 보면 지금 비가 오는 줄로 착각이 들 지경이었다.

"첫째, 과정은 견식식탐(犬食食耽)이라고 한다. 개밥을 탐냄과 동시에 오히려 즐길 수 있어야 한다는 것이 핵심인데 반 년, 즉 6개월에 걸쳐 오로지 개밥만 먹어야 한다. 이때는 스스로 밥을 지어 먹거나 돈을 내어 사먹어서는 모든 것이 물거품이 되니 너는 오직 개밥만을 탐내고 개밥으로 연명해야만 한다는 것을 잊어선 안 된다. 이렇게 함은 개와 가까워질 수 있는 계기가 되는 것으로 이 과정이 없이는 결단코 다음 단계로 넘어갈 수 없다."

혁성은 눈알이 핑핑 돌면서 비로소 왜 사부가 진백을 데리고 다니려 하는지 알 수 있을 것 같았다.

"너도 이 정도면 눈치 챘을 것이다. 그렇지 않느냐? 으응? 근데 너 왜 그리 땀을 흘리는 것이냐? 덥냐?"

표영은 이상한 놈 다 봤다는 식으로 째려본 다음에 바로 말을 이었다.

"…견식식탐은 개밥을 먹어야하는 것이니 진백을 데리고 다니면서 진백이 밥을 먹을 때 너도 같이 먹으면 되는 것이다. 어쨌든 진백이 한번 혀를 대고 나면 그건 개밥이 되는 것이니 너는 견식식탐을 이루는 것이 아니겠느냐. 어떠냐. 이 사부의 지혜가 빛나지 않느냐? 하하하하."

기고만장하게 웃어 젖히는 표영을 보며 혁성은 기절하기 일보 직전이었다. 혁성은 진백을 한번 쳐다보았다. 진백은 그저 무표정하게 '뭘 봐'란 식으로 노려볼 뿐이었다.

"자자, 두 번째 과정도 들어야지. 두 번째 과정은 견치지법(犬齒知怯)

이라 한다. 이것은 개 이빨의 무서움을 알아야 함을 의미하는데 견식 식탐과 마찬가지로 6개월여에 걸쳐 수행하도록 되어 있다. 이 과정은… 다음 세 번째는 견육다식(犬肉多食)으로 약 세 달에 걸쳐 수련해야만 하는데 이때는… 네 번째는… 다섯 번째는 타구일일로서……."

표영이 한참이나 열을 내며 다섯 번째 타구일일에 대해 설명을 마쳤을 때 혁성은 이미 그 자리에서 모로 누운 채 두 눈에서는 진한 눈물만 흘리고 있었다. 어찌 눈물뿐이겠는가. 마음은 이미 피눈물이 흐르고 있었다.

표영은 말을 중단하고 화들짝 놀란 듯이 말했다.

"너 왜 그러냐? 응? 응? 어디 아픈 게냐?"

11장
수라혼마강시

수라혼마강시

진백아! 야, 이놈아!
내가 말이다. 너와 함께 밥을 먹는 것에 불만을 가지는 건 아니야.
하지만 왜 하필 취설루 정문 앞에서냐고.
아이고, 불쌍한 내 인생아.
　　　　　　　　―진백과 그릇을 마주하고 있는 슬픈 혁성.

　호북성 안현 지역의 변두리에 위치한 취설루.
　이곳의 주인장 조묵은 제대로 된 건수를 잡아 기분이 좋아 죽을 지경이었다. 대개 주루를 통째로 하루 동안 빌려주는 경우엔 대략 보름치 수입을 상회하는 금액을 받게 되는데 이번 계약은 단 하루에 그의 두 배가 되는 돈을 받은 것이다. 특별한 조건이 붙긴 했지만 오히려 그것은 조묵에게도 춤을 출 만한 조건이었다.

'요즘 매상이 좋지 않아 마음이 괴로웠는데 하늘이 날 도우셨구나. 흐흐흐. 매달 한 번씩만 이런 계약을 성사시키도 난 떼부자가 될 텐데……'

계약자가 내건 조건은 딱 한 가지였다.

그날 하루만큼은 누구도 주루에 남아 있지 말아달라는 것. 아무런 음식 준비도 없이, 주인도 주방장도 잔심부름할 점소이도 필요없다는 것이었다. 조묵으로서야 그것이 무에 어렵겠는가. 주방장이나 점소이들에게도 선심 쓰듯 휴가를 하루 주게 되는 셈이니 이건 꿩 먹고 알 먹기였다.

취설루를 하루 빌려 쓰게 될 이들이 약속한 시간은 정오였다. 아직 정오가 되기에는 시간이 조금 남아서인지 아무도 도착한 사람은 없었다. 변두리라 사람도 지나다니지 않는 취설루에 제일 먼저 모습을 드러낸 이는 표영이었다.

표영은 혁성과 진백을 데리고 느긋하면서도 건들거리는 특유의 걸음으로 취설루의 정문 앞에 이르러 중얼거렸다.

"취설루라… 여기로군. 으음. 혁성아, 이 사부는 각 장문인들과 이야기를 나누어야 하니 너는 이곳에서 진백과 함께 기다리고 있거라. 그리고 정오가 되거들랑 준비해 온 밥을 진백과 나눠 먹는 것도 잊어 먹어선 안 된다. 알겠지? 견식식탐이 벌써 사 개월째에 이르렀으니 더욱 마음을 다해 연마해야 한다."

표영의 말에 혁성이 난처한 얼굴이 되었다.

"사, 사부님, 저도 오늘의 이 모임이 얼마나 중요한지 잘 알고 있습니다. 그래서 말씀인데, 중요한 이 모임에 진백과 제가 정문에서 어른

거란다면 높으신 분들의 심기를 불편하게 해드리는 것이 되지 않겠습니까? 그러니 저는 진백과 함께 저기 보이지 않는 곳에서 사부님이 나오시길 기다리도록 하겠습니다."

솔직히 혁성으로서는 각대문파의 장문인들과 오대세가의 가주들이 모여드는 중에 진백과 개밥을 나눠 먹는 것을 보이고 싶지 않았다. 아니, 만일 장문인들과 가주들 정도라면 뭐 그러려니 하고 얼굴 두껍게 있을 법도 했다. 허나 결정적인 건 오늘 이 취설루의 모임엔 할아버지인 천선부주 오비원이 참석한다는 점이었다. 할아버지에게만은 이런 꼴을 보이고 싶지 않은 것이 혁성의 마음이었다.

"으음, 너의 말을 듣고 보니 그럴싸하구나."

표영은 충분히 수긍하겠다는 듯 진지하게 고개를 끄덕였다.

"좋다. 그렇다면 너는 진백과 함께 이곳에서 때를 맞춰 밥을 먹도록 해라. 자, 그럼 나는 안으로 들어가 볼까."

"네?!"

표영의 말인즉, 아무것도 변한 것이 없었던 것이다. 혁성은 얼굴을 흙을 한 움큼 씹은 듯 찡그렸지만 그렇다고 어찌해 볼 수도 없는 노릇이었다. 반항해 봐야 이제껏 전례로 보나 현실로 보나 좋을 건 없었다. 게다가 사부에게 대항하는 경우엔 진백도 여간 까다롭게 구는 게 아닌지라 그것도 상당히 신경 쓰이는 부분이었다. 벌써 인상을 찡그리는 것을 보았는지 진백의 눈빛이 심상치 않았다.

"하하. 진백, 이 녀석. 뭘 그리 예민하게 그러냐? 자자, 자리 잡고 앉자."

혁성이 대충 무마하고 나서자 겨우 진백은 마음을 풀고 자리에 곱게 앉았다. 진백의 사고방식으로써는 견왕에게 대드는 놈들은 모두

후레자식이었고 도무지 용납할 수 없었던 것이다.

점점 시간이 흐름에 따라 정오가 되기 전 각대문파의 장문인들이 하나둘 도착해 취설루 안으로 들어섰다. 그들은 정문에 큰 개 한 마리와 상거지 하나가 앉아 있는 것을 보고 괴이히 여기긴 했지만 모두들 혹시나 개방 방주와 관련된 것이 아닌가 싶어 모른 척하고 지나쳤다. 요즘 들어 개방이 진정 개방다워지고 있음을 잘 알고 있었기 때문이다.

거의 예정된 모든 인사들이 참여한 듯 보였지만 아직 회의는 속개되지 않았다. 이 회의를 소집한 천선부주 오비원이 도착하지 않은 까닭이다.

바깥에 있는 혁성으로서는 부디 할아버지 오비원이 오지 않았으면 하고 바랬지만 그건 도무지 말도 안 되는 바램이었다.

혁성의 소망이 참으로 부질없다는 것임을 증명이라도 하렴인가. 멀리서 흰빛이 번쩍이는가 싶더니 혁성과 진백을 바람처럼 스치듯 지나가는 한 인영이 있었다.

오비원이었다. 혁성으로서는 마침 고개를 숙이고 밥을 퍼 먹던 중이라 뭐가 지나간 것만 느낄 뿐 그 존재가 오비원임을 알지 못했고 오비원 또한 시간을 지체한 것을 안지라 급히 들어가느라 혁성을 알아보지 못하고 지나치게 되었다.

"오늘 할아버지는 정말 안 오시는 걸까?"

안으로 들어간 오비원은 포권을 취하며 늦은 인사를 보냈고 그에 따라 각 파의 장문인들이 분분히 일어나 맞인사를 했다.

"다들 모이셨구려. 이 노부가 조금 늦었습니다."

"먼 길 오시느라 고생이 많으셨습니다."

"저희도 거의 방금 전에 도착했을 뿐이랍니다."

"그럼 이제 다 모인 듯합니다."

인사를 마친 후 제일 중앙 상석에 자리한 오비원은 몇 마디 가벼운 대화를 나누다가 오늘 모임의 핵심 안건을 끄집어냈다.

"이미 서신을 통해 충분히 숙지하셨겠지만 개방에서 조사한 내용이 거의 확실하다고 봐도 무방할 것 같습니다. 이 일은 필시 마천에서 계획하고 있는 것으로 보이며 우리는 그에 대해 마땅히 대응 방안을 마련해야 할 것입니다. 음, 그럼 일단 수라혼마강시에 대한 내용을 정보를 직접 취득한 표 방주님께 들어보도록 합시다."

표영은 자신에게로 주목된 얼굴을 보며 진중한 목소리로 말하기 시작했다.

"먼저 수라혼마강시에 대해 어떻게 알게 되었는지에 대한 내용부터 설명해 드리겠습니다. 처음에는 사실 강시에 대한 일이 있으리라곤 꿈에도 생각지 못했었습니다. 그러니까……."

표영이 수라혼마강시에 대해 알게 된 것은 아주 우연한 기회를 통해서였다. 견왕지로의 시작을 알리며 혁성에게 견식식탐을 전한 후 표영은 감숙성의 개방 분타에 들르게 되었다. 표영으로서는 그동안 비운 기간이 꽤 되기도 하고 분타에 특별한 일은 없는지 겸사겸사 알아보려 간 것이었다.

그때 표영은 감숙 분타주인 오추에게 요즘 별일은 없는지 물었고 오추는 별다른 일이랄 것도 없어 머뭇거리다가 아무 말도 없으면 어색할 것 같아 며칠 전에 들었던 이야기를 하게 되었다. 그것은 삼결제자 진초혁이 고향에 갔다가 당한 해괴한 일에 대한 것이었다.

진초혁이 당한 일은 고향에 내려가 마을 공동묘지에 안치된 아버지의 묘를 보러갔는데 놀랍게도 묘가 파헤쳐지고 관 껍데기만 남은 채 시신이 사라져 버린 것이었다. 진초혁은 자신의 가슴이 곡괭이에 의해 도려진 듯한 충격에 휩싸여 분타주 오추에게 아픈 마음을 털어놓은 것이었고 그 이야기가 표영에게 전해지게 된 것이었다.

표영은 마침 사부의 묘를 보고 온 지 얼마 되지 않았던지라 크게 분노했고 그날로 개방 모든 분타에 명령을 내려 도굴꾼을 찾도록 했다. 전 개방이 동원되어 이 잡듯이 묘지를 뒤지는 초유의 상황이 발생했고, 그 일은 엉뚱하게도 도굴꾼이 아닌 아주 특별한 것을 발견하는 계기가 되었다.

그것은 각처에서 시신이 사라지는 일이 수백 건이 발생했다는 점과 특이하게도 그 연령층이 모두 60세가 넘은 사람들의 시신이라는 점이었다. 게다가 최근에는 한 마을에서 처녀 30명이 사라진 일도 추가로 발견되었다.

이 일은 평상시에 특별한 고급 정보를 분석하는 일로 소일하던 능파와 능혼에게 전해졌고 이러한 특징은 일반 도굴꾼이 아니라 강시를 제조하는 것과 관련된 것이 아닌가라는 분석이 나왔다.

표영은 이 일에 관심을 갖고 이때부터 더 세밀하게 강시 제조에 대한 내용을 토대로 정보를 취합하기에 이르렀는데 그 결론이 실전된 것으로 알려진 수라혼마강시의 제조를 위한 방법과 일치한다는 것을 알게 되었다. 수라혼마강시에 대한 것은 이미 능파와 능혼이 확실히 검증한 상태였기에 의심할 여지가 없는 것이었다.

표영은 이런 결론을 먼저 천선부주 오비원에게 전하게 되었고 오비원이 다시 각대문파에 비밀 서신을 보내 사태의 중대함을 알려 취설루에서의 모임을 주선하게 되었던 것이다.

　표영은 강시 문제를 알게 된 계기에 이어 이번에는 강시의 특징에 대해 설명하기 시작했다.
　"수라혼마강시의 무서운 점은 도기와 검기마저 그 몸을 상케 할 수 없다는 점입니다. 또한 특별한 급소라 할 수 있는 곳은 오로지 단 한 군데 겨드랑이뿐입니다. 하지만 그곳이 급소라고는 하나 겨드랑이를 공격하기는 무척 난해합니다. 일반적인 강시들은 각 관절이 뻣뻣하게 굳어 있으나 수라혼마강시는 관절을 자유자재로 구부릴 수 있어 그 행동이 고수들의 것과 크게 다를 바가 없다는 것입니다. 수라혼마강시를 제조할 때 60세가 넘은 시체를 이용하는 것은 그러한 효과를 극대화할 수 있기 때문이라고 합니다."
　이야기를 전해 들으며 모두의 마음은 경악으로 물들었다. 이것이 사실이라면 장문인들조차 강시 하나를 처치할 수 있을지 의문시되는 일이었던 것이다.
　"강시를 제련함에 있어서는 특별한 방법이 필요합니다. 짐작하기로 마천에서는 준비 과정만 약 20여 년을 보내며 그동안 구하기 어려운 마흔아홉 가지 약재와 칠십이 가지의 독초를 마련한 것으로 파악되었습니다. 거기에 열 종류의 짐승의 피와 약 30여 명의 처녀의 피를 구한 것으로 보아 현재 약 400구에서 500구 정도의 강시를 제련하고 있는 것으로 보입니다. 정확하진 않지만 짐작컨대 지금쯤은 거의 완성 단계에 이르지 않았나라는 생각입니다."
　표영이 추레한 차림새와는 달리 일목요연하게 강시에 대해 설명을 마치자 모두는 고개를 끄덕이며 강시에 대해 놀라는 한편 개방의 정보력과 표영에 대해 은근히 감탄하기에 이르렀다.

그때 오비원이 심각해진 좌중을 보며 입을 열었다.

"마천이 이런 일을 꾸미고 있음은 두말할 나위 없는 사실이므로 이제 우리는 여기에 대해 명확하고도 신속하게 대처하는 길만 남았을 뿐입니다. 가장 중요한 것은 수라혼마강시가 완성되는 날에는 이미 손을 쓰려 해도 늦는다는 점입니다. 그때는 우리가 아무리 힘을 합친다 해도 결국 당해내지 못할 것이오. 이번 일에 각대문파에서는 크게 마음을 써야 할 것이며 정예고수들을 모아 가장 빠른 시일 내에 마천을 공격해야 할 것입니다. 여기에 다른 의견이 혹시라도 있으면 말씀해 보십시오."

오비원의 말에 어느 누구도 이의를 제기하는 사람은 없었다. 이제껏 정파의 모든 일은 이렇게 오비원을 중심으로 이루어진 터라 이에 달리 토를 달 까닭도, 그럴 마음도 없었다.

잠시 침묵으로 기다리던 오비원은 이의를 다는 사람이 없자 다시 입을 열었다.

"좋습니다. 그럼 일단 뜻을 모은 것으로 하고, 이번 정파연합대는 약 800여 명을 모으도록 하여 한 달 후 천마산에서 그리 멀지 않은 묘일산에서 집결토록 합시다."

오비원은 각 문파마다 대략 어느 정도까지 참여할 수 있는지 파악하고 각 파마다 무공의 고저를 따라 인원을 분배했다.

"그리고 이번 정파연합대는 이 노부가 나서긴 힘들 것 같으니 나를 대신해 표 방주께서 지휘를 맡아주었으면 하는 바램이오."

표영은 느닷없는 말에 손을 내저으며 사양했다.

"저는 아직 그러한 중책을 맡기엔……."

하지만 오비원은 그런 말 자체를 못들은 척 말을 맺어버렸다.
"그럼 표 방주께서 받아들인 것으로 알겠소이다. 표 방주는 이번 마천에 대한 문제를 가장 세밀하게 알고 있기에 가장 적합하다고 여긴 것이니 다른 분들도 기꺼이 따라주시기 바라외다."
오비원의 위치가 거의 정파에서는 맹주 격인 까닭에 모두는 그의 말에 고개를 끄덕였다.
"자, 그럼 오늘 모임은 이것으로 마치고 각 파로 돌아가 한 달 뒤를 준비하도록 합시다."
일사천리로 회의가 마쳐지고 각 파의 장문인들은 분분이 자리에서 일어나 인사를 나누고 서둘러 돌아갔다.
모두가 돌아간 후 정문으로 나온 오비원은 몇 마디 표영에게 정파 연합대에 대한 당부를 했다. 그로선 혹시나 젊다는 이유로 나이 많은 장문이들이 험하게 나오지 않을까 염려가 되기도 한 것이었다.
"자네는 앞으로 정파를 이끌어갈 가장 중요한 사람이니 이번 일을 좋은 경험으로 삼게나."
오비원은 표영과 둘만 있을 때는 편하게 하대를 했고 그것을 표영은 대수롭게 생각하지 않았다. 여러 말을 전한 후 오비원은 혁성에게 생각이 미쳐 얼른 물었다.
"표 방주, 혁아는 잘 지내고 있는가?"
혁성은 오지 않은 것으로 알고 있던 할아버지가 주루에서 나오자 혼비백산하고 있었는데 돌아가지 않고 자신에 대해 묻자 부디 사부가 자신을 알리지 않았으면 하고 빌고 또 빌었다. 하지만 그러면서도 혁성은 절대 사부가 자신의 기대를 충족시킬 사람이 아니라는 것을 잘 알고 있었다.

역시 혁성의 짐작은 정확했다.

"하하하하. 그럼요, 저기 진백하고 다정하게 있잖습니까?"

오비원은 깜짝 놀라며 찾았다.

"으응? 어디에 있단 말인가?"

일순간 오비원은 그저 옛날의 모습만을 생각한 까닭에 혁성을 못 알아보고 있었다.

"혁성아, 어서 나와서 할아버지께 인사 올려야지."

다정한 어투의 사부의 목소리에 치를 떨면서 혁성은 꾸물거리면서 자리에서 일어났다.

"그동안 잘 지내고 계셨죠, 할아버지."

오비원은 뜨악한 표정으로 두 걸음 물러섰고 눈을 찡그리고 과연 손자인지 아닌지를 확인했다. 때가 덕지덕지 붙은 얼굴이며 입가에 붙은 밥 티, 꼬질꼬질한 옷차림은 과거에 깔끔을 떨던 그 혁성인지 혼돈스럽게 만들었다.

"네, 네가 진정 혁아더냐?"

"네……"

혁성의 목소리엔 자신이 없었다.

"아이구, 내 손자."

오비원은 혁성을 꼭 끌어안고 등을 두들겨 주었다.

"고생이 많구나. 조금만 참으렴. 알겠지?"

혁성은 괜히 눈물이 나려 했다.

오비원이 돌아서며 표영에게 다가와 조용히 말했다.

"잘 부탁하네."

"아하하, 그럼요. 매일매일 개밥을 먹는데 제가 얼마나 잘 챙겨주는데요. 하하하!"

 뭐가 그리 좋은지 표영은 진백의 머리를 쓰다듬으며 유쾌하게 웃어 젖히고 오비원과 오혁성은 의문이 가득한 시선으로 한참을 바라보았다.

 확실치는 않지만 그 시선은 이렇게 말하고 있는 듯했다.

 ─저렇게 좋을까. 거참.

12장
천계의 분노

천계의 분노

너희가 한계를 넘으면
나도 한계를 넘어주겠다.

―분노한 대천신.

우우웅―

삼라만상의 주관자인 천계의 대천신의 몸에선 거센 옥빛이 부풀어 올랐다. 그것은 거대하고 또 둥그런 형상이었는데 빛나는 큰 옥빛 구슬같이 보였다. 빛 중앙에서는 여전히 우우웅 하는 낮고 진한 저음이 대전을 울렸고 붉은 빛살이 옥빛 사이를 꿰뚫고 한 번씩 치솟아오르고 있었다. 그 아래 좌우로 기립해 있는 십이대신들은 그 어느 때보다 엄숙함을 유지한 채 자리해 있었다.

"도저히 이대로 좌시할 수는 없다."

대천신의 음성이 한마디씩 끊어져 전해질 때마다 붉은 화염이 솟구쳐 올랐고 말을 매듭 지을 때는 벼락이 꽂히듯 화염이 퍼졌다가 안개처럼 사그라들었다. 그것은 분노였다. 십이대신들은 그가 이런 분노를 터뜨릴 때는 섣불리 입을 열어서는 안 된다는 것을 잘 알고 있었다. 과거—지상계의 시간으로—450년 전 혈마가 재난을 준비하려 할 때 백운신이 대수롭지 않게 입을 열었다가 냉벽하에서 시린 고통을 감내했어야 함을 잊지 않고 있었던 것이다.

지금 대천신이 분노하고 있음은 지상계 마천의 흉악무도함 때문이었다. 죽은 자의 육신을 취해 강시로 제련함도 모자라 산 생명을 취해 그 피를 뿌림은 이미 인간계의 한계를 넘어선 상태였다. 게다가 수라 강시로 인해 앞으로 죽어갈 생령들도 그저 바라만 보고 있을 수만은 없었다. 날마다 지상계로부터 올라오는 그 애절한 음성과 육신을 훼손당한 혼들이 천계에서도 부르짖고 있었다.

"모든 세계에는 그 정한 도리와 한계가 있는 법이거늘 어찌하여 그 경계를 허무는 자들이 버젓이 횡행함을 지켜볼 수 있겠느냐."

대천신의 분노가 얼마나 대단했던지 온 천계가 진동했다. 그건 천계만이 아니었다. 지상계의 사람들은 갑작스런 벼락과 폭우가 쏟아짐을 이해하지 못했지만—박수무당이나 점술가들이나 점성술사들조차 짐작하지 못한 것이었다—그렇게 지상계에도 비가 내렸다.

"흑운신은 어디에 있느냐?"

포효하듯 외치는 음성에 왼쪽 중간 지점에 시립해 있던 흑운신이 한 걸음 앞으로 나서며 황급히 허리를 숙였다.

"신 흑운신, 대천신님의 분부를 기다리옵니다."

흑운신의 빛은 분명 검은 기운을 나타내고 있었다. 허나 그것은 투명하고 맑은 검음이었다. 워낙 검다 보니 도리어 맑은 기운과 밝게 느껴지는 그런 어둠이었다. 다른 십이신들은 대천신이 흑운신을 불렀을 때 이미 내려질 재앙에 대해 예측할 수 있었다. 흑운신은 그런 일에 자주 맡았으며 한 치의 오차도 없이 일을 수행해 왔다.

옥색 빛깔이 거세게 치솟았다.

"가라, 그리고 징벌하라. 언제나처럼 오직 한 번의 기회를 주어 재앙을 면하게 할 뿐 그 뒤의 자비는 없음을 알라."

"흑운신, 오직 대천신님의 뜻을 따를 따름이옵나이다."

흑운신은 충성스럽게 답한 후 검은 기류를 흩날림과 동시에 대전에서 모습을 감추었다.

천마산.

마천(魔天)이 근거를 두고 있는 곳이 바로 천마산(天魔山)이었다. 사실 지도상으로 볼 때 천마산이라는 곳은 어디에도 없었다. 그 이름은 과거 마천의 천주 도인황이 마천에 맞는 이름으로 개명한 이후 계속 그와 같이 불려지게 되었다.

마천은 혈곡과 함께 사파의 거대한 양대산맥으로 불려졌는데 실제 강호에서의 활동과 영향력을 볼 때 거의 60여 년 간은 중립적인 입장에서 활동했다고 봐야 옳았다.

사파인들은 그런 마천을 혈곡과 비교하며 비난을 퍼부었다.

―정파가 그리 무섭더란 말이냐! 이제부터 마천은 마천(魔天)이 아니라 마천(痲喘)이라고 부르도록 하겠다(마천(痲喘)이란 호흡이 마비되었다는 뜻으로 제 기능을 못하는 병신 같은 곳이라는 조롱이었다).

―천선부의 발을 핥고 머리를 쓰다듬어 주길 기다리니 마천은 개다.
―혈곡과 나란히 거론하는 자는 내가 용서치 않겠다.

이런 비난 속에서도 마천은 일일이 대응하지 않았다. 그 대신 개구리가 더 멀리 뛰기 위해 뒷다리를 잔뜩 웅크린 것처럼 대반전을 노렸다. 그것은 바로 수라혼마강시의 제조였다. 강시만 완성된다면 중원의 진정한 주인이 되는 것은 식은 죽 먹기보다 쉽다고 생각했다. 큰 것을 얻기 위해서 작은 욕됨은 기꺼이 감수할 마음을 먹고 있었다. 어떤 비난이 쏟아져도 오히려 그것을 경계심을 누그러뜨리는 기회로 삼았다.

이제 보름이 남았을 뿐이다. 그날 세상은 깜짝 놀랄 것이라고 마천은 자부했다.

13장
징조들

징조들

바람과 구름이 일어남을 보고
혹은 제비가 낮게 나는 것을 보고
또한 밤에 달무리가 지는 것을 보고
다음날 비가 오는 것을 알게 된다.
이것이 바로 징조다.
모든 것에는 그와 같은 징조가 있는 것이니
예비하는 자는 삶을 얻을 것이다.
—재앙의 시작에서 흑운신.

천마산은 크게 천마봉과 비웅봉, 그리고 귀부봉 세 곳에 세력을 갖추었는데 그중 천마봉이 중심에 있고 비웅봉과 귀부봉이 왼쪽과 오른쪽에서 호응하는 산세를 가졌다.

중앙쪽에 위치한 천마봉에는 서쪽 절벽으로 조금만 이동하면 약수터가 자리했다. 이곳의 물은 영공수(靈空水)라 불리웠는데 그 맛과 성분이 매우 특별해 입맛을 돋우고 몸의 기능을 보호하는 힘이 깃들어 있었다. 또한 이 물로 세안을 하면 입자가 세밀한지 개운한 느낌을 주었다. 그렇기에 이 약숫물은 아무나 마실 수 없었고 오로지 마천의 천주인 도의봉만 마실 수 있었다. 하지만 단 한 사람만은 영공수를 마음껏 마실 수 있는 이가 있었으니 그는 바로 포만당의 부당주로 있는 주창이었다.

포만당은 마천의 천주 도의봉의 식단을 책임지는 전담부로 그곳에서 주창이 맡은 일은 아침마다 정성스럽게 영공수를 받아오는 일이었다. 어차피 약숫물이라는 것이 흘러나오는 것인지라 쏟아지는 것 중에 일부를 마신다고 해서 티가 나는 것은 결코 아니었기에 그로선 멋진 보직을 얻은 것이라 할 수 있었다.

그는 정갈한 큰 물통 두 개를 짊어지고 험한 산길을 지나 약수터로 향했다. 해가 뜨기 전에 출발했는데 약수터에 거의 이르렀을 땐 어슴프레한 햇살이 막 새벽을 깨우려 하고 있었다.

"오늘도 내가 받아온 이 영공수를 천주님께서 드시겠지."

중얼거리는 그의 목소리엔 자부심이 서려 있었다. 그는 아침 공기의 상쾌함을 크게 호흡하고 졸졸거리는 소리를 따라 자석처럼 가까이 다가갔다.

졸졸졸졸.

왠지 오늘따라 물소리가 시원스럽지 않고 탁한 듯싶었다.

"에이~ 내가 영공수를 무시해서야 되나."

주청은 자신의 마음이 탁하기 때문에 모든 것이 그렇게 느껴지는 것이라 생각했다.

두 개의 물통에 차례로 가득 물을 받았다. 아직까지도 어둠은 걷히지 않아 사물을 분간하긴 힘들었지만 주청은 사실 눈을 감고도 이 일을 할 수 있을 만큼 숙달된지라 아무런 문제될 건 없었다.

그는 받아놓은 물통을 한쪽으로 젖혀두고 귀한 영공수를 양손에 받아 얼굴을 씻었다.

"아, 시원하다. 개운하군."

그는 평상시처럼 세안을 하고 어깨를 활짝 편 후 물통을 들고 이동했다. 그의 피부가 유난히 뽀얀 것은 영공수 때문이었는데 그는 다른 이들에게 말할 때마다 '내 어찌 귀한 영공수를 손댈 수 있겠나. 내 목이 서너 개라면 모를까 그럴 일은 없네' 라고 말했기 때문에 피부가 고와도 원래 태생이 그러려니 생각했다. 그들도 영공수 때문에 목숨을 버리진 않을 것이라 생각했던 것이다.

주청이 물통을 들고 중간 정도 지나게 되었을 때였다. 해가 어느새 힘차게 차고 올라와 대지를 비추게 되자 문득 물통을 내려다본 주청은 기겁을 하며 그대로 주저앉아 버렸다.

"어, 어떻게… 이런 일이……."

그가 영공수라고 생각했던 것은 영공수가 아닌 진한 핏물이었던 것이다. 그는 자신의 양손이 피로 빨갛게 물든 것을 보았고 얼굴도 악귀처럼 피 칠이 되었음도 알았다.

주청은 물통의 핏물을 비우고 미친 듯이 약수터로 향했다.

'그래, 분명 나는 물을 잘못 길어 온 것이다. 엉뚱한 곳에서 물을 길어 온 거라구.'

하지만 약수터에 이르렀을 때 주청은 맥없이 물통을 양손에서 떨어뜨릴 수밖에 없었다.

그의 눈은 공포에 질렸고 모래성이 무너지듯 쓰러져 혼절해 버리고 말았다.

혈수는 영공수만 그리된 것은 아니었다. 천마산에서 나는 모든 물이란 물들은 모조리 핏물로 변한 기이한 일이 벌어진 것이다.

유사 이래 기록에서조차 보지 못했던 마천의 천주 도의봉을 비롯한 지도자급 인사들은 이 사태를 해결하기 위해 한자리에 모였다.

그들의 의견은 분분했다.

"이건 필시 천하제패를 위한 하나의 포석일 겁니다. 천하를 마천이 피로 물들이라는 뜻이 아니겠습니까?"

"으음. 하지만 천하가 피에 물들어야지, 왜 우리가 있는 곳에서 이런 현상이 나타난다는 게요?"

"혹시라도 산 위에서 누군가가 죽어 그 핏물이 씻겨 내리는 것이 아닐까요?"

"으음. 혹시나 이것은 놀라운 공능이 있는 영수가 아닐런지요?"

그때까지 가만히 듣고만 있던 도의봉의 눈이 꿈틀거렸다. 그 꿈틀거림이 무엇을 의미하는지 그곳에 모인 이들은 잘 알고 있었다.

"수라천!"

"네, 천주님."

"공능이 얼마나 대단한지 네가 마셔봐라."

회의용으로 가져다 놓은 큰 동이에 들어 있는 혈수를 가리키며 하는 말에 수라천의 얼굴이 푸르르 떨렸다. 주위에 있는 이들조차 얼굴이 저절로 찌푸려질 정도로 끔찍스런 일이 아닐 수 없었다. 수라천은 떨리는 손을 오목하게 만들어 혈수를 펐다.

"내 말을 장난으로 들은 거냐?"

"네? 제가 어찌······."

"공능을 알기 위해서는 적어도 양동이 전체를 마셔야 하지 않겠느냐?"

"네? ···네."

수라천은 손으로 조그맣게 푼 물을 버리곤 머리를 바짝 대고 마시기 시작했다. 그냥 물을 마시라고 해도 그렇게 마시긴 힘들 것인데 걸쭉한 혈수를 마시니 죽을 맛이었다. 하지만 도의봉은 거기에서 그치지 않았다. 그는 수라천이 한 번씩 호흡을 위해 고개를 드는 것을 용납할 수 없었다.

"한 번에 들이켜야 영웅이랄 수 있지 않겠느냐. 내가 영웅이 되게 해주마."

오른손을 쭉 뻗어 수라천의 목을 깊이 눌러 양동이에 쳐넣었다. 수라천은 감히 반항할 엄두도 내지 못하고 푸르르푸르르 소리를 내며 죽을 둥 살 둥 혈수를 마셔댔다. 아마 고수가 아닌 평범한 사람이었다면 이미 익사하고 말았을 것이다.

어찌나 빨리 마셨는지 혈수를 담은 양동이는 벌써 바닥을 드러내고 있었다. 그때서야 도의봉은 손을 거두었고 수라천이 지친 기색으로 고개를 쳐들었다. 그의 얼굴은 피에 절여진 탓에 얼핏 보면 얼굴 가죽이 한 꺼풀 벗겨진 것처럼 참혹해 보였다.

"호호. 맛이 의외로 좋습니다."

수라천은 일어나 헛소리를 한번 하더니 그대로 뒤로 꽈당 소리를 내며 넘어졌다. 그와 함께 그의 몸에는 붉게 반점이 피어오르기 시작했다. 그 광경은 소름 끼친다는 것이 무엇인지를 제대로 보여주는 것이었다.

마천의 천주 도의봉은 그날 어두운 얼굴로 거처에 들었다. 하지만 혈수 사건으로 인해 잠을 청할 수가 없었다. 그로선 어떤 결론을 내려야만 했던 것이다. 수많은 갈등 중에 문득 잠이 든 그가 깨어난 것은 새벽녘이었다. 그는 자리를 박차고 일어나더니 광소를 터뜨렸다.

"그래, 하늘도 놀란 것이다. 우리의 계획에 하늘도 놀라고 땅도 놀란 것이야. 천하를 호령할 마천 앞에 모두가 놀란 것이란 말이다. 크크크."

그의 눈은 광기로 번들거렸다.

아침이 되어 도의봉은 잠에서 깨어났다. 아니, 정확하게 말하자면 잠이 아니라 단지 눈을 떴다고 해야 옳을 것이다. 지난 새벽에 스스로를 위로하기 위한 광소를 터뜨린 후 눈을 감고 있었어도 잠을 청하지 못했던 그였다.

이 아침에 계곡의 물들과 식수들이 모조리 혈수로 변했을 것을 생각만 해도 머리가 지끈거렸다. 그는 양손으로 머리를 지그시 누르다가 몇 번 툭툭 치면서 스스로를 일깨웠다.

'그래, 좋은 쪽으로 생각하는 것이다. 모든 것이 마음먹기에 따라 달라지는 것이 아니겠어. 이제껏 모든 일이 순조로웠음을 떠올리자. 이건 단지 수라혼마강시에 대한 세상의 두려움일 뿐이다.'

자꾸 같은 말을 반복하며 스스로에게 강제로 세뇌를 시켜서인지 마음이 한결 가벼워졌다. 그는 자리에서 일어나 창가로 걸음을 옮겼다.

창밖으로는 천마산의 정경이 한눈에 들어왔다. 수려한 경관은 그저 바라보는 것만으로도 가슴을 확 트이게 했다.

'이제 14일 남았다. 강호여, 기다려라.'

도의봉의 얼굴에 흉측한 미소가 떠올랐다. 차라리 혈수를 통해 고민하던 모습이 더 인간적으로 보일 그런 미소였다. 그가 앞으로 중원을 제패하고 천하제일로 우뚝 설 날을 상상하며 혐오스런 미소를 스스로도 모르게 떠올리고 있을 때였다.

"천주님! 속하 뇌명입니다."

도의봉은 의아하다는 듯 눈썹 중간 부분을 살짝 올렸다. 꽤 이른 아침에 어울리지 않는 일이었기 때문이다.

"들어오라."

안으로 들어선 뇌명의 얼굴엔 환한 미소가 걸려 있었다.

"기뻐하십시오. 혈수가 거짓말같이 사라지고 모든 것이 정상으로 돌아왔습니다."

도의봉은 속으로 '휴~ 다행이군' 이라고 말했지만 겉으로는 천주의 신분으로 그렇게 나약한 말을 내뱉을 수는 없었다. 그는 무겁고 진지한 표정을 지은 채 말했다. 짐짓 화가 난 듯한 말투이기도 했다.

"그 일이 어찌 기뻐해야 할 일이라고 그리 좋아하느냐? 혈수의 조짐은 온 중원을 피로 물들일 우리의 미래를 보여준 것이니 멈추었다고 좋아할 일이 아니잖느냐! 어서 냉큼 내 앞에서 사라져라!"

뇌명은 칭찬을 기대했다가 도리어 한바탕 질책을 듣자 송구스러운 모습으로 물러갔다. 뇌명이 문을 닫고 나갈 때까지 엄숙하고도 분노한 얼굴을 하고 있던 도의봉은 문이 쿵 하고 닫히자마자 언제 분노했었냐는 듯 환한 미소를 지으며 낄낄거렸다.

"후하하하. 혈수가 멈췄다 이거럿다. 좋아좋아. 그래야지."

아마 밖으로 나간 뇌명이 들었다면 기가 막혀 죽으려고 했을지도 모를 상황이 아닐 수 없었다. 하지만 도의봉의 고충도 이해가 가지 않는 일은 아니다. 조직의 우두머리로서 강한 조직을 만들기 위해서는 특별한 면모를 보여야 된다고 생각했기 때문이다.

도의봉은 두 손을 가슴에 모으고 마냥 좋아 죽겠다는 듯 낄낄댔는데 그때 다시 밖에서 소리가 들렸다.

"속하 우당, 급히 천주님께 전할 말씀이 있습니다."

우당의 목소리는 다급함이 무엇인지를 보여주고 있었다.

"이번엔 또 무슨 일이냐? 들어오라."

도의봉이 언제 그랬냐는 듯 가슴을 활짝 펴고 매의 눈으로 현관 쪽을 노려보았다.

우당은 바로 무릎을 꿇고 입을 열기 시작했다. 순간 도의봉은 보통 일이 아니라는 것을 직감했다.

'혹시… 방아에게 무슨 일이라도……'

우당은 아들인 도방의 호위를 맡고 있었기 때문에 당연히 그런 짐작이 가능했다. 특히 우당이 무릎 꿇은 것을 볼 때 혹시나 분노로 인해 자신이 죽을지도 모른다는 가정 아래 행해진 행동일 것이라 짐작하니 마음은 더욱 조급해졌다.

"용서하십시오. 소주의 몸에 온갖 종기가 일어 머리부터 발끝까지 뒤덮인 상태입니다. 저희들도 무슨 까닭인지……."

"뭐라고?!"

도의봉은 깜짝 놀라 앞에 있는 우당을 그대로 밟고서 밖으로 뛰어나갔다. 한달음으로 도방의 처소에 이르러 문을 왈칵 열자 내전의 풍경이 한눈에 들어왔다.

"뭐, 뭐냐……."

도의봉은 눈이 휘둥그레 변하고 당장 어떻게 해야 좋을지 몰랐다. 도방의 병세는 생각보다 더욱 엄중한 것이었다. 도방의 곁에 마의 독선이 손을 쓰지도 못하고 쩔쩔매고 있었고 시중을 드는 시녀들과 수하들 심지어 부인 유서진도 아들의 모습에 그저 발만 동동 구르고 있을 뿐이었다. 그럴 수밖에 없는 것이 도방은 아래 속옷만 입은 채 양손에는 기와 조각을 쥐고서 온몸을 긁어대고 있었던 것이다.

게다가,

"아이고, 왜 이리 가려운 거야. 에구, 가려워."

불쑥불쑥 튀어나온 종기들이 기와 조각으로 긁어대자 여기저기 터진 까닭에 도방의 몸은 난장판도 이런 난장판이 없을 지경이었다. 사방 군데 피가 튀고 흐르는 중에도 도방은 연신 기와 조각으로 긁기를 멈추지 않았다.

"흐흐. 아이고, 시원해. 아고, 역시 가려울 때는 기와 조각이 최고야. 아고아고, 가려워. 아버지 오셨어요? 왜 이렇게 가려운 거죠?"

도방의 손놀림은 특별한 규칙이 없었다. 어떨 땐 머리를 박박 긁다가 가슴으로 옮기는가 하면 손을 기묘하게 꺾어 등 뒤를 긁기도 했다. 이미 온몸에 고름과 핏물이 섞인 것들이 휘감았지만 도방은 그런 모습을 전혀 개의치 않는 듯했다. 그러기엔 가려움증이 너무도 거센 탓이었다.

'어떻게… 이런 일이…….'

도의봉은 처음에 들어왔을 때 왜 아무도 움직이지 않고 그저 멍하니 그 광경을 지켜봤는지 찰나적으로 의문을 가졌지만 이젠 그도 다

징조들 233

른 사람들과 마찬가지로 굳은 채 동일시되어 갔다. 그건 누가 안으로 들어가서 보더라도 똑같은 모습이 될 수밖에 없는 참혹한 광경이었다.

"어허허, 시원하다. 시원해. 기와 조각이 최고여."

이렇듯 하루 동안 도방의 종기는 사그라들 줄 몰랐고 그에 따른 기와 조각도 멈추질 않았다. 이날 긁어 부스러진 기와 조각이 장장 150여 장이었으니 그 참혹한 광경이 어떠했을지 가히 짐작할 수 있는 일이었다.

괴상한 일들은 하루가 끝나면 아무 일도 없다는 듯이 사라졌고 그와 동시에 하루의 시작을 알리듯 새로운 괴이함이 뒤를 이었다.

도방의 종기가 다음날 아침이 되어 거짓말같이 사라졌을 때 마천인들은 기뻐할 겨를도 없이 주먹만한 우박이 하늘에서 쏟아지는 것을 보아야만 했다. 그런 우박은 그 어느 누구도 한 번도 보지 못했던 것이고 그 가공할 파괴력은 두려움을 주기에 충분했다. 그로 인해 6개의 전각이 파괴되고 10여 개의 전각이 부분적으로 파손되었다. 그뿐만 아니라 약 30여 명의 부상자가 나왔다. 물론 그들 대부분은 매복 수비를 서던 중이라 피할 수 있는 여건에 있지 못해서였다.

우박이 그치자 마천인들은 서서히 두려움에 사로잡혔다. 과연 이번에는 어떤 일이 일어날 것인지 그 재앙이 자신에게 임하진 않을는지 각자 마음을 졸여야만 했다.

재앙은 전혀 예측이 불가능한 것으로 다가왔기에 더욱 그러했다.

담종은 지금 이 현실을 믿을 수가 없었다. 분명 현실인 것은 부인할 수 없음인데 그래도 믿고 싶지 않았다. 하지만 왼쪽 어깨로부터 전해져 오는 고통은 자꾸만 커져 믿지 않을 수 없게 되었다.

지금 그 앞에는 시뻘건 혈안으로 피가 뚝뚝 떨어지는 자신의 팔 한쪽을 들고 있는 이 사람이 설비라는 것이 믿어지지 않았다.

'어, 어떻게 이런 일이…….'

담종이 마천에 들어온 지는 벌써 15년이다. 그의 나이 35세로 그는 자신이 하는 일에 자부심을 가지고 있었다. 자신이 하는 일이야말로 마천의 염원인 중원제패의 핵심이기 때문이다.

그것은 바로…

수라혼마강시의 제조.

그렇기에 그가 제일 존경하는 이는 마천의 천주 도의봉이 아닌 혼마당의 당주 설비였다. 물론 마천 내에서 누군가가 그런 질문을 던진다면 당연히 말로는 '천주님 외에 누가 존경받을 만하겠습니까?'라고 대답하겠지만 그는 다시금 속으로는 '그래도 내가 존경하는 인물은 오로지 한 사람 불수귀요(不愁鬼妖) 설비님이시다'라고 중얼거릴 것이었다.

설비는 마천에서 의술이 가장 뛰어났을 뿐만 아니라 환술과 주술에 관련된 분야에서 독보적인 능력을 지닌 터였다. 사실 수라강시의 제련에 대해 도의봉이 구체적으로 생각하고 달려가게 된 것도 순전히 불수귀요 설비 때문이었다.

담종이 상관인 불수귀요 설비에 대해 알고 있는 것은 매우 단편적인 것들이었다. 단지 정확하게 알고 있는 한 가지는 설비의 마음속에 정파에 대한 도저히 표현하기 힘든 처절한 한이 맺혀 있다는 것이었다. 어떤 사건이 있었는지 어떤 종류의 한인지는 모르지만 설비는 그 모든 한의 덩어리를 강시 제조에 몰두했다. 담종이 설비를 마음으로 따르게 된 것은 바로 그 한을 풀어내는 열정 때문이었다. 하지만 가끔씩 밀실 속에서 강시를 바라보며 무시무시한 광소를 터뜨릴 때는 무섭기도 했다.

―세상 모든 사람을 죽여 버리고 말겠다.

비록 무섭긴 해도 조금 후에는 그 모습조차도 신비한 매력을 지닌 듯 보이기까지 했다.

바로 그 설비, 가장 존경하는 설비가 지금 담종의 왼쪽 어깨를 통째로 뜯어내 버린 것이다. 담종은 자신의 한쪽 팔에서 떨어지는 핏방울을 보며 경악을 금치 못했다.
'으으윽. 내가 존경했던 사람이 정녕 이 사람이었단 말인가.'
설비는 광기 어린 미소와 함께 뽑아낸 팔을 부러뜨려 버렸다.
우지끈.
이미 뽑혀진 팔이었지만 그래도 다시 부러질 때 담종은 말로 못할 고통과 공포를 느꼈다. 설비는 이어 부러진 팔을 아무렇게나 팽개친 후 손을 쭉 뻗었다. 이번에는 담종의 목을 뽑아버릴 기세였다.
그때였다.
"멈춰라, 설비."
난장판이 된 혼마당의 밀실에 마천의 고수들이 들이닥쳤다.
슈슉~

십여 개의 검이 일순간에 뻗어 설비의 몸을 머리부터 허벅지까지 그어갔다. 그에게 살인 명령이 떨어진 것이다.

푸슈악~

설비의 몸은 열 개의 검기에 의해 사방으로 찢겨져 주변에 널브러졌다. 그제야 담종은 벽에 몸을 기대고 허물어지듯 주저앉았다.

'그가 보고 싶다던 천하인들의 도륙을 보기도 전에 그가 먼저 가고 말았구나. 결국 이렇게 되는 건가.'

현묵과 영후는 마천의 최외곽지대에서 비밀 경비를 맡고 있었다.

어두컴컴한 밤.

그들은 지금 교대를 마치고 각기 처소로 돌아가는 길이었다. 하지만 그들은 가는 도중 더 이상 발을 뗄 수 없는 상황에 직면하고 말았다. 아무런 말도 할 수조차 없었다.

'이, 이게……'

'어, 어떻게 이런 일이……'

그들의 눈앞에 펼쳐진 것은 강호에서 일어나는 어떤 당황스런 일보다도 더욱 당황스러운 일이었다. 시커먼 털을 지닌 거대한 괴물이 움직이고 있었던 것이다. 그런 것은 생애 최초였다. 하지만 그것보다 더욱 공포스러운 것은 그것이 결코 괴물이 아니라는 것을 깨달았을 때였다.

'헉!'

'저건……?'

그건 믿기지 않았지만 수만 마리 정도는 돼보이는 쥐 떼들이었다. 그것이 함께 무리를 지어 이동하다 보니 거대 괴물로 보인 것이었다.

온몸에 소름이 확 돋았다. 그 어떤 누구라도 이런 상황에서는 두려움을 느끼지 않을 수 없으리라. 쥐 떼들은 마치 한 생각을 하고 있는 듯 산을 빠져나가고 있었다.

'대재앙이 올 때 짐승들은 본능적으로 도망친다고 하지 않던가.'

쥐와 곤충들, 그리고 다른 짐승들의 예지 능력에 대해 현묵이나 영후도 알고 있었다.

혈수에 이어 종기, 그리고 우박과 강시 제조의 책임자인 불수귀요의 광란에 이어 이번엔 짐승들의 대이동이었다.

칠흑 같은 어둠이 천마산에 임했다. 그 어둠은 보통 흔히 말하는 어둠이 아니었다. 말 그대로 칠흑 같은 어둠! 자신의 손조차 볼 수 없는 어둠이 마천에 임한 것이다. 등불을 켜도 등불이 빛을 내지 않았고 해도 달도 아무 소용이 없었다.

마천 내에서 흑암지신이라고 불리우는 사요학조차 한 치 앞을 볼 수 없을 정도였다. 그는 어둠의 신이라 불리우며 암흑 속에서는 최고의 고수였다. 그렇게 삼 일 동안 마천에 어둠이 지속되었고 마천은 더불어 침묵에 잠겼다. 어느 누구도 말하는 이가 없었고 어느 누구도 움직이는 자가 없었다. 이제 수라혼마강시가 완성되기까지 칠 일이 남았다.

14장

재앙의 날

재앙의 날

해 저무는 이날을 잊을 수 없을 것이다.
어찌 잊겠는가.
그리고 붉은 띠도 버리지 못할 것 같다.
믿어지지 않지만
모든 것이 사실이었다.

—도방.

번개가 하늘을 찢어발기듯 밤하늘을 갈랐고 그와 함께 우렛소리가 온 천지에 진동했다. 거기에 쏟아지는 폭우는 경험해 본 적이 없었던 엄청난 광경이었다. 수라강시를 제련하여 무림을 제패하려는 마천에도 이 밤은 놀랄 만한 것이었다.

"대단하군. 이런 밤하늘을 내 생애 보게 될 줄은 몰랐네."

마천 내성 수비를 맡고 있는 최명귀(催命鬼) 환곡이 조사귀(早死鬼) 설응에게 전음을 내보냈다. 그들은 은밀히 매복을 서야 하는 관계로 빗줄기에 노출될 수밖에 없었다.

"그러게 말이네. 우리가 귀신으로 불려지고 있지만 진짜 귀신이 나타날 것만 같구만."

둘은 왠지 모르게 불안해지는 마음을 가라앉히기 위해 평소보다 많은 전음을 주고받았다. 이런저런 말을 나눌 때였다.

"헉!"

갑작스레 환곡이 흠칫 놀라는 소리를 냈다. 그뿐만이 아니라 그의 얼굴엔 자신이 은밀하게 매복을 서고 있다는 것도 잊은 듯한 표정을 짓고 있었다. 놀란 것은 더욱 그뿐이 아니었다.

"흐흡!"

조사귀 설응도 환곡과 약간의 시간 차를 냈을 뿐 놀라긴 마찬가지였다. 둘은 서로를 마주 보며 얼굴이 하얗게 변하고 말았다.

"자네 혹시 보았나?"

"보고도 믿을 수가 없군."

그들의 놀람은 마천의 중앙 뜰에 언제 어떻게 나타났는지 모르지만 흑의 장포를 휘감은 채 한 노인이 서 있는 것을 보았기 때문이다. 멀리서부터 그 종적을 눈으로 쫓고 있다가 중앙에 이르렀음을 보았다면 놀라울 것은 없었을 것이다. 하지만 칙칙한 검은 안개를 연상시키는 듯한 장포에 감싸인 노인은 아주 오래전부터 그곳에 있었던 것처럼 너무도 자연스럽게 서 있었다.

잠시의 정적이 가히 천 년이 흐른 듯 보일 때였다.

피익. 피익. 피이이익—!

두 번째는 짧게 세 번째는 길게 이어진 휘파람이 울려 퍼졌다. 내력이 잔뜩 실린 휘파람은 마천 전체를 휘감아 돌았는데 조사귀 설웅이 혼신의 힘을 기울여 날린 가장 큰 위기를 알리는 경보였다. 고작 한 사람이 나타난 것에 호들갑을 떤 것이라 생각할 수 있겠으나 설웅의 생각은 달랐다. 아무리 천둥 번개가 치고 있다고 해도 이곳까지 오는 동안 겹겹으로 매복되어진 수비를 바람처럼 뚫고 온 것과 수비가 없는 곳으로 왔다 해도 마환태혼진을 뚫고 온 것이기 때문이다. 게다가 아무런 두려움 없이 서 있는 모습은 그 자체만으로도 위협적인 기세를 발하고 있었다.

휘파람의 여운이 채 가시기도 전에 수없이 많은 그림자들이 허공을 가르며 몰려들었다. 어두운 밤 번개가 칠 때마다 몰려드는 이들의 모습이 나타났다가 번개가 사라지면 어둠에 묻혀 스스슥거리는 소리가 죄어오는 위세는 대단한 것이었다. 잠시 후 일순간에 흑포를 입은 노인 주위로는 수십 개로 겹겹이 마천의 고수들이 에워싼 상황이 되고 말았다. 하지만 어느 누구도 함부로 출수하는 사람은 없었다. 환곡과 설웅이 처음 보고 느꼈던 것처럼 모두들 범접하기 힘든 위세에 눌려 선뜻 손을 쓸 수가 없었던 것이다. 더욱이 흑포를 걸친 노인의 몸에서 스멀스멀 거무스름한 안개가 피어나 감싸 돌고 빗줄기가 거의 반 장(약 1.6미터) 정도 밖까지 튕겨지며 몸 근처로는 아예 닿지도 않는 것이 대체 어느 정도의 내력을 형성하고 있는지 가늠하기 힘들었다.

그때였다.

"누구냐!"

한소리 우렁찬 소리가 밤하늘을 갈랐고 음성과 동시에 사람들 사이를 날며 회색 장포를 걸친 마천의 천주 도의봉이 내려앉았다. 도의봉은 이 정체 불명의 노인을 바라보며 잠시 충격을 받았다. 그는 솔직히 한참 운우지락을 맛보고 있던 중이라 최고 수준의 경보가 발령된 것을 못마땅히 여기며 별것 아니라면 가만두지 않을 심산이었다. 하지만 짧은 시간 그는 가슴이 저릿해지는 기분에 멈칫거리지 않을 수 없게 되었다.

"그대는 누구이기에 무단으로 마천에 침입하여 소란을 피우는 것인가?"

천하제패를 꿈꾸는 마천의 천주 도의봉이 상대를 제압하고 나서 물어도 될 말을 먼저 꺼냈다. 그때서야 흑포노인이 말했다.

"잘 들어라. 너희는 해서는 안 될 일을 하고 말았다. 어느 곳이든 한계는 있는 법. 마천은 하늘의 징계를 피할 수 없게 되었다."

한마디 한마디가 심장을 울렁이게 했다. 더욱 놀라운 것은 흑포노인이 전혀 입을 열지 않은 채 말을 하고 있다는 점이었다. 이건 전음으로 설명할 수 있는 성질의 것이 아니었다. 이런 음성 전달법이 있다는 말은 전설로도 들어보지 못한 것이었다.

하지만 그저 멍하니 '네, 알겠습니다'라고 고개를 숙이기엔 마천의 자부심이 너무 컸다.

도의봉이 오른손을 살짝 들자 그것을 신호로 10개의 그림자가 솟구쳐 올랐다.

쉬시쉭—

그들은 십마혼이라고 불리우는 도의봉의 친위 호위대들로 각기 성격이 다른 열 가지의 장법을 사용하는 무서운 고수들이었다.

단혼장(斷魂掌)의 뇌공굉.

번천장(煩天掌)의 담대풍.
창룡장(蒼龍掌)의 막리추.
조양장(朝陽掌)의 아륜제.
파운장(破雲掌)의 모용초.
칠성장(七星掌)의 북고월.
파운장(破雲掌)의 백한로.
풍우장(風雨掌)의 노소풍.
백포장(白袍掌)의 여세기.
혈경장(血磬掌)의 숙야겸.

이들은 각기 서로 다른 장법을 구사하면서도 위급시엔 열 개의 장력의 기운을 조화시킬 줄 아는 능력도 갖추고 있어 합공을 펼칠 때 그 위력은 열 명의 힘이 아닌 그 서너 배의 힘을 발휘했다.

거대한 파도가 밀려들듯 장력의 기세가 적운신에게 밀려들었다. 하지만 적운신의 눈에는 그 어떤 놀람이나 감흥도 없었다. 그저 처음과 달라진 것 없이 작게 말할 뿐이었다.

"멈춰라!"

도둑놈에게 '게 섯거라' 소리 지르며 쫓는다고 도둑이 설리 만무하고 살기를 띠고 공격하는 이들에게 멈추라고 말한다고 곱게 멈출 사람들이 아니었다. 하지만 그 간단한 말은 놀랍게도 허공 중에 솟구치며 달려들던 십마혼들의 몸을 정지시켜 버리고 말았다. 어떤 이는 쌍장을 쭉 뻗은 자세 그대로 두 발까지 허공에 띄운 채 멈춰 섰고, 또 어떤 이는 두 발을 오므리며 막 출수하려는 동작을 취한 상태이기도 했다. 어쨌든 열 명은 땅의 중력을 무시한 채 허공에 매달렸고 혈이 찍힌 듯, 아니, 시간이 그들에게만 정지해 버린 듯 눈도 깜빡이지 못하고 멈추고야 말았다.

그것은 이제까지의 상식으로는 이해할 수 없는 것인지라 도의봉으로서도 더 이상 손을 쓸 엄두를 내지 못하게 만들었다.

"내일 해 질 때에 다시 찾아오도록 하겠다. 뜻을 돌이켜 재앙을 면하고자 하는 이는 오른 손목에 붉은 띠를 하면 그는 재앙을 피할 수 있을 것이다. 하지만 그 뜻을 받들지 않는 자는 모두 죽음을 피할 수 없을 것이며 죽음 이후에도 큰 고난을 맞이하게 될 것이다."

또렷이 귓가로 파고드는 말이 있은 후 흑운신은 검붉은 광채를 뿌리며 하늘로 솟구쳐 사라졌다. 모두가 어안이 벙벙해 그 모습을 지켜볼 때 하늘에서 한줄기 빛이 뿌려지더니 귀퉁이에 있던 바위에 닿아 글귀를 새겨놓았다.

천외천.

하늘 밖의 하늘이 있음을 보여준 것이었다.

도의봉을 비롯한 모두는 일시 아무런 말도 꺼낼 수가 없었다.

도의봉은 밤이 이렇게 길게 느껴지기는 처음이었다. 그전에 있었던 재앙 때와는 비교할 수 없는 공포가 밀려왔다. 그는 온몸을 사시나무 떨듯 떨며 중얼거렸다.

"죽음을 본 것이야. 죽음을……."

그렇다. 도의봉의 공포는 죽음과 정면으로 마주한 그런 공포였다.

이제 이틀이 지나면 강시가 완성된다. 강시만 있다면 세상 그 무엇도 두려울 것이 없었다. 그는 저절로 떨리는 몸을 웅크림으로 막아내려 했다.

"으윽… 으으으……."

적어도 내일 아침까지는 결정을 내려야만 했다.

거의 뜬눈으로 밤을 지샌 도의봉은 중대한 결심을 하기에 이르렀다. 그것은 정면 승부였다.

붉은 노을이 서쪽 하늘을 물들이고 어둠이 하나둘 찾아들 때, 마천의 대연무장에는 마천의 모든 힘이 집결되었다. 약 천여 명의 고수들이었다. 아니, 사실 마천의 고수들만을 따지자면 오백여 명이었다. 그 나머지 오백은 괴이한 느낌을 주는 푸르스름한 빛깔의 강시들이었다. 바로 수라혼마강시.

도의봉은 비록 강시가 깨어나기엔 하루가 더 남았지만 절체절명의 순간이라 판단하고 강시를 가동시킨 것이었다.

터질 듯한 긴장감이 천마산을 휘감아 돌았다. 언제 나타날 것인가. 거짓말 같아 믿지 않으려 해도 바위에 새겨진 천외천이라는 글귀를 볼 때마다 정신이 번쩍 들었다.

자칫 하다간 강호 제패는커녕 모조리 멸절당하는 일이 생길지도 모른다는 불안감이 모두의 마음을 휩쓸었다.

이제나저제나 기다리고 있던 마천인들의 눈에 괴이한 광경이 잡혔다.

'저건 뭐지……?'

'헉.'

그들이 본 것은 붉은 노을의 변화였다. 붉게 타오르던 서쪽 하늘이 점점 거무스름한 색으로 변하고 있었던 것이다. 검은색도 어떨 때는 깔끔한 느낌을 전달해 주기도 하지만 지금 나타난 검은색은 죽음의 향을 간직한 듯한 입자가 옅게 분사되어 숨을 막히게 하는 듯한 그런 것이었다.

"으하하하하! 어서 오라!"

도의봉이 큰 소리로 호기를 부리자 술렁이던 고수들의 마음에 다시금 조금씩 용기가 솟았다.

순간,

피이잉—

서쪽 하늘에서부터 검은 연기가 긴 꼬리를 늘어뜨리고 공기를 쪼갤 듯한 기세로 다가왔다. 검은 연기가 기이한 곡선을 그리며 나오자 노을은 다시금 붉은빛을 찾았고 그로 인해 그 광경은 지극히 환상적인 장면을 연출했지만 그 어느 누구도 한가하게 감탄하고 있을 여유는 없었다.

어느새 검은 연기가 대연무장의 중앙에 이르렀고 홀연히 연기는 흑포를 두른 노인의 모습으로 변했다. 그 놀라운 광경에 강시를 제외한 모두가 자신들도 모르게 침을 삼켰다.

나타난 이는 흑운신이었다. 흑운신은 가만히 뒷짐을 진 채 사람의 언어로 말했다.

"자, 이제 정한 때가 되었다. 어떤 마음을 품었는지는 굳이 묻지 않겠다. 오직 손목에 매인 붉은 띠가 모든 것을 말해 줄 것이다."

모두를 압도하는 강력한 힘이 풍겨져 나와 어느 누구도 감히 말을 꺼내지 못했다. 그 분위기란 말을 꺼내도 왠지 소리가 되어 나오지 않을 것 같은 정도로 위압적이었다.

하지만 천주 도의봉은 입술을 깨물어 흐른 피를 삼키고서 큰 소리를 내질렀다.

"헛소리 집어쳐라! 용서치 않겠다. 자, 모두 공격하라!"

그 말은 두려움에 차 있던 마천의 고수들의 몸을 일깨웠고 강시들의 혼도 깨웠다.

슈슝—

약 500여 개의 신형이 일제히 흑운신에게 쏘아졌다. 그 기세는 가히 산을 가르고 바다를 덮을 만큼 엄청난 것이었다.

흑운신은 자신에게 밀려드는 엄중한 기세에 눈썹 하나 까딱하지 않았다. 그저 아주 천천히 오른손을 들어 보일 뿐이었다. 지극히 느리게 들어 올린 손, 그 손끝에서 검푸른 빛이 뿜어 나왔다. 그 빛은 공중의 어느 정점에 이르자 팟, 소리와 함께 수백 개의 빛의 가닥으로 나누어졌다. 그리고 정확히 밀려드는 마천의 고수들과 강시들의 몸을 향해 달려들었다.

빛의 위력을 제일 먼저 당한 자들은 앞서 달려들던 이들이었다. 빛은 그들의 몸을 휘감더니 순간 심장을 뚫고 지나가다가 다시 머리 쪽으로 감아 올라가며 양쪽 관자놀이를 관통하고 사라졌다. 공중에 뜬 채 그와 같이 당한 자들이며 달리던 자세 그대로 빛에 휘감긴 자들은 다양한 모습으로 그렇게 쓰러졌다.

그 광경에 아직 신형을 날리지 못한 뒤쪽에 있는 이들은 공포에 질렸다. 하지만 검푸른 빛은 그들이 공포에 질렸다고 그냥 넘어가는 아량을 베풀진 않았다. 극히 빠른 속도로 자신이 맡아야 할 사람이 정해져 있는 듯 빛은 그 사람을 꿰뚫고 지나갔다.

그건 강시들도 예외가 아니었다. 도검이 뚫지 못하고 급소라고는 찾아볼 수 없는 강시들이었지만 검푸른 빛에 휘감기고 나자 속절없이 허물어졌다. 강시들의 경우엔 조금 특별한 구석이 있었는데 그건 강시들이 쓰러진 후에는 과거 원래 시체의 모습으로 돌아간다는 점이었다. 즉, 수년 간 연단한 강시의 껍질을 날려 버린 셈이었다.

모두가 빛에 의해 죽음을 맞이할 때 어떤 사람들에게는 특이하게도 빛이 다가가 살피듯 한번 선회하고서 스르르 사라지는 경우가 있었다. 그들은 두 눈을 질끔 감고 있다가 자신에게 달려드는 빛이 사라진 것을 보고 소매를 걷어 감탄을 발했다. 지금도 눈에 보이는 곳마다 빛에 의한 살육이 진행되는데 놀랍게도 붉은 띠를 맨 그들만은 아무렇지도 않았다. 기적 같은 일이었다. 고작 붉은 띠 하나였는데도 불구하고 재앙을 면한 것이다.

한편 마천인들 중 가장 경악스러워한 이는 단연 도의봉이었다. 그는 자신의 눈앞에 펼쳐진 이 믿을 수 없고도 끔찍한 광경에 공포에 휩싸였다. 그의 눈에 저만치서 맹렬히 달려드는 검푸른 빛이 보였다. 그 빛의 목표는 도의봉이었다. 도의봉도 직감했다. 그는 신형을 뽑아 뒤로 달아났다. 그의 모든 힘을 다 동원해 발휘하는 신법이었다. 하지만 제아무리 신형이 빠르다 해도 빛에 비할 순 없는 노릇이었다. 도의봉은 그 찰나적인 순간에 얼른 품에서 붉은 띠를 꺼내 오른 손목에 묶었다. 그도 붉은 띠를 맨 경우에 살아난 것을 본 것이다. 모든 것이 현실로 드러난 이때 그에게 남은 마지막 희망이었다.

그는 붉은 띠를 손목에 매고 빛을 향해 돌아서며 친근한 미소를 보냈다.

'이제 이 빛은 내 몸을 서성거리다가 스르르 소멸되겠지.'

그의 뜻이 통한 것일까, 아니면 아직 죽을 때가 되지 않음인가. 검푸른 빛은 그 맹렬한 속도를 죽이고 스르르 뱀처럼 도의봉의 몸 주변을 맴돌았다. 도의봉은 좀 더 확실하게 보여주기 위해 소매를 걷고 붉은 띠를 보여주었다.

"난 친구라네."

빛이 그 말을 들었음일까. 빛은 서서히 이동하더니 도의봉의 손목을 부드럽게 감싸고 돌았다. 따스한 기운이 손목을 타고 도의봉의 몸으로 전달되었다.

'이제 살았군. 휴우.'

헌데 그때 손목에 시큰거리는 것이 느껴졌다.

'뭐지?'

그는 안심하고 있다가 손목을 보고 비명을 내질렀다.

"으아아악!"

목젖이 확연히 드러날 정도의 처절한 비명이었다. 검푸른 빛이 그의 손목을 감아 돌면서 잘라 버린 것이었다. 그것으로 끝이 아니었다. 빛은 쌔액 하는 소리와 함께 벌어진 입속으로 들어가 온몸을 휘감아 버렸다. 도의봉은 눈을 부라리고 거센 통증에 온몸을 떨었다. 검푸른 빛이 몸 안으로 들어가 위와 내장, 간이며 심장 등을 휘저어놓고 있음이었다.

피융―

끝으로 빛은 도의봉의 정수리를 꿰뚫고 솟아나더니 그 사명을 완수했다는 듯 스르르 사라져 버렸다.

도의봉은 선 채 그대로 칠공에서 피를 흘렸다. 이미 죽은 것이다. 그의 몸도 끝내 지탱하지 못하고 허물어졌다.

검푸른 빛이 제 사명들을 다 끝냈을 때 연무장에 남아 있는 이들은 대략 50여 명 정도였다. 그들은 붉은 띠를 손목에 매어 재앙을 넘긴 사람들이었다. 그들 중에는 천주 도의봉의 아들 도방―기와 조각으로 온몸을 긁었던―과 장로 둘, 그리고 당주급들도 꽤나 보였다.

흑운신이 발 아래로 검은 안개를 일으키며 곧 떠날 태세를 갖추었다.

"너희가 재앙을 면한 것은 작은 믿음 때문이었다. 앞으로는 마천이 아닌 새로운 이름으로 다른 곳에서 좀 더 나은 삶을 살기 바란다. 이제 이곳은 너희가 있어야 할 곳이 아니고 또 오해를 받을 수 있으니 내 다른 곳으로 옮겨주도록 하겠다."

도방이 두렵지만 황급히 말했다.

"시신을 이렇게 버려두고 갈 수 없으니 수습하도록 해주십시오."

흑운신이 고개를 가로저었다.

"시신을 거둘 사람들은 이미 예비되었으니 너희는 마음 쓸 필요 없다. 훗날 이곳은 마천의 공동묘지가 되어 있을 터이니 그때 돌아가 보도록 하라."

흑운신은 그 말과 함께 한줄기 검은 안개로 화해 50여 명의 몸을 감싸 허공으로 사라져 버렸다. 모두 떠나간 자리에는 그저 정적만이 감돌았다.

하늘에서 재앙이 쏟아진 다음날, 정파연합대가 천마산에 이르렀다. 금세 터질 것만 같은 긴장을 유지한 채 조심스럽게 천마산으로 접근하던 800여 명의 정파절대고수들은 멀리서 까마귀 떼들이 몰려 있는 것을 발견하고 괴이쩍게 여겼다.

'죽음을 부르는 강시가 있는 곳답게 까마귀라니… 제길, 어울리는군.'

표영은 선봉에서 기분 나쁜 까마귀 떼를 보고 중얼거렸다. 그 뒤로는 호랑이만한 덩치의 횐둥이 진백과 혁성이 바짝 뒤따르고 있었다.

'음, 이 정도면 매복 수비대가 있을 법도 한데 괴이하군.'

대개 매복이 없다면 어떤 특별한 기관 장치가 있게 마련인지라 표영을 위시한 선봉조는 더욱 조심스럽게 산을 올랐다. 하지만 이미 싸늘히 시체로 변해 있을 뿐인 천마산에는 그 어떤 움직임도 있을 리 만무했다.

하지만 그런 것을 알 리 없는 연합대로선 지극히 고요한 이것이 오히려 신경을 팽팽히 잡아당겼다.

이윽고…

마천의 본거지에 이르게 되었을 때 표영을 위시한 모든 정파인들의 눈이 휘둥그레졌다.

"어, 어떻게 된 일일까?"

죽은 마천인들과 강시로 사용되었던 사람들의 시체는 겉으로 보기엔 깨끗했다. 빛무리가 워낙에 깔끔하게 꿰뚫고 지나간지라 얼핏 보면 잠을 자는 것처럼 보일 지경이었다.

표영은 시체 중 하나를 면밀히 살핀 결과 관자놀이와 심장이 깨끗이 관통된 것을 발견했다.

"대단하군. 대체 무엇으로 공격한 것일까?"

화산파 장문과 곤륜파 장문인이 가까이 다가와 살피면서 둘 다 감탄사를 발했다.

"실로 대단하구려. 이런 지법이나 장법이 있을 수 있을까요?"

"글쎄올시다. 특별한 암기를 사용한 것인지도 모르겠군요."

하지만 결국 모두는 추리를 포기해야만 했다. 모든 시체가 정확히 한 치의 오차도 없이 동일한 부위에 동일한 흔적을 남겨놓았기 때문이다. 그건 어느 누구라도 해낼 수 없는 것이었다. 그렇지 않은가. 다른 곳은 일체 상처를 주지도 않고 거의 오백여 명에 이른 사람들을 일정하게 죽인 것이다. 이것이 한 사람의 작품인지 아닌지도 혼란스러웠다.

생각 같아선 적어도 수백 명이 공격했다고 봐야 옳지만 그런 흔적은 찾아볼 수가 없었다. 아무리 고수라고 해도 발자국을 아예 남기지 않을 순 없는 것이다. 게다가 이런 험한 격전이라면 더욱 그러했다.

'이해할 수가 없군.'

표영은 강호상에 모습을 드러내지 않는 어떤 문파가 있는 것은 아닌가 쪽으로 생각했다. 이제 남은 일은 뒷정리를 깔끔하게 하는 것뿐이었다.

"저를 주목해 주십시오."

표영이 앞쪽에서 큰 소리로 입을 열었고 모두가 주목하자 바로 말을 이었다.

"누가 섬멸했는지는 나중에 차차 알아도 늦지 않으니 일단 이곳을 정리하는 것이 시급한 일인 줄 압니다. 나누어서 일을 처리하여 속히 마무리 짓도록 하는 편이 좋겠습니다. 해야 할 일은 첫째, 시체를 처리하는 일입니다. 비록 이들이 악한 마음으로 강시를 만들었다 하나 이제 죽었으니 한 평 남짓한 땅에 편안히 누울 수 있도록 해줍시다. 둘째는 강시와 관련된 서적과 약품 등을 제거하는 일입니다. 그것은 매우 중요한 일이므로 한데 모아두고 모두가 보는 앞에서 불살라 유출되는 일이 없도록 해야 할 것입니다."

표영의 말에 따라 정파연합대는 일제히 시체를 매장하는 일을 수행했고 각대문파의 장문인들은 따로 강시에 대한 부분과 마천의 무공비급 등을 수거하는 일을 진행했다.

한편 혁성은 시간이 점심 때에 이르자 진백과 함께 한쪽 귀퉁이로 이동했다. 함께 밥을 먹을 시간이 된 것이다. 가장자리에 놓여 있는 바위에 무심코 걸터앉은 혁성은 엉덩이가 까칠까칠한 것을 느끼고 다시 자리에서 일어나 뭔가 하고 살폈다.

'응? 천외천?'

거기엔 흑운신이 남겨놓은 천외천이라는 글귀가 바위에 새겨져 있었다.

"사부님~"

표영은 중앙에서 사람들의 움직임을 보고 있다가 제자가 부르는 것을 듣고 쏜살같이 달려갔다.

"바쁜데 왜 부르는 거냐?"

"여길 보세요."

표영은 천외천이라는 글귀를 보고 진지해졌다. 새까맣게 타 들어간 듯 검게 새겨진 글귀에는 단지 글자라고 하기엔 알 수 없는 힘이 느껴졌다.

"으음, 천외천이라… 이곳이 움직인 것이었나 보구나. 하늘 위의 하늘이라……."

표영은 세상을 지키는 모종의 힘에 대해 생각했다.

'대체 누구일까?'

마천의 일은 수많은 괴이함과 의문을 남기고 정리되었다. 사람들은 분분히 천외천이라는 곳에 대해 이야기했지만 어느 누구도 들어본 적도 없는 곳이라 그저 신비감만 더해질 뿐이었다.

15장
오비원이 남긴 것

오비원이 남긴 것

나의 삶은 과연 무엇이었는가.
무엇을 위해 이때까지 살아왔는가.
난 정말이지 제대로 살아온 것일까.
하늘에 가면 꼭 물어보고 싶군.
─죽음 직전의 오비원.

오비원은 침상에 누워 가느다란 숨을 내쉬고 있었다. 여기서 가느다란 숨이란 내공이 절정에 이른 고수들이 호흡을 한 듯 안 한 듯 내쉬는 그런 호흡을 말함이 아니었다. 죽음에 입구에 서성이는 한 인간의 호흡일 뿐이었다.

천하제일고수.

하늘과 땅도 놀랄 만한 사람.

이러한 칭송도 하늘이 정한 운명의 시간을 거역하긴 힘들었다.
오비원은 푹신에 침상에 누워 가만히 천장을 올려다보며 생각했다.
'만일 신(神)이 묻길 너는 후회없는 삶을 살고 왔느냐고 묻는다면 나는 당당히 말할 수 있을까?
쉽게 대답하지 못할 것 같았다. 아니, 몇 가지는 후회한다고 말할 것 같았다. 언뜻 떠오르는 것만도—물론 조금 애매하긴 해도—서너 가지가 되는 듯싶었다.
'천하제일이란 무엇이냐. 나는 그 명성을 조금 더 일찍 버렸어야 했는지도 모른다. 그리고 은퇴 후 내가 후회하고 있는 것들을 추스르며 마지막을 보냈다면 이렇게 답답하진 않았을 텐데……'
혈곡이나 마천 같은 사파의 세력들을 견제해야 하므로 강호에 남았어야 했다는 생각 따위는 이제 헛된 핑계로 느껴졌다. 게다가 이젠 자신이 떠나도 강호를 지킬 든든한 버팀목이 있었다.
'후후. 구주신개, 그 녀석이라면 잘해줄 거야.'
표영을 떠올리자 오비원의 얼굴에 미소가 떠올랐다.
'엽지혼, 자넨 여러 가지 일로 먼저 떠나 섭섭할는지 몰라도 난 자네가 부럽네그려. 우리 같은 강호인들에겐 제자야말로 아들과 같지 않은가 말일세. 자네 제자는 솔직히 너무 잘났단 말이네. 자네에게만 하는 말이지만 솔직히 그 녀석과 맞선다면 과연 내가 이길 수 있을지 장담하기 힘들다네. 뭐, 이기고 지는 것이 중요하겠는가마는 그만큼 대단하더라는 것이지.'
오비원은 엽지혼을 부러워하는 마음이 가득 차 올라오자 셋째 아들이 어른거렸다.

"휴우… 보고 싶구나."

그는 초절정의 고수답게 자신의 생명이 얼마 남지 않았음을 알고 있었다. 길어봐야 삼 일 정도일 것이었다. 그 삼 일 동안 그는 하나씩 정리해야만 했다. 천선부의 장래에 대한 문제들이 주를 이루는 것이었는데 그중 하나는 천선부에 대한 것보다 더 각별한 것이었다.

'음… 이제 공효가 올 때가 된 것 같은데…….'

심복인 공효를 기다리는 것은 바로 그 각별한 것을 위함이었다.

그의 생각이 전해지기라도 한 것일까?

"속하 공효, 부주님의 부르심을 받듭니다."

문밖에서 공손하면서도 비굴함이 섞이지 않은 음성이 들렸다. 맹공효는 음성만으로도 어느 정도 그 인간 됨됨이를 전하고 있었다.

"들어오라."

얕게 속삭이듯 내뱉은 소리였다. 보통 사람 같으면 뭔가가 스치는 소리로 착각했을 만큼이나 가느다란 소리라 할 만했다. 하지만 맹공효는 천둥처럼 크게 들었다. 문을 열고 안으로 들어가는 맹공효의 모습은 태연한 듯했지만 그의 마음은 사실 찢어지는 듯 아팠다. 단언컨대 그로선 이제껏 부주가 저런 목소리를 낸 것을 한 번도 들어본 적이 없었던 것이다.

맹공효는 나이가 이제 고작 30대 중반에 불과했지만 그의 성취는 남달랐다. 그는 14세 때 천선부와 인연을 맺게 되었는데 뛰어난 근골을 타고나 오비원으로부터 전광철획(電光鐵劃)이라는 무공을 전수받아 지금 강호에는 경천일필로 통하고 있다. 비록 천선부 내에서 군신(君臣)의 예를 취하고 있긴 했지만 실질적으로는 스승과 제자였다. 오비원은 특히 맹공효를 아껴 늘 곁에 두고 중요한 일을 맡기곤 했다.

"가까이 오라."

오비원의 음성은 꺼져 가듯 힘겹게 새어 나왔다. 맹공효 그의 굳센 얼굴은 순식간에 제어력을 잃고 하마터면 울컥하고 눈물을 쏟을 뻔했다. 그에게 있어 오비원은 절대자이며 신과 같았다. 또한 어릴 적에 부모를 잃고 떠돌던 자신을 거두어준 스승이며 아버지와 같은 존재였다.

'아직은 울지 말자.'

눈물은 도리어 부주를 서글프게 할지 모른다고 생각한 것이다. 맹공효는 대답을 할라치면 입술이 삐죽거려질 것 같아 아무 말 없이 가까이 다가갔다.

움푹 꺼진 눈, 핏기없는 피부, 이젠 완연히 백발을 이룬 머리카락… 오비원의 외모 어디에도 과거 천하를 내려다보던 절대자의 모습은 보이지 않았고 희망도 없어 보였다.

"그렇게 침울한 표정을 짓지 말아라. 아직 세상을 떠난 것은 아니잖느냐."

애써 참았는데도 어쩔 수 없이 표가 난 모양이었다.

그나마 이를 악물고 눈물을 참고 있던 맹공효는 오비원의 말에 허락이라도 받은 사람처럼 눈물을 주르르 흘렸다. 공효는 눈을 깜박이지도 못하고 붉게 충혈된 눈을 그저 뜨고 있었다. 눈을 깜박이면 더 많은 눈물이 쏟아질 것을 두려워하는 것 같았다.

오비원은 가만히 그런 공효의 손을 잡아주었다.

"그리 기분 나쁘진 않구나. 누군가 날 위해 울어주는 사람이 있다는 건 그나마 행복한 사람이지."

"……."
 "사람은 누구나 죽음에 이르게 된다. 하늘이 정한 이치이니 그 누가 뜻을 거스를 수 있겠느냐. 내 이전의 그 어떤 자라도 결코 피할 수 없는 길이지. 누가 먼저 가느냐, 늦게 가느냐의 차이가 아니겠느냐. 내 말인즉, 그러니 너무 슬퍼하지 말라는 것이다."
 느릿하게 말하면서도 숨이 찬지 오비원은 잠시 호흡을 가다듬은 후 말을 이었다.
 "내 이제껏 살면서 후회되는 일이 없다고 할 수 없으나 그중 가장 마음이 아픈 것은 내 셋째 아들을 박대한 것이다. 이제 하늘의 부름을 받고 떠나는 이때 그 녀석에게 아비의 선물을 주고 싶다. 이것은 내게 있어 가장 소중한 것이니 너는 힘을 다해 전해주어야 할 것이다. 너는 무공과 경공이 뛰어나고 외부에 잘 알려지지 않은 터이니 큰 어려움 없이 해낼 수 있으리라 믿는다… 쿨럭… 쿨럭……."
 오비원은 좋지 않은 몸 상태에서 너무 많은 말을 한 까닭에 거세게 기침을 토했다.
 "쿨럭… 쿨럭……."
 큰 소리를 내기 어려운지 오비원이 손짓으로 맹공효를 불렀고 맹공효가 바짝 다가가 귀를 댔다. 오비원이 들릴 듯 말 듯 말하기 시작했다.
 "나의 보물은… 천보갑에 담아… 네가 거처하는… 곳 천장에 미리 놓아두었다… 그 속에는… 쿨럭쿨럭……."
 마지막 그 속에 무엇이 들어 있는지는 눈물로 얼룩진 맹공효가 귀를 더욱 바짝 대야만 들을 수 있었다. 천보갑 안에 담긴 것이 무엇인지를 듣고서 맹공효는 더욱 눈물이 났다. 그것은 오비원에게 있어 그 어떤 것보다 값진 보물일 터였다. 그 값진 것을 자신에게 전달해 달라는 것에 맹공효는 감사했다. 그건 자신이 마치 아들과 같은 대우를 받는 것 같은 기분이 들게 했던 것이다.

"무슨 일이 있더라도 꼭 전달하도록 하겠습니다."

맹공효의 눈물이 오비원의 이마에 떨어졌다. 오비원이 그 눈물이 그에 다짐을 받은 것이라 여기며 작게 중얼거렸다.

"됐다. 피곤하구나. 조금 쉬어야겠다."

"속하, 부주님의 하늘과 같은 은혜 높이 받들어 차질없이 뜻을 이루겠습니다."

맹공효는 그 보물이 천보갑에 들어 있다는 것만으로도 얼마나 소중히 다루고 있음인지 알 수 있었다. 천보갑은 불에 타지도 않고, 물에 담궈도 속으로 물이 투과하지 못하고, 도검이 뚫지도 못하는 특수한 작은 상자였다. 책 두어 권이 들어갈 정도의 크기였기에 주로 과거로부터 귀한 무공 비급을 보관했는데 이보다 더 효과적인 것은 없었다.

떨리는 음성으로 맹공효가 말하고 거처를 나가자 오비원은 가만히 눈을 감으며 생각했다.

'마음 한구석에 간직한 아쉬움이 어느 정도 가시는 듯하구나.'

오비원은 맹공효에게 은밀히 천보갑에 대한 것을 명한 후 이틀이 지나 세상을 떠났다. 이때 그의 나이 81세였다. 강호의 거성이 떨어진 것이다.

강호의 수많은 인사들이 천선부로 향해 천하제일고수로서 명성을 휘날린 오비원의 가는 길을 애도해 주었다. 각대문파의 수뇌들은 물론이거니와 군소방파에서도 그의 죽음을 애석해했다. 표영 또한 예외가 아니어서 그 아쉬움은 이루 말로 형용하기 힘들 지경이었다. 그들이 가져온 화환들만 해도 천선부를 가득 메울 지경이었다.

삼가 고인의 명복을 빕니다(소림사 장문).
고 오비원 대협의 영전에 애도하는 마음으로 명복을 빕니다(무당파 장문).
평소 고인의 은덕을 되새기며 삼가 오비원 진인의 명복을 빕니다(화산파 장문).
…….

심지어 흑도인들의 구심점이랄 수 있는 혈곡에서도 세 명의 장로가 찾아와 오비원의 관을 앞에 두고 향을 올렸다. 비록 천선부가 앞으로 어찌 변화될 것인지를 정탐하기 위한 목적도 있었겠지만 천하를 호령한 절대고수에 대한 예라 할 수 있었다.

천선부에는 수많은 화환이 전달됨과 함께 그 자리에 모인 정파인들은 각기 마음이 맞는 사람들끼리 앞으로의 강호가 어찌 변할지에 대해 가볍게 이야기를 나누었다.

"건곤진인의 빈자리가 얼마나 크게 나타날지 걱정되는군요."
"제 생각엔 그리 염려할 것은 없을 듯합니다. 얼마 전 마(魔)의 하늘이라는 마천이 정체 불명의 고수에 의해 강호에서 사라졌던 일이 있지 않습니까?"
"저도 동감입니다. 연약한 발언인지는 모르겠으나 우리가 최고라고 믿는 것은 비교도 안 되는 그런 문파가 있어 강호를 지켜주고 있는 듯합니다. 물론 그렇다고 너무 긴장이 풀어져서도 안 되겠지요."

"천선부가 그 위력이 감소했다 해도 그와 대조적으로 개방의 힘이 대단하지 않습니까?"

"그렇지요. 건곤진인 또한 농담 반 진담 반으로 앞으로 강호는 개방을 중심으로 그 힘을 펼쳐야 한다고 하지 않으셨습니까?"

"현 개방은 물론 그런 믿음을 보여주고 있기는 하지요."

"글쎄요. 제가 보기엔 너무 과대평가되는 것은 아닌지……."

오비원 이후의 강호에 대해 사람들은 이와 같이 어느 정도는 평안함을 예언했다.

하지만 강호인들 중 어느 누구도 오비원이 남긴 보물이 세상에 나와 중원에 대혼란이 야기될 줄 짐작하는 이는 단 한 명도 없었다.

후세 사람들은 그 일을 가리켜 '천보갑의 유산(遺産)' 이라 칭했다.

[제7권 끝]

마천루(摩天樓) 스토리 5 (어느 처절하고도 오래된 죽음에 대해)

분명 꽤나 이른 아침이었다.

요사이 이렇게 일찍 일어나 본 적이 언제였던가 생각이 들 만큼 이른 시간이었다. 주섬주섬 일어나 손목에 매인 시계를 바라보았다.

10:05 째각째각.

'오늘은 너무 일찍 일어났네' 라고 나는 중얼거렸다.

윈도우 98이 깔려 있는 노트북에 나오는 디지털 시계가 약 5분 빠르긴 해도 그때가 새벽 5시30분을 막 지나려던 차에 정리하고 잠에 들었으니 4시간 반을 잔 셈이었다. 아무래도 조금은 더 자야 하지 않을까 싶기도 했다.

꾸물꾸물.

가끔 나는 잠을 조금밖에 자지 않고 글을 쓰는 객기를 부리기도 한다. 그럴 때면 뿌듯한 마음에 많은 분량을 쓸 것 같은 기분에 사로잡힌다. 물론 처음에는 굉장하다. 하지만 정작 시간이 갈수록 손과 발이 움직임을 거부하고 머리가 늘어져 아이디어는 수증기처럼 증발해 버려 효과적이지 못하고 결국에 가서는 객기임이 판명 지어지는 것이다. 나는 그런 사실을 잘 알고 있으면서도 그래도 잠을 자지 않기로 했다. 다시 자기엔 왠지 뭔가 어설펐다.

"그래, 마인드 컨트롤이다."

라고 중얼거리며 난 스스로에게 컨디션 회복 마법을 걸었다. 그리고 마법이 전신 가득 퍼지길 바라는 마음에 개인 컵에 물 한 잔을 따라 홀짝이며 밖으로 나왔다.

지난날 태풍이 지난 후라서인지 공기는 맑았고 주변이 청명해 보였다. 처음 본 새 한 마리가 한가로이 이 집 저 집 구경하듯 비행하는 모습이 보였다.

'정찰병인가 보군. 훗.'

난 내가 생각해도 헛소리인 것을 직감하고 후훗거렸다. 그때까지, 즉 내가 낯선 정찰의 임무를 띤 새를 생각하고 있을 때만도 난 처절하고도 오래된 죽음을 바라보게 되리라고는 전혀 짐작도 못했다. 단언하건대 솔직히 그것은 너무나 황당해 어지간한 예지자들이라 할지라도 짐작하기 힘든 것일 게 분명했다.

"으아악~"

이른 아침의 고요를 깨뜨리는 비명이 사무실 내에서 터져 나왔다.

익히 들어온 목소리!!

그건 타락고교의 저자 홍성화님의 목소리였다.

난 한참 동안 저놈의 정찰병의 임무가 과연 정찰만 있는지, 아니면 다른 여러 집들의 사생활을 남몰래 엿보는 부수적인 직분남용을 하는지에 대해 심각하게 고찰하고 있었던 터라 그저 대수롭지 않게 생각했다.

'아침부터 성화 형 오버하는군.'

작가들은 글이 마음대로 풀리지 않거나 할 경우엔 난폭해지거나 폐인이 되는 경향이 있기에 난 그런 일반적인 부르짖음에 약간의 오버성이 깃들어 있는 것이려니 단정 지어버리고 오늘 하루 써내려 갈 글의 줄거리를 떠올렸다.

"그러니까… 표영이 혁성이를 아작 내야 하는데. 그래, 맞아. 비디오의 느린 화면을 이용하는 거야. 쿠쿠쿡."

난 실제 정상적인 환경 속에서 그저 행동만 슬로우모션으로 움직이는 것을 이용하기로 마음먹었고 그것은 내가 생각해 봐도 엉뚱하고 또 즐거웠다.

쿠쿡거리며 중얼중얼거리던 내 세부적 구상은 그리 오래가지 못했다. 내

귀에 다시금 비명 소리가 들려온 것이다.

"현영아~ 살려줘~"

오, 이런… 이건 보통 문제가 아닌 게 분명했다. 대개 누구누구~ 살려주세요 등등의 말은 슈퍼맨이나 배트맨, 스파이더맨류의 초절정 영웅들을 부를 때 사용하는 것이기 때문에 그와 같은 형식으로 내가 불려졌다는 것은 나로서도 어느 정도 성의를 보여야 한다는 것을 의미했다.

쌔애앵~

난 절정의 신법인 풍운보를 시전하여 발 아래로 먼지를 일으키며—나중에 치우려면 고생스럽긴 해도 당장은 폼이 나다 보니—사무실 안으로 달려 들어갔다. 그건 거의 슈퍼맨의 등장과 비슷할 정도로 날렵했고 멋진 모습이었다. 물론 아직 안경을 쓰고 있는 채였고 유니폼도 갈아 입지 않았으며—공중전화 부스나 회전문을 찾기가 어렵다 보니—머리는 부스스하고 수염이 얼굴 사방을 뒤덮고 있었지만 상황과 나의 의도는 대충 비슷했다… 고 생각했다.

성화 형은 손가락으로 컴퓨터 본체를 가리키며 부들부들 떨고 있었다. 그 본체는 새벽녘부터 우웅 하는 거의 우리 나라 최초의 자동차인 포니의 엔진음 같은 소리를 내던 것이었다. 새벽에도 몇 번이나 들고 나가 뜯어보다가 계속 소리가 나 다시 뜯어보던 중이었던 것이다.

"바퀴… 바퀴벌레가 들어 있어~"

그건 차라리 절규였다.

'이런… 바퀴라니…….'

실망하지 않을 수 없었다.

'슈퍼맨이 고작 바퀴벌레나 처리해야 하다니……. 요즘 슈퍼맨 성질 많이 죽었군.'

생각해 보니 요즘 슈퍼맨 시리즈가 중단된 것은 수많은 사람들이 하찮은 일로 불러대다 보니 짜증이 나 잠적하였기 때문이 아닐까라는 엉뚱한 생각이 떠올랐다.

갸우뚱~

'그럼 나도… 잠적해야 하나……'

그건 조금 생각해 볼 문제였다.

여기서 잠깐 성화 형에 대해 알아볼 필요가 있을 듯싶다.

형은 나보다 여러모로 뛰어나다. 나이가 나보다 두 살이 많아 내가 밥그릇 숫자로 레벨을 맞추려면 장장 730그릇을 더 먹어야 한다. 또 나보다 얼굴이 잘생겼으며 키도 크다. 결정적인 건 배가 안 나왔다는 점이다. 또한 글에 대한 예술적 감각도 훌륭하다. 게임도 잘한다(전 마천루 스토리 참조 요망).

제길, 그러고 보니 난 대체 뭐지. ㅡ_ㅡ;;

하지만 내가 성화 형보다 더 뛰어난 것도 많다.

첫째… 으음… 그러니까… 이런… 제길, 없군…….

내가 갑자기 미워진다.

비교적 분석이 아닌 관점에서 성화 형을 바라볼 때 그에겐 두 가지 결점이 있다. 하나는 타락고교나 투귀류 같은 다분히 파워풀한 글을 쓰는 것과는 어울리지 않게 벌레를 무지무지 싫어한다는 점이다. 아니, 정확하게 말해 혐오를 뛰어넘어 무서워하고 있다. 아무리 생각해 봐도 아직 미스터리다.

또 하나는 생선회다. 그래서 마천루에서 생선회 먹기는 무척 까다롭다. 새롭게 만들어진 속담이 하나 있는데 그건 바로 '성화 형과 생선회 먹으러 가자고 말하는 것과 같다'라는 것으로 이건 도저히 현실적으로 이루어지기 힘든 상황을 표현할 때 쓰는 말이다.

그런 점에서 형수님이랄 수 있는 순정님은 벌레 같은 것은 뚝딱 해치울 것 같은 야무짐이 돋보여 잘 어울리는 한 쌍이 아닐지 싶다.

다시 사건의 현장으로 돌아와서.

성화 형은 새벽에 소음의 원인을 하드디스크와 시피유 쪽으로 보고 나사만을 조였는데 혹시나 하는 마음에 파워 쪽을 분해해 보았다가 봉변을 당한 것이었다.

"으카아악~"

괴상한 비명 소리였다.

'저런 비명은 만화에서나 나올 법한 거라구. 만화를 많이 보더니' 라고 나는 속으로 주절거렸다. 하지만 겉으로는,

'어디어디?' 하며 맞장구를 쳐주었다.

나로선 너무 태연하면 성화 형이 더 쪽팔릴 것 같아 같이 호들갑을 떨어준 것이었다. 난 아무리 생각해도 마음이 착한 듯—퍼억~ 으윽~ 좋아좋아. 이 말은 취소—나의 물음에,

'저기 사이에 있잖아' 라며 형은 파워 쪽을 가리키면서 경기를 일으키기 일보 직전의 모습을 보였다.

"좋아, 타락고교 작가가 대항하기 힘든 바퀴벌레 따위는 이 걸인각성 작가가 없애주지. 크하하하!"

난 어깨를 한번 으쓱한 다음에 자신있게 말해 주었다. 괜히 걸인각성 작가가 아니잖는가.

그 순간에도 성화 형은 난리법석도 아니었다.

"으아악~ 믿을 수 없어… 어찌 내게 이런 날벼락 같은 일이 일어날 수 있단 말인가."

솔직히 시끄러웠다. 귀를 막을 수도 없고 그렇다고 한쪽 귀퉁이에 찌그러져 있으라고 할 수도 없었다. 그랬다간 내가 찌그러져 있어야 할 가능성이 백 퍼센트이기 때문이다.

난 비장의 카드를 사용하고 싶지 않았지만 너무나 시끄러워 자꾸만 사용해야 하지 않을까라는 마음이 기울어갔다. 그건 히로시마에 원자폭탄을 떨어뜨릴 것이냐, 말 것이냐 정도로 심각한 갈등이었다. 하지만 난 결국 원폭을 투하하기로 결정을 내렸다.

"얼음!"

이라고 외치며 난 벌떡 일어나 성화 형의 어깨를 짚었고 성화 형은 한 손을 추켜세우고 입을 벌린 채로 굳어버렸다.

왜 그런지는 대한민국에서 유년기를 보낸 이들이라면 다 알고 있으리라 믿는다. 모른다고? 원래 얼음 하면 움직이지 못하게 되어 있는 법이다. 왜냐면… 그건 게임의 법칙이니까! 내가 다시 터치해 줄 때까지 성화 형은 저대로 얼어 있어야 하는 것이다(사실 이 얼음게임은 진실이었던 것이다).

난 잘 굳었는지 들고 있던 컵으로 두들겨 보았다.

텅, 텅.

명쾌하게 들리는 것만 봐도 제대로 굳은 것이 분명했다.

"휴우, 이제 좀 조용하군. 이제 자세히 들여다볼까?"

난 긴장감을 높이고 바퀴벌레를 찾았다. 하지만 난 긴장할 필요가 없음을 곧바로 알 수 있었다. 이미 바퀴벌레는 죽은 채였던 것이다. 게다가 상당한 시간이 지났는지 파삭파삭 말라비틀어져 있었다.

컴퓨터 본체 파워부를 보면 바깥쪽으로 팬이 붙어 있고 그 안쪽으로 여러 장치가 배열되어 있는데 바퀴벌레는 팬의 반대쪽 쇠창살 너머(?)를 보며 죽어 있었다.

나는 곧바로 사인 분석에 들어갔다. 조사에 있어 아쉬운 점이라면 돋보기가 없다는 것. 대신 나는 안경을 추켜세우고 살피기 시작했다.
"으음."
나도 모르게 신음이 새어 나왔다. 난 보고, 그리고 느끼고 만 것이다. 당시 바퀴벌레가 얼마나 처절한 고통 속에 죽어갔을 것을 말이다.
컴퓨터 파워부로부터 진한 애절함이 사무실 전체로 퍼져 묘한 공기를 형성했다.
난 물이 떨어진 컵에 일회용 커피를 타고서 바퀴벌레가 죽었을 당시를 추리해 보았다.

아마 그 바퀴벌레가 그곳에 갇힌 것은 적어도 두 달은 족히 지났을 것이다.
바퀴벌레는 사무실 내를 자유자재로 왕래하며 그다지 깨끗하지 못한 환경에 만족하며 은밀한 삶을 이어갔다.
막강 울트라 파워 바퀴 약이 곳곳에 부비트랩이나 기관 장치처럼 설치되어 있었지만 나름대로 고수라 자부하는 바퀴에게는 무용지물이었다. 이미 기관 장치에 당해 처참하게 죽은 것을 본 다른 바퀴들은 짐을 싸들고 분분히 사무실을 떠나 주변 허술한 곳으로 이동했지만 그 바퀴는 떠나는 이들을 비웃을 정도였다.
솔직히 말해 기관 장치들은 최첨단이었고 그 위력도 가공할 정도로 엄청난 것들이었다. 대략 그 위력이 어떠한지는 기관 장치들의 이름만 들어도 알 수 있을 정도였다.
'바퀴 박멸제 퍼펙트.'
그 밑에는 작은 문구로 '살짝만 연고를 짜 구석탱이에 발라주세요' 라고 적혀 있었고—난 설마 정말로 구석탱이라고 적혀 있을까 생각했지만 그건 사실이었다—그 아래로 같은 글자 크기로 '바퀴 없는 나라로 선진 조국을 만들어갑시다'라는 글귀가 거창하게 인쇄되어 있었다. 회사 이름도 어마어마한 것이어서 바퀴벌레들은 이것의 이름만 봐도 간담이 서늘해질 것이 분명했다.

바퀴가 없는 그날까지—주식회사

주소:00시 00동 00번지

전화번호: 000—000—0000

그뿐만이 아니었다.

'바퀴나라 총공격'이라는 상품은 거의 바퀴를 전쟁 상대로 여기는 분위기로 몰고 갔으며 그 밑에 가미가제라고 조그맣게 적어놓아 시작부터 바퀴들의 전의를 상실시키고자 했다. 이 물건은 초기 제품과는 달리 최근에 나오는 제품에는 우리 나라 정서를 고려해 가미가제라는 말 대신 '이 한 몸 불살라'라는 것으로 대치되었다고 한다. 역시 우리 나라 말이 더 무섭게 느껴진다.

또 다른 것은,

'바퀴야, 놀자'라는 상품인데 이것은 바퀴가 좋아하는 향을 풍겨 유인한 후 중독시키는 사파의 법칙을 이용해 만든 것이었다. 그런 이유로 이 상품은 대개 다른 약품들이 바퀴가 두 조각나는 그림이나 불살라지는 그림을 그려놓는 것과는 달리 바퀴와 어린아이들이 함께 소꿉놀이를 하는 그림과 가정주부들이 애완용으로 키우며 마냥 행복한 미소를 짓는 그런 그림들이 그려져 있었다. 어느 바퀴벌레가 봐도 따스함이 느껴지는 것인데 그 마수에 걸려 죽어 나간 바퀴들이 결코 적지 않았다.

그 외에도 마천루에는 수많은 바퀴를 잡는 기관 장치가 수두룩 널려 있었

다. 대충 살펴보자면,

바퀴는 다 싫어, 바퀴 헌터, 바퀴 퍽큐, 멍청한 바퀴들(이 회사는 아마도 심리전을 이용하려한 듯싶다. 하지만 바퀴들을 너무 뜨문뜨문 본 까닭에 지금은 망했다고 한다), 바퀴 지옥, 바퀴 밧투, 바퀴 주화입마 등이다.

어쨌든 이런 무수한 장치를 마천루에 살고 있는 이 바퀴가 무시했더라는 말이다.

―훗, 바보들. 연약한 것들이 꼭 저런 식이지. 나중에 또 그곳에서도 기관 장치가 만들어지면 다른 곳으로 갈 테냐. 그러기 전에 경공술과 은신술을 더욱 깊이 연마하는 것이 중요한 것임을 왜 모르는 것인지.

역시 마천루에 기생하는 바퀴답게 무공에 대한 이해가 뛰어났다. 베란다 쪽에 비치된 전시용 무협서적을 마치 비급처럼 연마한 것이 아닌가라는 의문이 제기되는 부분이 아닐 수 없었다. 하지만 그날의 비웃음이 얼마나 처참한 결과를 가져올지 그 바퀴는 아직 알지 못했다.

그러던 어느날.

유난히 서늘한 새벽녘이었다. 이런 날 온도 유지를 못하면 급사하는 수가 있기에 바퀴벌레들은 대개 서로 연합해 무리를 지어 온도를 높이는 방법을 사용하는 것이 일반적이다.

하지만 마천루의 바퀴벌레는 혼자였기에 그런 방법을 사용할 수가 없었다. 하지만 그 바퀴는 역시 보통 강호바퀴가 아닌 절정의 바퀴고수였다. 춥거나 혹은 더울 때 어느 쪽에 몸을 두어야 할지 잘 알고 있었던 것이다. 특히 마천루에는 추위를 이길 만한 곳은 곳곳에 널려 있었다.

―이보다 더 기막힌 안식처는 없지.

바퀴는 유유히 이동하며 어느 곳으로 갈지 갈등했다.

―이거 너무 많아도 머리가 아프군.

바퀴가 말하는 안식처는 바로 컴퓨터 본체 안쪽이었다. 가끔 그곳에 있다가 전기 충격으로 쇼트가 나 화들짝 놀란 적도 있었고 느닷없이 시피유가 돌면서 놀란 적도 있었지만 그 나름대로 지루하지 않는 이벤트라 생각했고 거기에 묘한 매리트를 느꼈다.

어쨌든 공기가 통하지 않을 뿐만 아니라 팬이 돌면서 공기가 순환이 되는 까닭에 추운 날에는 제격이었다.

바퀴는 이곳저곳을 다니며 살폈다. 글을 쓰고 있는 이는 비뢰도 작가 목정균님밖에 없었다. 힐끔 살펴보니 무당괴협전의 작가 한성수님이 보이지 않았다.

―저곳으로 갈까? 아니야, 저건 펜티엄 1이라고… 아주 구닥다리지. 본좌가 거하기엔 솔직히 자세가 나오지 않는단 말씀이야.

거만한 바퀴는 본좌 운운하며 한성수님의 컴퓨터를 가볍게 무시했다. 솔직히 무시당할 만했다. 시대가 대체 어떤 시대냔 말이다. 펜티엄4가 평준화되고 있고 2기가대 시피유가 보급형이라고 선전하는 시대이지 않는가.

바퀴가 한성수님의 자리를 지나 다음 칸을 흘깃거렸다. 그곳은 걸인각성 작가 김현영이 자리였다. 사람은 없었지만 얼핏 눈에 '걸인각성'이라는 책 제목이 보이자 바퀴는 한차례 몸을 떨었다.

―걸인각성 작가. 으음… 언제나 생각만으로도 무섭다. 여긴 피해야 해. 게다가 노트북이니 들어갈 수도 없잖아.

바퀴는 왠지 걸인각성 작가에게 두려움을 품고 있었다. 아니, 정확하게 말하자면 걸인각성이라는 책에 두려움을 느끼고 있다고 해야 옳았다. 그 초록 빛깔의 표지와 그 속지에서 뿜어져 나오는 기세는 묘한 공포를 주었는데 그것은 본능을 일깨우는 두려움이었다.

―여긴 피해야 해.

바퀴도 알고 있었던 것이다. 걸리면 뼈(?)도 못 추린다는 것을 말이다. 표영의 혼은 하찮은 미물에게도 영향력을 미치고 있으리만큼 살아 있음이었다.

최종적으로 선택한 곳은 그 앞쪽 본체였다. 마침 홍성화님이 자리에 없는 까닭에 바퀴는 흐뭇한 미소를 머금고 접근했다. 본체 뒤쪽에는 여러 카드를 꽂는 곳이 있고 칸막이가 되어 있지 않아 왕래는 어렵지 않았다. 안쪽에서 그래픽카드와 시피유 사이를 왕래하던 바퀴는 늘 다니던 곳이라 따분하기 이를 데 없었다.

—뭔가 새로운 도전이 필요한데…….

인간들이 하는 에베레스트 산 정복이라든지… 는 아니더라도 모험을 할 만한 것이 필요했다. 그때 바퀴의 눈에 네모난 철판함이 보였다. 뭘까 싶어 가까이 다가가 보니 다른 곳보다 열기가 아직 남아 있었다.

—음~ 좋은걸.

바퀴는 망설임없이 들어가려 했다. 하지만 쇠창은 틈이 좁아 몸집이 들어가지 않았다. 겨우 더듬이 두개를 집어넣고 머리를 우겨넣어 보았지만 삼분의 일 정도를 넣을 수 있을 뿐이었다. 그것만으로는 만족할 수 없었다.

바퀴는 경험이 풍부한 터라 반드시 돌아 들어가는 길이 있을 것이라 생각하고 본체를 빠져나와 뒤쪽으로 올라갔다.

바라보고 있자니 미소가 떠올랐다. 몸을 충분히 들이밀기에 적당한 공간이 뚫려 있었기 때문이다.

그곳은 다름 아닌 컴퓨터 본체의 파워부였다. 가장 열기가 많이 나는 곳이기도 했다.

스멀스멀.

안쪽으로 들어가자 역시나 파워부 내부는 비좁았다. 하지만 새로운 곳이라는 충족감이 비좁음이라는 불만을 걷어차 버렸다.

바퀴는 만족한 미소와 함께 따뜻한 환경 속에서 스르르 잠이 들었다. 그때만 해도 바퀴는 그것이 마지막 잠이 되리라고는 전혀 생각지 못했다.

얼마나 잤을까.

우우우웅~ 쌔애앵~

파워의 안쪽에서 노곤한 몸을 누이고 잠을 청하던 바퀴는 굉음에 벌떡 일어났다(이런… 바퀴가 다리를 들어 올리고 등으로 눕는지 아니면 걷는 그 자세 그대로 자는지에 대해선 솔직히 모른다).

컴퓨터가 켜진 것이다. 동에 번쩍 서에 번쩍 하는 홍성화님이 새벽에 사무실로 돌아오고 만 것이다.

바퀴에게 이런 경험은 흔한 것이었다. 이런 경우가 얼마나 많았으면 바퀴가 홍성화님을 가리켜 '홍길동'이라는 별명까지 지 멋대로 붙여놓았겠는가. 언제 나타날지 모르기 때문에 컴퓨터 안에 들어갔다가 시피유 돌아가는 소리에 놀란 적이 한두 번이 아니었던 것이다.

바퀴는 벌떡 일어났지만 한두 번 경험한 것도 아닌지라 크게 문제라고 여기지 않았다. 하지만 순간 평소완 다른 뭔가가 느껴졌다. 그건 벌레 특유의 감각이었다.

—이런… 그러고 보니 이곳은 다른 곳이지.

숲 속에서 길을 잃은 듯 바퀴는 당황하기 시작했다. 아까 들어왔던 곳만이 나갈 수 있는 통로인데 그곳은 이미 파워팬이 엄청난 속도로 돌고 있었다. 그쪽으로 간다는 건 자살 행위나 다름없었다. 하지만 문제는 팬이 도는 까닭에 몸이 조금씩 이끌려가고 공기를 빨아들이는 통에 호흡이 곤란해지고 있다는 점이었다.

—컥… 숨을 쉬기가… 허어업… 흐으으읍… 헤에에… 에엑…….

바퀴는 너무도 거센 태풍 앞에 숨을 간신히 몰아쉬었다. 어떻게든 살아야 했다. 이렇게 죽을 순 없는 것이다.

―난 안 돼… 버텨야 해… 이대로 죽을 순 없다…….

바퀴는 혼신의 힘을 다해 팬의 반대 편으로 다가가 쇠창살을 부여잡고 숨을 헐떡였다. 숨을 쉬는 것도 여간 어려운 것이 아니었지만 바퀴는 초바퀴적인(?) 힘을 선보이며 버텼다.

하지만 문제는 그뿐만이 아니었다. 파워부 안의 열기가 점점 달아올라 견디기 힘든 지경에까지 이르고 있는 것이다.

―난 결코 포기하지 않겠다. 조금만 버티면 늘 그래 왔던 것처럼 이 기계는 동작을 멈출 테고 난 빠져나갈 수 있을 것이다. 이제껏 수많은 기관 장치에서도 살아남았던 내가 아니던가.

스스로 용기를 북돋고 있는 바퀴는 그 순간에도 숨을 헐떡거렸다.

―헤에… 에엑… 헤에… 에엑… 후으으으읍……. 조금만, 참으면 조금만 참으면 구조대가 올지도 모른다.

정신은 점점 아득해져 갔다. 바퀴는 다시 힘을 다해 정신을 잃은 후를 생각하지 않을 수 없었다. 좁은 지역으로 이동한 바퀴는 몸을 꽉 끼어 바람에 빨려가지 않도록 한 후 뜨거운 열기와 싸워 나갔다. 철판이 달아오르고 있었다.

―조금만… 더 조금만…….

한 시간이 가고 두 시간이 넘으며 장장 세 시간이나 지났다. 이제나저제나 탈출의 시간만 기다리던 바퀴에게 도저히 회복 불능의 치명적인 말이 들려왔다. 그건 홍성화님의 목소리였다.

"앞으로 일주일은 바짝 써야 하니까 컴퓨터 끄는 일 없이 계속 써야지. 컴퓨터 부팅되는 시간도 아깝다니까. 다른 사람도 내 컴퓨터 켜져 있어도 절대 끄지 마."

땅. 땅. 땅.

바퀴에게 죽음을 선고하는 판결이 내려진 것이다.

그렇게 바퀴는 쓰러지는 희망과 함께 고개를 떨군 채 서서히 죽어갔다.

나의 추리가 다 끝나갈 때쯤 컵 안에 커피는 남아 있지 않았다. 난 바퀴벌레의 어이없는 죽음에 대해 이대로 가만히 있을 순 없었다.

그렇다.

애도. 애도하는 마음을 가져야 했다.

나의 손은 가만히 컵을 내려놓고 어느샌가 진공청소기를 들어 올렸다.

쑤우우웅—

그렇게 바짝 말라 버린 바퀴의 흔적은 진공청소기 안으로 사라졌다.

안녕~

잠시 후 나의 터치로 얼음에서 깨어난 성화 형은 컴퓨터를 조립하고 다시 열심히 글을 쓰기 시작했다. 그의 얼굴엔 전과는 다른 비장감이 엿보였다. 마치 바퀴의 죽음을 헛되이 하지 않겠다는 일념 같은 것이라고나 할까.

p.s) 마천루 홈페이지가 드디어 열렸습니다.

아주 오랜 시간이었죠, 저도 잊어버리고 있었을 만큼.

주소는 www.machunru.net입니다.

메일은 newkhc@chol.com